MOEWIG
LIEBESROMAN

Norah Lofts

Und hätten die Träume nicht

MOEWIG

Deutsche Erstausgabe

Titel der Originalausgabe: Day of the butterfly
Aus dem Englischen von Rosemarie Kahn-Ackermann

Umschlagillustration: Tom Rummonds
Umschlagentwurf und -gestaltung: Franz Wöllzenmüller, München
Verkaufspreis inkl. gesetzl. Mehrwertsteuer
Auslieferung in Österreich:
Pressegroßvertrieb Salzburg, Niederalm 300, A-5081 Anif
Printed in Germany 1982
Druck und Bindung: Mohndruck Graphische Betriebe GmbH, Gütersloh
ISBN 3-8118-2234-9

1. Teil

1

Als Mrs. Westcott den Gesang auf der Straße hörte, runzelte sie leicht die Stirn. Auf einem Schild am Eingang der Sackgasse stand doch deutlich zu lesen: Betteln und Hausieren verboten. Park Drive war eine vornehme Wohngegend und wünschte, es auch zu bleiben. Mr. Mayhew, der auf Nummer 10 wohnte, hatte einmal einen Mann zurechtgewiesen, der als Straßensänger auftrat, und ihn gefragt, ob er das Plakat nicht gesehen habe. Der Mann, der angetrunken war, sagte frech: „Schilder gehen mich nichts an, kann nicht lesen. Und noch was — ich bettle nicht. Ich singe den Leuten nur'n bißchen was vor. Wenn sie mir dafür 'ne Kleinigkeit runterwerfen, ist das ihre Sache."

Mr. Mayhew, der Anwalt war, mußte zugeben, daß der Mann nicht unrecht hatte. Dennoch drohte er, die Polizei zu holen, wenn der Mann nicht schweige. Der stolperte davon und fing an der Straßenecke erneut an zu singen; die Melodie war dieselbe, wie vorher, aber der Text war scheußlich obszön.

Der Gesang an diesem Morgen war ganz anders, sehr reizvoll und klar. Es waren mehrere Stimmen, und alle klangen jung. Es handelte sich um ein altes Volkslied über das Maifest, und Mrs. Westcotts Gedanken schweiften zurück in ihre Kindheit in Talbot St. Agnes. Natürlich hatten sie, Felicity, und Gerald als Pfarrerskinder nie am Tanz um den Maibaum teilnehmen dürfen. Ihr Vater hatte etwas gegen den Maitag gehabt — als ‚heidnisch' hatte er ihn bezeichnet —, aber selbst er hatte nicht verhindern können, daß seine Familie zuhörte und daß nun, achtzehn Jahre später, das Lied in der Brust einer konventionellen, völlig unsentimentalen Frau ein schwaches sehnsüchtiges Echo hervorrief.

Sie trat ans Fenster, beugte sich hinaus und erstarrte vor Entsetzen. Am Ende der Sackgasse, die ein kleiner Privatpark abschloß, sah sie ihr eigenes Kindermädchen zusammen mit James, Dorothy und dem Baby im Wagen. Alle sangen nicht nur aus Leibeskräften, sondern hüpften zudem herum. Die beiden Kleinen umkreisten den Kinderwagen, als wäre er ein Maibaum, und Daisy Holt, das Kindermädchen, tänzelte immer im Kreis herum, und bei jeder Drehung wechselte sie die Hand am Griff des Wagens. Was die Sache noch schlimmer machte: Sie hatten alle ihre Hüte vertauscht. James trug Daisys sittsame bebänderte Kappe, Dorothy hatte James' Matrosenmütze auf, und auf dem üppigen rötlichen Haar des Kindermädchens thronte Dorothys kleiner italienischer Strohhut mit dem bescheidenen Vergißmeinnichtkränzchen.

Es war ein würdeloser, äußerst schockierender Anblick.

Mrs. Westcotts erster Impuls war, sich noch weiter hinauszulehnen und „Sofort aufhören!" zu rufen, aber das war natürlich unmöglich. Sich mühsam beherrschend, ging sie zum Kamin und zog an dem weißen Porzellangriff, der die Glocke im Souterrain in Bewegung setzte. Gleich darauf erschien Emily.

„Geh und sage Daisy, sie soll sofort hereinkommen. Geh durch die Vordertür, damit du schneller hinkommst."

Sie kehrte zum Fenster zurück, um sich zu vergewissern, daß ihre Anordnung befolgt wurde. Emily sprach mit Daisy. Das Kindermädchen lachte, das Singen hörte auf, die Hüte wurden wieder ordnungsgemäß auf die Köpfe verteilt. Dann überquerte die kleine Gruppe mit dem Kinderwagen die Straße und verschwand unten am Haus Nummer 6 aus Mrs. Westcotts Blickfeld. Diese fuhr fort, die Wohnzimmermöbel abzustauben, aber ihre Hände zitterten leicht. Natürlich war sie über Daisy sehr verärgert, aber ihr eigentlicher Zorn galt ihrer Schwester, die ihr das Mädchen so warm empfohlen hatte.

Natürlich konnte man auch in London Kinderschwestern bekommen, aber die guten waren rar und wollten mit Glacéhandschuhen angefaßt werden. Wenn man jedoch über wenig Geld verfügte, war man auf unqualifizierte Kräfte angewiesen, und Mrs. Westcott hatte mit solchen Wesen schon ihre Erfahrungen. Ihr ältester Sohn, Julian, nun fünfzehn und in Harrow — schrecklich teuer —, war in rascher Folge von einer Alkoholikerin, einem Mädchen, das liederlich war und schwanger wurde, und dann von einem, das stahl, betreut worden. Mrs. Westcott, damals noch jünger und noch nicht so überzeugt vom Prestige des Park Drive, hatte trotzig ihren Kinderwagen selbst geschoben und später dann das Kleine an der Hand geführt, bis ihre zweite Schwangerschaft so weit fortgeschritten war, daß es gegen den Anstand verstoßen hätte, sich bei Tage außerhalb des Hauses zu zeigen. Durch eine Agentur hatte sie eine Kinderschwester namens Mary bekommen, eine handfeste Person, die während dreier Schwangerschaften bei ihr geblieben war. Diese Kinder waren gestorben — alle an Typhus, obwohl keine Epidemie herrschte.

Als James und bald darauf Dorothy eine Kinderschwester brauchten, lebte Mary selbst nicht mehr, und Mrs. Westcott hatte sich an ihre Schwester Felicity in der Hoffnung auf Hilfe gewandt.

Zwischen Mrs. Westcott und ihrer Schwester klaffte der Abgrund einer Altersdifferenz von sechs Jahren und der noch größere des sozialen Unterschieds. Felicity war dank einer glänzenden Heirat nun Lady Langton im Herrenhaus in Talbot St. Agnes. Mrs. Westcott, nicht so hübsch und temperamentvoll, mußte sich mit weniger begnügen; sie hatte vor der Wahl gestanden, entweder eine mittellose alte Jungfer zu werden oder unter ihrem Stand zu heiraten. Einen Geschäftsmann. Und nicht einmal einen erfolgreichen, wie sich erweisen sollte. Er importierte und verkaufte chinesischen Tee, während immer mehr Leute zu der minderwertigeren indischen Sorte übergingen. Sein Einkommen war nun noch geringer als zur Zeit ihrer Heirat, und die Preise waren stark gestiegen. Also war Mrs. Westcott, als sie Felicity um Hilfe anging, gezwungen zuzugeben, daß sie nicht mehr als zehn Pfund pro Jahr aufbringen könne. Felicity hatte ihr — geradewegs aus der eigenen Küche — Daisy Holt geschickt, die gute, reinliche, bescheidene, gesunde fünfzehnjährige Tochter des Gutszimmermanns.

Das Mädchen war im März in London eingetroffen, schien willig, wenn auch anfangs ziemlich heimwehkrank und scheu zu sein, aber es hatte sich recht nett entwickelt. Die Kinder mochten Daisy, und was noch wichtiger war, sie kam gut mit Mrs. Bell, der Köchin, und mit Emily aus. Bis jetzt war alles so leidlich gegangen, wie dies in einem Haus, in dem jeder Penny umgedreht wurde, nur denkbar war.

Und nun dieses unmögliche Betragen. Daisy mußte getadelt werden.

2

Daisy verstand die Rüge gar nicht. „Ich weiß nicht, was ich da so falsch gemacht habe.“

„Das versuche ich dir ja eben zu erklären. Ich habe diesen Lärm auf der Straße gehört — und zweifellos alle anderen auch.“

„Ich habe den Kindern bloß erzählt, wie wir zu Hause den Maitag gefeiert haben. Dann habe ich es ihnen gezeigt, und ich sehe nicht ein, was daran so schlimm ist.“

„Dann muß ich noch deutlicher werden. Gut erzogene Kinder stellen sich in der Öffentlichkeit nicht so zur Schau!“

„Arme kleine Schweine.“

„*Was* hast du gesagt?“

„Arme kleine Schweine. Das sind sie. Im Garten dürfen sie keinen Lärm machen, weil sich die alte Hexe nebenan sonst beschwert. Nicht einmal dort dürfen sie Ball spielen“, sagte Daisy und wies mit dem Kopf auf den größeren Garten am Ende der Straße, „wegen der Blumenbeete und dieses alten — “

„Achte darauf, was du sagst!“

„ — Gärtners“, sagte Daisy, und in ihren Augen funkelte etwas wie Spott. Zum erstenmal bemerkte Mrs. Westcott, daß im linken Auge des Mädchens ein grünlichbrauner Fleck war. In einem weniger hübschen Gesicht hätte das etwas leicht Unheimliches gehabt.

„Der Gärtner ist für die Erhaltung der Parkanlagen verantwortlich, die von einer ganzen Reihe von Leuten besucht werden“, sagte sie steif. „Er kann ein ungehöriges Benehmen genausowenig dulden, wie ich das auf der Straße erlauben kann.“

„Aber wir waren nicht ungehörig.“

„Widersprichst du mir?“

„Ich widerspreche überhaupt nicht.“

In Mrs. Westcott stieg Entrüstung auf, aber sie beherrschte sich. „Ich warte darauf, daß du dich entschuldigst.“

„Ich sehe nicht ein, warum.“

Unverschämt und dickköpfig! Aber selbst dann hätte Mrs. Westcott keine solch selbstzerstörerische Entscheidung getroffen, hätte sich nicht in diesem Augenblick Daisys Haar aus den Nadeln gelöst und wäre herabgefallen. Es war wundervolles Haar — von hellem Kastanienrot, seidig schimmernd und in Wellen bis zur Taille des Mädchens herabfallend.

Eifersucht durchzuckte die Frau, die ihren einundvierzigsten Geburtstag hinter sich hatte und deren einst üppiges Haar matt und dünn geworden war. Nicht etwa, daß sie ihrem Mann mißtraut hätte; Mr. Westcott war, wenn auch nicht eben der beste Familienernährer, doch zumindest treu, und hatte in zwei Monaten Daisy kaum einen Blick zugeworfen. Aber der Anblick dieser Kaskade von Haar verletzte ihre weibliche Eitelkeit.

„Wenn du dich nicht sofort entschuldigst, bleibt mir keine andere Wahl, als dir zu kündigen."

„Aber ich sehe es trotzdem nicht ein", sagte das Mädchen eigensinnig.

„Das reicht. Du wirst am Wochenende gehen. Oder nein — am besten gleich." So etwas geschah jeden Tag — in Läden, in Fabriken, in Privathäusern. Mrs. Westcott hielt sich nicht damit auf, darüber nachzudenken, wie ein Mädchen, über hundert Kilometer von zu Hause entfernt, mit drei Shilling und Eightpence Wochenlohn in der Tasche zurechtkommen sollte. Sie war innerlich mit anderen Dingen beschäftigt. Durch diese Aufwallung von Gereiztheit — im Rückblick ziemlich irrational — hatte sie sich selbst dazu verurteilt, sich um ihre Kinder zu kümmern, bis für Daisy ein Ersatz gefunden war.

Daisy stieg leichtfüßig die Treppe ins Kellergeschoß hinab. „Sie hat mich rausgeschmissen."

Mrs. Bell, die gerade einen Hammelhals zerhackte, hielt in ihrer Arbeit inne und sagte: „Nicht möglich!" Emily ließ eine Kartoffel fallen und fragte: „Warum?"

„Weil ich auf der Straße getanzt habe." Der grüne Fleck in ihrem Auge tanzte. „Und ich habe noch was Schlimmeres getan. Ich habe die Kinder arme kleine Schweine genannt. Das sind sie doch auch. Nie haben sie irgendwelchen Spaß."

„Vielleicht", sagte die Köchin. „Aber dadurch änderst du auch nichts." Sie wandte sich wieder dem Fleisch zu. „Hör, Mädchen, geh gleich rauf und entschuldige dich. Wenn du's fertigkriegst, zerdrücke ein paar Tränen."

„Wofür denn?"

„Weil du so ein Wort benutzt hast. Und fürs andere."

Mrs. Bell war eine vernünftige Frau, abgehärtet durch fünfzig Lebensjahre in einer feindlichen Welt. Sie mochte Daisy gern. Nicht weil sie hübsch war, Mrs. Bell mißtraute hübschen Mädchen im allgemeinen, aber es war immer, als ob ein Hauch frischer Luft durch das muffige Souterrain wehte, wenn sie da war. Mrs. Bell war das Wort „Charme" nicht geläufig.

„Wo willst du denn sonst heute nacht schlafen?" fragte sie.

„Ich finde schon was. Bei dem Wetter schadet es mir nichts, wenn ich in einem Park schlafe."

„Rede keinen Blödsinn. Du bist hier nicht auf dem Land. Du kannst vergewaltigt, ausgeraubt, ja sogar umgebracht werden."

„Ach, zerbrechen Sie sich nicht Ihren lieben alten Kopf um mich", sagte Daisy mit solcher Wärme in der Stimme und einem solch bezaubernden Lächeln, daß Mrs. Bell sich nicht einmal über das Wort ‚alt' ärgern konnte. „Ich schaffe das schon."

„Da täuschst du dich eben, Mädchen. Du rennst hier weg, hast keine Arbeit, kein Heim, kein Geld, und bevor du dich's versiehst, landest du in der Gosse." Begriff die junge Gans, was damit gemeint war? Sie sah so unschuldig und unwissend drein. Aber sie mußte versuchen, die Kleine zur Vernunft zu bringen.

Für eine ehrbare Frau wußte Mrs. Bell, die Köchin, eine ganze Menge über die Kehrseiten des Daseins. Sie beendete ihre Lektion mit den Worten: „... und dann kriegst du den Tripper und hast schließlich keine Nase mehr."

Emily, klein und bucklig, hatte sich an der Unterhaltung bisher nicht beteiligt. Nun wagte sie, sich einzumischen. „Entschuldigen Sie, Mrs. Bell, aber so geht's nicht immer. Bei meiner Cousine Lou zum Beispiel war es anders. Da war ein Gentleman, ein richtig feiner Pinkel, der war so vernarrt in sie, daß er sie geheiratet hat."

„Von deiner Cousine habe ich gehört. Sie war eine unter tausend. Daisy, hör auf mich. Steck dein Haar hoch, geh rauf und sage, daß es dir leid tut."

„Der Teufel soll mich holen, wenn ich das tue."

Trotz ihrer Heftigkeit und der unflätigen Ausdrucksweise hatte ihre Ablehnung nichts Bösartiges. Sie hegte keinen Groll gegen Mrs. Westcott. Genaugenommen hatte sie schon fast vergessen, wie der Streit entstanden war, und was ihre Zukunft betraf, so machte sie sich ebenfalls keine Sorgen. Abgesehen davon war der Gedanke an die verlorene Nase komisch. Sie berührte ihre eigene und lachte.

Als Mrs. Bell merkte, daß Daisys Entschluß feststand, gab sie ihre Bemühungen auf. „Na schön, mach, was du willst. Hoffentlich wirst du's nicht bereuen."

3

Daisy brauchte fast nichts zu packen. Die Tracht hatte Mrs. Westcott gestellt, und ihre eigene Garderobe war dürftig. Sie bestand im wesentlichen aus weitervererbten Kleidern der Familien Langton, vernünftige, trübselige Kleidungsstücke, wie das für eine Bedienstete angemessen war. Die einzige Ausnahme bildete ein Musselinkleid, weiß mit lavendelblauem Muster und einer lavendelblauen Satinschärpe. Das wollte sie an diesem herrlichen ersten Tag der Freiheit tragen.

Emily kam herein. „Daisy, schlaf nicht irgendwo draußen, das ist gefährlich."

„Ich finde schon was, mach dir keine Sorgen."

„Ich habe nachgedacht. Lou war bei ‚Kitty's'. Bei einer Mrs. Hammond. Da ist in der Sparhawk Lane, gleich hinter dem Leicester Square."

„Danke, Liebes." Daisy legte den Arm um die kleine Bucklige und gab ihr einen herzhaften Kuß.

Sie trat hinaus in die köstliche, wenn auch gefährliche Freiheit, die wenigen Habseligkeiten eingewickelt in das Tuch, mit dem sie in London eingetroffen war. Seit sie fünf Jahre alt war, hatte sie keinen Hut mehr besessen. Ihre Mutter war eine ausgezeichnete Wirtschafterin gewesen, und ein Gutszimmermann hatte mehr verdient als ein gewöhnlicher Arbeiter, also hatte Daisy einen guten, ja fast privilegierten Start im Leben gehabt. Aber dann war ihre Mutter gestorben, und ihr Vater hatte schnell wieder geheiratet — eine Frau, die nicht nur nicht wirtschaften konnte, sondern auch noch regelmäßig Kinder zur Welt brachte, fünf in fünf Jahren.

Bis Daisy alt genug war, um in Dienst zu gehen, hatte sie verschiedene Arbeiten verrichtet, die man Kindern zumutete und die ein paar Pence einbrachten. Sie hatte Steine aufgelesen, Vögel mit einer Klapper vertrieben, was sich eben so ergab. Und obwohl sie auf dem Gut geblieben und sogar vom Küchenmädchen zum Hausmädchen aufgestiegen war — es war eine seltsame ziellose Existenz gewesen. Irgend etwas, so dachte sie, würde geschehen. Etwas Wundervolles.

Sie hatte es herrlich gefunden, daß Lady Langton ausgerechnet sie nach London geschickt hatte. Um so größer war ihre Enttäuschung gewesen, als sich das Dasein in London als langweilig herausstellte. Zudem war sie die ganze Zeit über mehr oder weniger hungrig; um im übrigen den Schein zu wahren, war Mrs. Westcott gezwungen, viele kleine Einsparungen vorzunehmen.

Na gut, das alles war jetzt vorüber. Sie war frei, es war erster Mai, und obwohl sie sich in London nicht auskannte, bog sie am Eingang der Sackgasse munter nach rechts und befand sich gleich darauf in einer Einkaufsstraße. Es gab hier elegante Läden mit großartigen Dingen, die sie bewundernd, aber ohne jeden Neid betrachtete. Sie war hungrig. Vielleicht sollte sie mit so wenig Geld im Portemonnaie nicht viel für Essen ausgeben. Aber sie würde schon etwas bekommen, irgend etwas würde sich ergeben.

Gleich darauf entdeckte sie eine Kaffeebude an einer Ecke. Würstchen! Sie brutzelten in einer Eisenpfanne und rochen köstlich, ebenso wie der Kaffee in dem Kupferkessel. Die Bude selbst war ein Treffpunkt von Droschkenkutschern, an der Seite war Platz für Pferde und Wagen gelassen. Daisy bestellte sich kühn eine noch zischend heiße Wurst in einem Brötchen und ignorierte die ebenso neugierigen wie bewundernden Blicke der umstehenden Männer. Eine Frau, und dazu noch ohne Hut, war hier kaum je zu sehen.

Ein Hut — inzwischen war ihr selbst aufgefallen, daß jedes weibliche Wesen irgend etwas auf dem Kopf trug, außer ihr selbst. Sie kam schließlich zu einem Markt, der schon zu hören und zu riechen war, bevor sie ihn erreichte. Die schmale Straße, die Daisy entlangging, verbreiterte sich, und ihre Seiten waren mit Ständen gesäumt, die von Leuten umdrängt waren, alle der ärmeren Schicht zugehörig, denn nun, am späten Nachmittag, konnte man die Dinge billiger bekommen. Auch für Unterhaltung war gesorgt, Daisy sah das erste Kasperltheater ihres Lebens und schenkte einem kleinen, zum Betteln dressierten Affen, der auf einer Drehorgel Kunststücke aufführte, einen Penny.

Schließlich geriet sie an einen Stand mit Hauben, Hüten, Handschuhen und Schals. Sie erstand einen billigen Hut aus derbem Stroh mit einem Baumwollband, und erst jetzt bemerkte sie, daß ihr das Bündel abhanden gekommen war. Allmächtiger — nun stand sie da, buchstäblich nur mit dem, was sie am Leibe trug. Wie unangenehm! Aber bald überwog ihre gute Stimmung wieder die Niedergeschlagenheit, und sie sagte sich, daß das Zeug ohnehin nicht viel wert gewesen war. Eines Tages würde sie hübschere Dinge haben.

Nachdem sie den Hut bezahlt hatte, befanden sich in ihrem selbstgefertigten Stoffbeutel noch fünfzehn Pence. Sie schätzte, daß ein Bett ungefähr einen Shilling kosten würde, also konnte sie sich gerade noch eine Kleinigkeit zu essen leisten, denn trotz der Wurst an der Kaffeebude war sie schon wieder hungrig. Das Angebot an Eßbarem hier war verwirrend. Da gab es Vertrautes wie Würste, Kuchen und Sandwiches, anderes war ihr völlig unbekannt — Aal in Aspik, geräucherte Aale, Aal in Pastete, außerdem Garnelen, Schnecken und Muscheln. Sie entschied sich für die Muscheln, die ihr köstlich schmeckten, sie aber leider nicht sättigten. Sie hätte hundert davon essen können, aber ein kleiner Teller voll hatte schon Twopence gekostet, und so blieben ihr nur noch ein Penny und die Wahl, entweder ein Butterbrot oder eine Tasse Tee zu erstehen, um den Durst zu löschen, den die Muscheln verursacht hatten. Sie entschied sich für den Tee.

Nun also auf zum Leicester Square und zu Kitty Hammond! Das Ende eines herrlichen Tages.

4

Auf dem Platz lag noch das Sonnenlicht, aber in der engen Sparhawk Lane, deren alte, zerfallene Häuser sich in der Höhe fast zu berühren schienen, herrschte bereits Halbdunkel, ein düsterer Tunnel. Daisy fühlte sich ein wenig erinnert, wo man beim Blumen- oder Beerenpflücken oft aus einer sonnendurchfluteten Lichtung in den Schatten des alten Waldes trat. Manchmal hatte sie sich als Kind gefürchtet, eingedenk der seltsamen und unheimlichen Geschichten, die über den Wald erzählt wurden — vom Geist des ertrunkenen Mädchens, der über dem Wasser eines Teiches schwebte, oder vom Jammern eines kleinen Jungen, der sich verirrt hatte und der nie mehr gefunden worden war.

Die Sparhawk Lane jedoch betrat sie ohne Angst; ihr einziges Anliegen war, Mrs. Hammonds Haus zu finden oder zumindest jemanden, der es ihr zeigen konnte. Die Gasse schien völlig verlassen, die Häuser wirkten unbewohnt — eine sehr merkwürde Straße. Dann tauchte plötzlich ein Mann scheinbar aus dem Nichts auf, riesig, drohend in der Dunkelheit.

„Wohin willst du denn?“

„Zu Mrs. Hammond.“

Er hatte in einem Eingang gestanden, und jetzt griff er hinter sich und öffnete die Tür, so daß plötzlich Licht auf sie und ihn fiel. Er war das häßlichste Wesen, das Daisy je gesehen hatte. Sein Gesicht wirkte wie durch eine Wäschemangel gedreht, flach und breit.

„Was willst du da?"

Ihre erste Reaktion war, „Das geht nur mich was an" zu sagen, aber es schien ihr ratsam, höflich zu sein, denn er war der einzige Mensch hier, den sie nach dem Weg fragen konnte.

„Man hat mir gesagt, daß ich bei Mrs. Hammond — Kitty Hammond — ein Bett für die Nacht kriegen könnte."

Zu ihrer Verwunderung lachte er. „Das kriegst du bestimmt."

„Wo ist das?"

„Hier", sagte er. „Komm rein."

Sie hatte den Eindruck, einen Palast zu betreten. Die Halle hatte drei Bogengänge; hinter dem rechten und dem mittleren öffneten sich große, im Augenblick nicht allzu hell erleuchtete Räume, in denen jedoch da und dort ein Schimmer von Seide und Satin zu erkennen war. Links führte eine mit einem dunkelroten Teppich belegte Treppe nach oben. Die Halle selbst war mit Marmorfliesen belegt und strahlte im Licht eines Kronleuchters, dessen herabhängende Kristallprismen in allen Regenbogenfarben funkelten.

„Geh dort rauf", sagte der Mann. „Oben wirst du irgendwo Mrs. Hammond finden, wahrscheinlich in der Galerie. Wenn du jemanden triffst, dann sage, Sam hätte dich reingelassen."

Daisy stieg die Treppe hinauf und fand mit dem ausgeprägten Orientierungssinn des Landmädchens die ‚Galerie'. Sie glich der im Herrenhaus von Talbot St. Agnes nicht im geringsten. Es hingen keine Bilder an den Wänden, sie war eher wie ein Sims, der einen riesigen Raum umgab und sich an einer Stelle zu einer Art Salon mit mehreren kleinen Sesseln und Tischen, Blumen und Grünpflanzen erweiterte. In einem gewaltigen Sessel saß eine unförmig dicke Frau. Die Galerie und der Salon befanden sich zwölf Stufen tiefer als der Treppenabsatz, auf dem Daisy stand, und eine weitere Treppe führte vermutlich zu einem der Räume hinab, die Daisy soeben durch einen der Bogengänge erspäht hatte.

Ohne den Kopf zu wenden, rief die Frau: „Wer ist da?" Ihre Stimme war tief und rauh.

„Daisy Holt."

„Und wer, zum Teufel, ist das?"

„Sam hat mich reingelassen." Es war das einzige, das Daisy einfiel, und es war das Richtige.

„Komm her und laß dich ansehen." Daisy stieg die Stufen hinab, ging um den massiven Sessel herum und ließ sich begutachten.

Buchstäblich Hunderte von Mädchen waren durch Kittys Hände gegangen, und viele anerkannte Schönheiten der guten Gesellschaft waren ihr vom Ansehen her bekannt, denn bei ihr konnte man sich auch für Stelldicheins verabreden. Trotzdem hatte Kitty noch nie ein Mädchen gesehen wie dieses hier, das so völlig unbefangen vor ihr stand.

In Wahrheit war Daisy restlos verblüfft, denn Kitty Hammond unterzog sich inzwischen nur noch einmal pro Tag der Mühe, sich vollständig anzukleiden, und das war, wenn sie sich für den Abend zurechtmachte. Ihr riesiger Leib war dann je nach Jahreszeit in Satin oder Samt gehüllt, überall funkelten Juwelen, um ihren Hals, auf dem gewaltigen, herabhängenden Busen, an den Fingern, in den Ohren, ja selbst im Haar. Abgesehen von diesem blendenden Glanz war Kittys Erscheinung auch sonst ungewöhnlich. Sie war einmal ein recht hübsches Mädchen gewesen, und dem Gesicht war das noch anzusehen, es lag klein und durchschnittlich auf den drei Doppelkinnen ... wie eine bemalte Maske.

„Du bist also Daisy Holt. Und wie heißt du wirklich?"

„Ich heiße wirklich so."

Kitty hatte das gefragt, weil sie merkte, daß das Mädchen anständiger Leute Kind war. Vielleicht hatte die Kleine sogar Schulbildung. Kitty hatte zwei Töchter, die auf eine Schule für junge Ladies gegangen waren, und sie glaubte, den weißen Musselin richtig einzuschätzen. Solche Mädchen verursachten zumeist mehr Ärger, als sie wert waren, erstens weil immer die Möglichkeit von Nachforschungen bestand, zweitens waren sie häufig wählerisch.

„Woher hast du von mir gehört?"

„Von Emily."

„Emily — und wie weiter?"

„Das weiß ich nicht." Emily war eben Emily, und da sie Analphabetin war, hatte sie nie einen Brief erhalten. „Um ehrlich zu sein, ich bin heute früh rausgeschmissen worden und Emily — sie hat mit mir zusammen gearbeitet — sagte, wenn ich hierherkäme, würde ich ein Bett zum Schlafen bekommen. Ich dachte, Sie hätten so was wie eine Pension. Nun meine ich, Sie brauchten vielleicht ein Dienstmädchen... ich weiß, ich bin rausgeworfen worden, aber nicht, weil ich gestohlen habe oder so was."

„Weshalb denn dann?"

„Weil ich auf der Straße getanzt habe."

So etwas Absurdes.

„Du kannst also tanzen?"

„Nicht so wie die Leute in den Ballsälen. Nur so wie beim Erntedankfest und am Maitag."

„Zeig's mir. Dort unten", sagte Kitty und wies auf den Raum unmittelbar unter ihr mit seinem dunklen, glänzenden Boden.

„Haben Sie was dagegen, wenn ich singe? Dann geht's besser."

Daisy war nun überzeugt, daß Mrs. Hammond exzentrisch war — das Wort für reiche Leute mit komischen Ideen. Sie stieg die Stufen hinab und begann auf eine Weise zu singen und zu tanzen, die Mrs. Bell gewiß verwundert hätte, denn sie hielt Mädchen vom Lande prinzipiell für unschuldig und rein.

Die dicke alte Frau in der Galerie erkannte sofort das Ungewöhnliche an dem Mädchen. Ein ländlicher Tanz war ein ländlicher Tanz, aber hier war so viel Anmut und bezaubernde Verführung in den Bewegungen, daß selbst ihr habgieriges und zugleich übersättigtes Gemüt so etwas wie Entzücken empfand. Zu gut für das übliche Geschäft, dachte sie.

Die meisten Bordellbesitzerinnen waren es zufrieden, mit möglichst wenig Unkosten möglichst viel zu verdienen; damit hatte sie, Kitty, sich nie begnügt; sie sah sich gern als ‚Unternehmerin'. Sechs Mädchen hatte sie zur Bühne verholfen, drei, die gute Stimmen gehabt hatten, sogar zur Oper. Sie liebte es, Ehen zu stiften und Liebschaften zu fördern, aber am meisten lag ihr daran, eine gute Gastgeberin zu sein, nicht nur das beste Essen und den besten Wein in London zu bieten, sondern auch jeweils das Neueste. Die Männer pflegten zu Recht zu behaupten, bei Kitty wisse man nie ganz genau, was man vorfinden würde — abgesehen von Mädchen, und selbst die seien handverlesen.

Noch während sie Daisy beobachtete, hatte sie eine Idee für eine neue Unterhaltungsmöglichkeit — etwas, das hübsch fürs Auge, Lust provozierend und irgendwie spielerisch war.

„Bleib so!" rief sie. Daisy hielt inne. „Das reicht. Komm her!"

Daisy stieg die Stufen empor. Nicht einmal außer Atem, stellte Kitty fest.

„Hat es Ihnen gefallen?" Nichts sonst spielte im Augenblick eine Rolle. Wenn Daisy etwas tat mit dem Ziel zu gefallen, konnte sie alles andere vergessen. Wenn sie tanzte, sang oder jemanden nachmachte, schien sie eine andere Person zu werden.

„Du hast ein gewisses Talent", gab Kitty zu. „Darüber reden wir später. Bist du hungrig?"

„Ja", erwiderte Daisy. „Ich könnte ein altes Weib auf 'nem Gaul essen..." Sie schlug sich leicht mit der Hand auf den Mund, weil ihr plötzlich klar wurde, daß sie die Erwähnung des alten Weibs besser unterlassen hätte.

„Entschuldigung", sagte sie schnell. „Wir werden alle alt, wenn wir lang genug leben."

„Stimmt", sagte Mrs. Hammond liebenswürdig und in keiner Weise gekränkt. „Ich weiß, wie alt ich bin. Setz dich. Ich muß etwas erledigen." Von dem Tisch neben ihrem thronartigen Sessel nahm sie eine silberne Glocke und schwang sie. Daisy, die sich nicht der Ehre bewußt war, neben einer Frau zu sitzen, die auf Herzöge und Grafen sozusagen herabsah, saß da und sah zu, wie Pagen herbeigerannt kamen und Kitty mit heiserer Stimme Befehle erteilte. Das junge Mädchen saß da, ein wenig erschöpft und irgendwie benommen. Erst als eine Frau, offenbar eine Haushälterin, eintrat und sie aufforderte, mit ihr zu kommen, erhob sie sich und merkte nun, daß dies ein langer und ermüdender Tag gewesen war.

„Geh mit Esther", sagte Kitty. „Sie wird für dich sorgen." Und Esther sorgte in der Tat für sie. Unter ihren vielen Anweisungen hatte Kitty auch gesagt: „Und hole Jack Skelton her, egal, ob er betrunken oder nüchtern ist. Trag ihn, wenn es nötig ist."

5

Kitty hielt nicht viel von Wohltätigkeit, und ihr Name zierte keineswegs die Listen der großen Ladies, die sich damit befaßten. Die respektabelsten unter ihnen wußten kaum etwas von ihrer Existenz, und in jedem Fall waren die Vorurteile gegen ihr Gewerbe so groß, daß man von ihr gespendetes Geld sicher als schmutzig zurückgewiesen hätte.

Jack Skelton war vor fünf oder sechs Jahren in ihr Blickfeld getreten, als sie den großen Speisesaal umdekorieren lassen wollte. Sie hatte sich etwas Üppiges vorgestellt, wie zum Beispiel die Fresken von Pompeji, von denen sie gelesen hatte. Es war ihr klar gewesen, daß sie dafür niemals einen anerkannten Künstler bekäme — an einem solchen

Ort — , aber sie hatte sich umgetan, und bald darauf war Jack aufgetaucht — halbverhungert und in einem schäbigen Anzug.

,,Haben Sie je mal diesen Ort — Pompeji — gesehen?"

,,Nein. Ich habe von den Fresken gehört, ein paar Zeichnungen gesehen. Das kann ich besser."

,,Sie haben aber eine hohe Meinung von sich, junger Mann."

,,Ja. Ich glaube, daß ich ein besserer Porträtmaler bin als Romney — oder sogar Gainsborough. Aber ich male Leute so, wie sie sind, nicht wie sie gern sein möchten. Ein sicheres Rezept für Mißerfolg." Sein mageres Gesicht verzog sich zu einem Grinsen.

Nach längerem Hin und Her hatte sie ihn zur Probe die Wände eines Gangs, der zu einem ihrer Geheimeingänge führte, bemalen lassen. Als sie nach drei Stunden wiederkam, um die Malereien zu begutachten, war sie erstaunt. Sie erkannte den trübseligen Gang kaum wieder: Die ganze eine Seite und die Hälfte der anderen war erfüllt von Bewegung und kühnen Farben. Kitty war eine ungebildete Frau, aber sie hatte im Lauf ihres Lebens einiges aufgeschnappt und es sich gut gemerkt, denn man konnte nie wissen, wozu man es eines Tages brauchen konnte. So wußte sie zum Beispiel von der Antike, daß die Leute damals bezüglich Sex nicht kleinlich gewesen waren und sich ihrer Körper nicht geschämt hatten. Und dieser Bursche hier hatte es genau getroffen. Selbst der strengste Puritaner — falls jemand dieser Art durch Zufall hereinkommen sollte — , der eine gute Mahlzeit zu sich nahm und Bilder wie diese betrachtete, konnte kaum umhin, auf das zu kommen, was Kitty als ,,Ideen" bezeichnete.

,,Sie kriegen den Auftrag. Wie wär's jetzt mit einer Kleinigkeit zu essen?" Sie erkannte am Aufleuchten seiner Augen, daß er nicht nur hungrig aussah, sondern es auch war.

Seither hatte er auch noch andere Dinge für sie erledigt, und sie hatte versucht, seine Karriere zu fördern, indem sie ihm Porträtaufträge verschaffte. Er hatte keinen Erfolg damit gehabt, und Kitty hatte sich genötigt gesehen, deutlich zu werden.

,,Daß du die Leute so malst, wie sie aussehen, und nicht so, wie sie selbst es glauben, ist ja sehr hübsch, wenn du es zum Zeitvertreib machen würdest. Aber du mußt deinen Weg machen und wirst nicht für alle Ewigkeit jung bleiben. Und jetzt wirst du zu Sir Charles gehen und ihm sagen, es täte dir leid, daß ihm das Bild seiner Tochter nicht gefällt, und du würdest ein anderes von ihr malen. Er hat behauptet, du hättest ihre Nase zehn Zentimeter lang gemacht."

,,Ich nicht. Das war der liebe Gott.''

,,Na schön, sie ist also häßlich, so wie ich fett bin. Aber was nützt es schon, wenn du's ihnen auch noch hinreibst? Das arme Mädchen sollte dir leid tun. Mach's noch mal, Jacky, und verpaß ihr eine Mopsnase.'' Sie sah seinem Gesicht an, daß er diesen wohlgemeinten Ratschlag nicht befolgen würde. ,,Und außerdem — wie stehe ich jetzt da? Erst habe ich dich in den Himmel gelobt, und du gehst hin und stößt alle Leute vor den Kopf? Ich sage dir eines — wenn du Miß Clifford nicht noch mal malst, empfehle ich dich niemandem mehr.''

,,Mir auch recht.''

Abgesehen von seiner Weigerung, hübsche Lügen auf die Leinwand zu malen — wie er es nannte —, stand seinem Erfolg ein weiteres Hindernis im Weg. Er trank. Einen Monat lang war er nüchtern und dann für eine Woche oder noch länger stockbetrunken. Kitty wußte das, weil sie ihn zwar als Porträtisten nicht mehr empfohlen, ihm jedoch andere Aufträge zugeschoben hatte. Ihre Speisesaalfresken und die mit Wolken und Putten versehenen Plafonds ihrer beiden teuersten Schlafzimmer wurden häufig bewundert, und einige Leute wollten ihre Häuser ähnlich dekoriert haben. Man hätte denken sollen, diese Art der Arbeit hätte er nicht verpfuschen können. Und doch geschah es immer wieder. Er fing an, kam so und so weit und trank dann wieder, wenn ihn die Verzweiflung überkam, daß er, der beste Maler der Welt, Putten an anderer Leute elende Zimmerdecken pinseln mußte.

Warum sie ihn nicht längst hatte fallenlassen, begriff Kitty selbst nicht. Aber irgend etwas an ihm war sehr anziehend für sie, und wenn zu lange Zeit verstrich, bis er von seinem Recht, bei ihr umsonst zu essen und zu trinken, Gebrauch machte, pflegte sie jemanden in diese greuliche Dachkammer über einem Lebensmittelladen zu schicken, in der er hauste.

Jacky kam auch diesmal. Er war nüchtern, obwohl Kittys erfahrenem Auge nicht entging, daß sein letzter Vollrausch nicht lange zurücklag. Seine Augen waren noch ein bißchen trübe, die Hände eine Spur fahrig. Er wirkte jedoch sauber und gepflegt und war in der formellen schwarz-weißen Aufmachung, die den Gentleman kennzeichnete. Er war ein Gentleman, daß wußte Kitty; an seiner Ausdrucksweise konnte sie das sofort erkennen, aber in seiner Kleidung neigte er zur Sprunghaftigkeit.

,,Ich wollte eben mit Stadtrat Smithers und ein paar seiner Kollegen zu Mittag essen. Kit, ich muß nachgeben. Kein Mensch kann seinem

Schicksal auf die Dauer entgehen", sagte er. „Wenn ich Gabel und Messer korrekt benutze und jedesmal, wenn ich den Mund aufmache, ‚Sir' sage, werde ich vielleicht das Privileg genießen, zwölf Stadträte in ihren Roben zu porträtieren. Aus Gründen, die nur sie selbst wissen, gieren sie nach Unsterblichkeit."

„Du bist also zur Vernunft gekommen", sagte Kitty. „Das freut mich. Im übrigen kommt es mir ungelegen. Ich habe einen eiligen Auftrag für dich. Achtundvierzig Stunden hast du Zeit."

„Du kennst mich, Kit. Ich bin dein Sklave. Die Untsterblichen sollen warten. Worum handelt es sich? Noch eine Decke?"

„Nein. Es geht um einen Jux. Ich möchte ein paar Statuen so bemalt haben, daß sie wie lebendig wirken; und ein Mädchen soll so hergerichtet werden, daß es wie eine Statue aussieht. Aber wenn's nun nicht geht..."

„Hör zu, ich gehe jetzt zu meiner Verabredung und komme dann zurück. Wenn alles bei künstlichem Licht betrachtet werden soll, bemalt man es auch besser bei solcher Beleuchtung."

6

Daisy Holt und Jack Skelton lernten sich in Kittys Schlafzimmer kennen, das außerdem als Empfangsraum und Büro diente. Kitty selbst lag noch im Bett, als Jack hereinkam, um mit ihr die Details ihres geplanten Schabernacks zu besprechen. „Wenn du willst, daß deine Marmordamen so aussehen wie das lebende Mädchen, dann sehe ich mir die Kleine mal besser an. Hör zu, Kit, ich habe mir die ganze Sache überlegt, während ich mir den Magen vollgeschlagen habe, und ich fürchte, es wird nicht klappen. Schon allein die Augen würde ich nicht schaffen."

„Du kannst doch Glasaugen kaufen. Denk an Puppen."

„Das würde heißen, daß ich die Augenhöhlen ausbohren müßte."

„Dann tu's doch."

„Kitty, bei vier von den fünf Statuen, die du hast, würde ich das ohne Zögern tun. Sie sind bessere Maurerarbeit. Aber die Medusa ist ein echtes Kunstwerk, ich würde sie nicht für eine Leibrente anrühren."

„Die mit den Schlangen? Ich weiß. Das ist ein Geschenk, das ich vor vielen Jahren mal gekriegt habe. Vielleicht kannst du ihr die Augen aufmalen. Und jetzt laß das Mädchen kommen, damit du sie dir anschauen kannst. Eines sage ich dir gleich, schüchtern ist sie nicht."

Sie war atemberaubend schön, zweifellos das schönste Mädchen, das Skelton je gesehen hatte. Aber es war der Künstler ihn ihm und viel weniger der Mann, der auf diese einmalige Kombination aus Form und Farbe reagierte. Er wollte keineswegs mit ihr ins Bett — er wollte sie malen.

Daisy war hereingekommen, ausgeschlafen, gesättigt, frisch gebadet und bester Laune. Aus Esther, die sie versorgt hatte, war nichts Näheres über dieses seltsame Haus herauszubekommen gewesen. Sie hatte sie schließlich in Mrs. Hammonds Schlafzimmer geführt, wo sich ein Mann aufhielt.

„Daisy, das ist Mr. Skelton, Jack — Daisy Holt." Er verbeugte sich leicht und sah sie an; es war nicht ganz der Blick, den sie von Männern gewöhnt war, sondern ernster, mehr so, als sei sie etwas in einem Schaufenster und er überlege sich, ob sie ihren Preis wert sei.

„Daisy", sagte Kitty, „weißt du noch, wie du gestern gestanden hast, als ich dich unterbrochen habe?"

„So?" Es war eine Bewegung aus einem Volkstanz, die eine Hand hoch erhoben in der Hand des Partners, unter dessen Arm sie soeben durchgeschlüpft war, die andere dem Nächsten entgegengestreckt, bereit zu einer Drehung. Daisy nahm die Position mit Leichtigkeit ein.

„Genau so", sagte Kitty. „Bleib so. Siehst du nun, was ich meine?"

Mr. Skelton musterte sie noch eindringlicher und wandte sich dann zum erstenmal persönlich an sie. „Wie lange kannst du diese Pose einhalten, Daisy?"

„Weiß ich nicht. Ich hab's nie versucht. Vielleicht eine halbe Stunde?"

„Kaum. Die meisten Leute finden es schon schwierig, auch nur zehn Minuten lang still zu sitzen."

„Ich bin stark", sagte Daisy lächelnd.

„Wie lange soll denn so eine Vorführung dauern?" fragte Skelton.

„Ich dachte, ungefähr zehn Minuten. Einmal pro Stunde. Und, Jack, ich habe darüber nachgedacht, was du über die Augen gesagt hast. Das betrifft auch das Haar. Perücken. Mindestens zwei, blond und dunkel — sie hat so 'ne Art Kupferfarbe, wie du siehst. Ans Atmen habe ich auch gedacht. Sie kann den Atem nicht zehn Minuten lang anhalten. Aber mit Pailletten und irgendwelchem flatterigem Stoff, der sich bewegt, kann man viel machen."

„Pailletten sind eine gute Idee. Die Medusa — die einzige, die mit ihr vergleichbar ist — könnte einen Kopfputz kriegen, damit die Schlangen verborgen bleiben..."

Die Unterhaltung ging weiter, vieles davon war für Daisy unverständlich und schien mit ihr gar nichts zu tun zu haben; sie hörte schließlich gar nicht mehr zu und konzentrierte sich darauf, die Pose einzuhalten, was mit jeder Minute schwieriger wurde. Der hochgestreckte Arm schien herabzusinken, zu zittern, gefühllos zu werden. Schließlich schnappte sie ein wenig nach Luft. „Ich habe mich überschätzt. Ich kann nicht mehr."

Das lenkte die Aufmerksamkeit der beiden auf sie, und sie lächelte, diesmal entschuldigend.

„Habe ich mir gedacht", sagte Mr. Skelton. „Macht nichts, wir werden was weniger Aufreibendes finden."

„Ich habe das nur als Beispiel gemeint", sagte Kitty. „Sie hat das, was ich ‚fließende Bewegungen' nenne. Hör mal, Jack, ich will nicht, daß sie gesehen wird. Das könnte alles verraten. Nimm sie mit, sie soll dir helfen. Sag ihr, worum sich's dreht."

„Wenn du das bis morgen abend alles fertig haben willst, kann ich Hilfe brauchen. Komm mit, Daisy."

„Wenn du unterwegs jemanden triffst", sagte die alte Perfektionistin auf dem Bett, „dann tu so, als ob du niesen müßtest, oder sonst was, damit keiner dein Gesicht sieht."

Der Raum, den Kitty Jack zur Verfügung gestellt hatte, befand sich im gleichen Gebäude. Er war ziemlich groß und leer bis auf einen Tisch und eine Reihe lebensgroßer Statuen. Im Herrenhaus von Talbot St. Agnes hatte es auch zwei solcher Figuren gegeben, und Daisy war hin und wieder mit der Aufgabe betraut worden, sie mit Seife, Wasser und einer Bürste zu reinigen. Aber nun wurde ihr doch tatsächlich erlaubt, eine der Statuen von oben bis unten schwarz zu bemalen!

Sie bekam noch weitere faszinierende Aufträge. Mr. Skelton erklärte ihr nicht viel, aber sie schloß aus dem Ganzen, daß es sich um einen Jux handelte, irgendeine Vorführung, bei der sie eine führende Rolle spielen sollte. Sie war nicht egozentrisch genug, um zu begreifen, was für ein Kompliment ihr da indirekt gemacht wurde.

Hin und wieder unterbrach Skelton sie in ihrer Tätigkeit und sagte:

,,Komm her. Ich möchte dich ansehen.“ Im besonderen erwähnte er ihren Teint. ,,Milch und Rosen? Pfirsich und Sahne? Ich würde sagen — Apfelblüte.“ Es war schmeichelhaft, das begriff sie, aber seine Stimme hatte nichts Lobendes; es handelte sich einfach um eine Feststellung. Sein Stöhnen und seine Ausrufe der Unzufriedenheit erkannte sie jedenfalls nicht als Komplimente, während er an seiner Arbeit zweifelte, die daraus bestand, alle Statuengesichter — mit Ausnahme des schwarzen — dem ihren so ähnlich wie möglich zu machen. ,,Gott! Wer bringt so was fertig? Diese alte Teufelin hat sich das bloß ausgedacht, um mich zu plagen.“ Und dergleichen mehr.

Gegen Mittag waren vor der Tür Geräusche zu hören, Schritte, Stimmen, das Klappern von Geschirr.

,,Versteck dich hinter einer der Statuen“, sagte er, ging zur Tür und holte zwei Tabletts herein. Wieder ein herrliches Essen. Daisy machte sich voller Appetit darüber her. Skelton beobachtete sie.

,,Wie alt bist du?“

,,Am Bartholomäustag war ich fünfzehn.“

,,Das ist sehr jung.“ Aus irgendeinem Grund klang das so, als bedeute jung sein etwas Trauriges. Oder als sei es ein Fehler.

,,Das hat auch Mrs. Westcott gesagt, als Lady Langton mich ihr als Kinderschwester geschickt hat. Vielleicht hat sie recht gehabt.“ Sie lachte. ,,Wenn ich älter gewesen wäre, hätte man mich vielleicht nicht rausgeschmissen.“

,,Wieso das?“ Sie berichtete von den Ereignissen des vergangenen Tages und lachte noch mehr. ,,Aber dann wäre ich ja auch nicht an den netten Ort hier gekommen, was?“

Netter Ort! dachte er. Der Teil seines Gemüts, der noch nicht vom Leben korrumpiert und zynisch geworden war, empfand Traurigkeit. Er wußte, daß es vom moralischen Standpunkt aus seine Pflicht gewesen wäre, ihr genau zu erklären, worum es sich bei diesem netten Ort hier handelte, sie zum Weggehen zu bewegen. Aber das war lächerlich. Verglichen mit dem Dasein der meisten armen Mädchen war das Leben in Kitty Hammonds Haus das wahre Paradies, zumindest materiell gesehen. Kitty brüstete sich damit, noch nie ein Mädchen gegen seinen Willen dabehalten zu haben; sie hatte nie Schwierigkeiten, welche zu bekommen und zu halten, ihr Problem war eher, sie fernzuhalten. Es gehörte zu Sams Pflichten, die unerwünschten abzuweisen.

,,Kannst du den Pudding hier essen? Ich kann nicht mehr. Ich habe gestern abend zu viel gegessen.“

,,Und ob ich das kann. Wenn Sie den Rest Wein hier trinken. Ich werde so leicht betrunken."

Das schien ihn zu amüsieren. ,,Wann warst du zum letztenmal betrunken?"

,,Bei Mr. Rookes Erntetanz, im letzten September war das. Ich erinnere mich nicht an viel, aber sie haben gesagt, ich hätte getanzt und gesungen und alle Leute abgeküßt. Schrecklich nicht? Und am Morgen habe ich mich ganz scheußlich gefühlt, und danach bin ich immer vorsichtig gewesen, sogar an Weihnachten."

,,Na schön. Zurück an die Arbeit."

Er schob die Tabletts auf den Flur hinaus und holte dafür ein Bündel herein, das auf Kittys Anweisung hin draußen hinterlassen worden war. Es enthielt mehrere Perücken, Schals und Federn nebst vielen anderen faszinierenden Dingen. Die Geheimnistuerei in diesem Haus setzte Daisy in Entzücken. Aber dies war auch noch aus einem anderen Grund ein ganz besonderer Tag. Als er sich dem Ende zuneigte, hatte sie sich verliebt.

Sie war, was die Dinge zwischen Mann und Frau betraf, nicht völlig unwissend. Ihre Stiefmutter hatte ihr in derben Worten klargemacht, wie vorsichtig ein Mädchen sein mußte, vor allem eines, das einigermaßen ansehnlich war. In Talbot St. Agnes gab es Beispiele für das, was Mädchen zustoßen konnte, die zuließen, daß sich Männer bei ihnen Freiheiten herausnahmen. Jedenfalls sollte sich ein Mädchen eines Mannes ziemlich sicher sein, bevor es irgendein Risiko auf sich nahm. Daisy war letzteres nie eingegangen, nicht weil sie moralischer war als andere, auch nicht der Warnungen ihrer Stiefmutter wegen, sondern aus dem einfachen Grund, daß sie nie jemanden getroffen hatte, aus dem sie sich wirklich etwas machte. Trotz ihres bezaubernden Aussehens hatte sie eine scharfe Zunge; für die meisten Jungen reichte eine Zurückweisung aus, um weitere Versuche zu unterlassen.

Nun, im Verlauf eines einzigen Tages, hatte sich alles geändert. Hätte Jack Skelton sie küssen wollen, so wäre ihr das willkommen gewesen. Absurderweise machte ihn die Tatsache, daß ihm dieser Gedanke gar nicht zu kommen schien, in ihren Augen noch begehrenswerter. In der folgenden Nacht träumte sie von ihm — es war der erste Traum von vielen.

7

Am nächsten Nachmittag war die Szenerie fertig. Kitty selbst überwachte den Aufbau der Kulissen im sogenannnten Konzertsaal. Der Hintergrund, die Bühne selbst, die sechs Sockel und die Vorhänge waren in glänzendem Scharlachrot gehalten. Auf drei weißen Sockeln standen siebenarmige Leuchter. Die Rampe war mit weißen Blumen und grünem Farn geschmückt.

Skelton, unterstützt von Tom, dem alten Schreiber, brachte eine Statue nach der anderen auf einem kleinen Karren herein und hob sie auf ihre Sockel. Auf Tom war Verlaß, er gehörte zu Kittys Schützlingen und war ein Meister der Schönschrift. Auch Daisy war das und half. Sie konnte nicht mitansehen, wie sich ihr geliebter Jack, nur unterstützt von einem schwachen alten Mann, so abmühte. Außerdem wollte sie beweisen, daß sie wirklich stark war. Die Sockel waren von links nach rechts numeriert. Der, auf dem sie selbst stehen sollte, trug die Zahl zwei.

Schließlich wurde auch Tom, der Schreiber, weggeschickt. Kitty saß in einem Sessel hinter einem roten Seil, das die Zuschauer davon abhalten sollte, näher als vier Meter an die Bühne heranzutreten. Drei der Figuren sollten die Blicke auf sich ziehen und die Gedanken des Publikums ablenken. Medusas Schlangen waren durch einen blaugoldenen Turban verhüllt, und sie trug einen blauen, togaähnlichen Umhang, der an einer Schulter mit einer Diamanten- und Saphirbrosche festgehalten wurde, die Kitty selbst gehörte. „Nichts fängt so gut das Licht wie echte Steine", behauptete sie. Die Pailletten auf den Brüsten und Lenden der Nubierin funkelten ebenfalls im Licht und vermittelten die Illusion von Körperbewegung und Atmen. Das gleiche galt für die Pfauenfedern im Kopfputz und Fächer der dritten Statue, die sich in der Wärme der Kerzenflammen bewegten. Die beiden anderen Figuren glichen einander völlig und sollten Lampen in den ausgestreckten Händen halten. Nun bot eine einen Korb mit Früchten an, die andere einen Krug mit Wein. Daisy, in der gleichen einladenden Pose, sollte einen Blumenkranz halten. Ihr Gesicht war bemalt und ihr Körper weiß geschminkt. Die beiden Marmorstatuen trugen ein Minimum an Kleidung, nur eine Art Lendentuch, Daisy trug weißes Leinen, so steif gestärkt und sorgfältig in Falten gelegt, daß es wie Stein wirkte. Kitty selbst hatte es drapiert und hier und dort an ihrem Gesicht etwas verändert, damit es künstlicher wirke. Daisy schien es komisch, daß Jack Skelton so viel Zeit und Mühe darauf verwendet hatte, die beiden Statuen ihr ähnlich zu machen, und daß Kitty danach eine geschlagene Stunde damit zubrachte, sie genauso wie die beiden aussehen zu lassen. „Und achte um Himmels willen auf deine Augen. Die könnten alles verraten. Die Statuen glotzen stur geradeaus. Also such dir etwas, worauf du starren kannst. Verstanden?"

„Aber ich muß blinzeln."

„Denk nicht dran. Wenn du nicht mehr dran denkst, mußt du nicht blinzeln. Vergiß nicht, es gibt eine Menge Zeug neben dir, auf das die Leute schauen — und ich gehe jede Wette ein, auf die Schwarze starren sie am meisten."

Während Toms Anwesenheit hatte Daisy noch einen Morgenrock getragen. Nun mußte sie ihn ablegen, und ihre Empfindungen waren einigermaßen gemischt. Die Vorstellung, ihren schönen Körper vor einer Menge fremder Männer zur Schau zu stellen — in der sicheren Entfernung von vier Metern —, hatte sie nicht erschreckt. Erst jetzt kam ihr zum Bewußtsein: in wenigen Minuten würde sie mit nackten Brüsten vor *ihm* stehen.

Kitty entging das flüchtige Zögern nicht, und sie sagte böse: „Fang bloß nicht im letzten Augenblick an, die Schamhafte zu spielen! Ich habe ein paar hundert Pfund in diese Schau gesteckt. Wenn du mich jetzt im Stich läßt, wird dich Sam in die Gasse befördern, mit einem Gesicht, daß dich deine eigene Mutter nicht wiedererkennt. Steig rauf!"

Eine Sekunde lang stand alles auf Messers Schneide. In Daisy stieg Furcht auf, echte Furcht, aber ihr Mut gewann die Oberhand. „Reden Sie nicht so mit mir! Ich bin nicht Ihre Sklavin! Mir ist es egal, und wenn Sie tausend Pfund dafür ausgegeben haben!"

Und dann rief Skelton, der die letzten Handgriffe ausführte und immer mehr Verlangen nach einem Glas Alkohol hatte: „Komm schon, Daisy!"

Na schön, wenn er sachlich blieb, warum nicht auch sie? Daisy ließ den Morgenrock fallen, kletterte auf ihren Sockel, hob den Kranz und verharrte regungslos. Die tiefere Bedeutung ihres plötzlich veränderten Verhaltens entging Kitty nicht.

Skelton sprang von der Bühne und ging hinter die Seilbarriere, stellte sich neben die alte Frau und betrachtete sein Werk mit einer gewissen Befriedigung und äußerstem Abscheu.

Das Ganze war unbestreitbar sehenswert. Da er um den scharlachroten Hintergrund gewußt hatte, hatte er sonst keinerlei Rot verwendet. Die Szenerie wirkte sehr reizvoll — selbst das Gleichgewicht zwischen Nacktheit und einer gewissen Sittsamkeit war erhalten geblieben. Die Medusa war voller Würde und zugleich so quälend verführerisch, daß jeden Mann das Verlangen erfassen mußte, ihr die Toga vom Leib zu reißen. Die Nubierin, nackt bis auf die Pailletten und in überaus erotischer Pose, war eine unverhohlene Aufforderung zur Unzucht; und die drei kühlen Nymphen, weder nackt noch bekleidet, trafen so etwas wie einen Ton dazwischen. Sie glichen einander tatsächlich aufs Haar.

„Gute Arbeit, Jack. Ich bin zufrieden."

„Ein gutes Vorzeichen für meinen neuen Start ins Leben."

„Na, ich habe es dir ja oft genug gesagt — wenn du willst, kannst du. Und ich bin froh, daß ich die Perücken geändert habe." Die beiden Nymphen trugen nun welche, deren Farbe ziemlich genau die von Daisys Haarflut war.

„Wenn du's nicht wüßtest — welche, würdest du sagen, ist lebendig?"

„Aber ich weiß es doch", erwiderte er gereizt. „Und ich will was zu trinken haben."

„Das gibt's hier im Haus genug. Ich sag' dir was, Jack. Geh einen heben — oder zwei. Und dann komm noch mal zurück. In einer Viertelstunde, würde ich sagen."

Ihr Körper war eine Last, aber ihr Geist war wendig, und ihr war eben ein Gedanke gekommen.

Kaum hatte sich die Tür hinter Skelton geschlossen, wuchtete Kitty sich hoch, erklomm mit Daisys Hilfe mühsam die Bühne.

„Hör zu, Mr. Skelton möchte etwas geändert haben. Nummer vier an deinen Platz, du an ihren, sie kriegt die Blumen und du das Obst."

Das war nicht eben einfach zu bewerkstelligen, nur mit Hilfe einer ungeschickten alten Frau, die ächzte und keuchte, aber wenn Jack das so wollte, war Daisy bereit, Berge zu versetzen.

Dann kehrte Kitty zu ihrem Sessel zurück und ließ sich hineinfallen. „Bleib oben stehen und rühr dich nicht", sagte sie.

Skelton kehrte zurück. „Hör zu", sagte sie zu ihm, „eine Menge Dinge sehen durch den Boden eines Glases betrachtet besser aus. Nimm eine Karte. Tu mal so, als seist du ein Gast."

Die Karten waren mit Goldrand versehen und schön geschrieben. Der Text war kurz. Kitty kannte ihre Kundschaft. Gentleman durfte man nicht mit vielen Worten behelligen.

Zahlen Sie eine Guinee. Gewinnen Sie fünfzig. Finden Sie das lebende Mädchen heraus. Schreiben Sie ihre Nummer und Ihren eigenen Namen auf.

Skelton warf einen Blick auf eine der Karten, und mit unverminderter Selbstverachtung blickte er auf sein Werk, das unverändert schien, seit er es verlassen hatte. Dann erkannte er den Schwindel und brüllte vor Lachen.

„Du alte Gaunerin! Du hast die Nymphen gewechselt! Und der Teufel soll mich holen, wenn ich... Augenblick mal. Die Hübscheste! Nummer vier."

Unter ihrer Schminke errötete Daisy vor Freude. Er hatte sie als die Hübscheste bezeichnet! Trotzdem achtete er nicht sonderlich auf sie. „Wieviel, glaubst du, wirst du mit dieser Maskerade da heute abend kassieren?"

„Heute abend? Bei den hohen Kosten komme ich vielleicht gerade auf meine Rechnung. Aber warte bis morgen! Warte, bis sich das herumgesprochen hat!" Sie stieß ihn zwischen die Rippen. „Und du kriegst auch deinen Anteil. Und Jack, noch was, bevor du zu den Stadträten gehst. Wenn zwölf von denen an dir rumnörgeln, kann 'ne Menge schiefgehen."

„Dann fange ich jetzt besser gleich an", sagte er und verschwand. Kein Wort des Abschieds. Kein Blick.

„Zieh das hier wieder an und geh in dein Zimmer zurück. Paß auf und verdirb die Schminke in deinem Gesicht nicht. Esther wird dir was zu essen bringen. Der erste Auftritt ist um halb zehn. Sei um viertel nach neun wieder hier."

Kittys Stimme klang kalt. Sie hatte den Augenblick des Aufbegehrens nicht vergessen. Er hatte ihr nicht mißfallen, ihr nur die Notwendigkeit klargemacht, die Oberhand zu behalten. Das Mädchen war ein Fund — vielleicht sogar ein Schatz. Aber selbst das temperamentvollste Pferd war wertlos, solange es nicht handzahm war.

Kittys Voraussage, sie würde nur eben auf ihre Rechnung kommen, war eine Unterschätzung. Jeder Mann, der an diesem Abend in ihr Haus kam, sah sich die Vorführung einmal, zweimal, einige sogar dreimal an. Selbst Lord St. Berners, der praktisch blind war, konnte nicht widerstehen und riet, wobei er die Nummer fünf wählte, weil er sie für seine Glückszahl hielt. Irgendwann eilte einer der Diener zu Kitty und fragte sie, ob ein Gentleman auch mehr als eine Karte auf einmal bekommen könne.

„Zwanzig Stück, solange er blecht."

Der unternehmungslustige junge Herr versah seine Karten mit fünf verschiedenen Nummern und war einigermaßen überzeugt, die fünfzig Guineen einzuheimsen. Er wurde enttäuscht; denn wie der Diener, der die Karten und Bleistifte an der einen Tür verteilte, und der andere, der sie an der zweiten Tür einsammelte, ihm sorgfältig erklärten, es sei die erste reguläre Karte, die sie aus dem hierfür bereitgestellten Sack nähmen, die zählte.

Es gab vier Auftritte, der erste um halb zehn, der letzte um halb eins. Zu jedem der Gewinner sagte Kitty: „ Ich verlasse mich drauf, daß Sie nicht weiterverbreiten, was Sie wissen. Ehrenwort?" Alle versprachen es, und im großen und ganzen würden sie auch Wort halten, das wußte sie. Ihr Haus war ein ausgewähltes und teures Haus, und für die meisten ihrer Kunden war alles ,was auch nur entfernt an ein Glücksspiel erinnerte, sakrosankt. Sie mochten ihren Lieferanten riesige Summen schulden, aber Spielschulden wurden pünktlich bezahlt. Immerhin hielt sie es für klug, mit elefantenhafter Gutmütigkeit hinzuzusetzen: „Jeder, der plappert, kommt auf meine Schwarze Liste."

Sie hatte auch etwas Derartiges — nicht lang, aber unumstößlich. Angeführt wurde sie von einem Herzog, der eines der Mädchen schlecht behandelt hatte. Natürlich erwartete niemand, daß Bordellmädchen aus Porzellan waren, aber eine Behandlung, die eine der Insassinnen für zwei Wochen außer Gefecht setzte, wurde nicht geduldet. Hausverbot hatten auch einige Herren, die beim Kartenspiel betrogen hatten, und außerdem ein Parlamentsabgeordneter — ein Verrückter übrigens. Er sah gut aus, war hervorragend gekleidet und hatte sich in die Idee verrannt, er müsse Prostituierte bekehren. Er hatte selbst Kitty hereingelegt, was nicht einfach war. Er hatte immer gegessen, getrunken, an allem übrigen teilgenommen, war dann mit einem Mädchen seiner Wahl nach oben gegangen und hatte sie dort aufgewiegelt. Der Tod sei der Sünde Lohn, und warum sie nicht bereue und eine anständige Arbeit annehme? Natürlich hatten die albernen Mädchen ihn mißverstanden und geglaubt, die anständige Arbeit bestehe darin, daß sie seine Mätresse würden. Eine war tatsächlich weggegangen und erst zur Vernunft gekommen, als sie herausgefunden hatte, worin diese anständige Arbeit in Wirklichkeit bestand — sie sollte eine rheumatische alte Lady in Hampstead betreuen! Komisch war das gewesen.

Abgesehen von dem abgenommenen Ehrenwort und der Drohung mit der Schwarzen Liste gab es noch andere Sicherheitsmaßnahmen. Die drei Nymphen konnten ausgewechselt werden. Eines Abends würde es vielleicht zwei Medusen oder zwei Mädchen mit Federn geben.

Am Ende einer sehr lukrativen Nacht — alles zusätzlich zu den übrigen Einkünften des Hauses — ließ Kitty alle Karten in ihr Zimmer hinauftragen und nahm eine flüchtige Analyse der Ergebnisse vor. Es befriedigte und amüsierte sie festzustellen, daß acht von zehn Stimmen auf das schwarze Mädchen mit den Pailletten abgegeben worden waren. Kitty kannte die Männer.

8

„Daisy Holt fragt, ob sie einmal ausgehen kann“, sagte Esther.

„Nein, im Augenblick noch nicht. Sie könnte mit jemandem reden. Andererseits kann sie nicht... Ich weiß. Sie kann in den Laden gehen. Bring sie hin, Esther, und sage Mrs. Bruce, sie soll ihr etwas zu tun geben, bloß sehen darf sie keiner. Und sie darf mit niemandem reden.“

Der Laden war eine von Kittys Filialen. Am Anfang nur als Tarnung für das Haus der Stelldicheins gedacht, hatte er sich unter Mrs. Bruces geschickten Händen zu einem gewinnbringenden eigenständigen Schönheitssalon entwickelt.

Respektable Ladies waren angesichts der Dinners, Konzerte, Opern- und Theateraufführungen und Bälle abends selten frei; ihr Dasein, wenngleich nicht absichtlich überwacht, ermangelte der Privatsphäre und machte eine Liebesaffäre so gut wie unmöglich. Kitty hatte da für Abhilfe gesorgt. Selbst die respektabelste Lady konnte ihren Kutscher zu ihrem Schönheitssalon dirigieren; der Gentleman mit dem untadeligsten Ruf — zumindest was Frauen seiner eigenen Klasse betraf — konnte eben dort hineinschauen und etwas für seine Frau, Schwester oder sogar Mutter erstehen. Dann hinauf in den oberen Stock. Und niemand erfuhr davon.

Früher einmal hatte den Salon eines von Kittys ausgeschiedenen Mädchen geleitet. Denn man mußte den Tatsachen ins Auge sehen: Es kam immer eine Zeit, in der die Bezeichnung „Mädchen“ nicht mehr paßte. Was dann? Die Straße? Und selbst die Straßen wurden dann enger, dunkler und vor allem von Männern betreten, die es sich nicht leisten konnten, allzu wählerisch zu sein. Und wenn das auch zu Ende war, kam irgendeine niedrige Arbeit, für die sie gänzlich ungeeignet waren, oder das Arbeitshaus.

Alles sehr traurig. Und Kitty Hammond, die dank ihres Verstands diesem Schicksal entgangen war, hegte ein seltsames Gefühl von Kameraderie gegenüber denen, die keinen Verstand hatten, sondern nur Körper und ein hübsches Gesicht. Esther und mehrere andere Frauen, die einigermaßen verantwortliche Posten in ihren verschiedenen „Abteilungen" innehatten, waren unter ihren Mädchen gewesen. Mrs. Bruce war von außen dazugekommen.

Esther schloß eine Tür auf, ging Daisy voran durch einen kurzen Gang, und sie traten in einen einfach möblierten Raum, in dem es widersinnigerweise wie hundert Blumengärten roch. Die Frau, die an einem Tisch saß und in ein Buch schrieb, blickte ein wenig überrascht auf und sagte: „Oh, Sie sind's, Esther."

Selbst mit der wichtigen Mrs. Bruce war Esther wie immer kurz angebunden. „Ja, Ma'am. Madam sagt, Sie sollen was für dieses Mädchen finden — Daisy Holt —, um sie zu beschäftigen. Sie darf nicht gesehen werden. Leichte Arbeit. Und reden darf sie auch mit niemandem."

„Ich werde mein Bestes tun."

Wieder einmal wurde über sie und um sie herumgeredet auf eine Art, die Daisy zu verärgern begann. Aber das Gefühl verschwand, als sie merkte, daß Mrs. Bruce sie mit Interesse, ja Bewunderung betrachtete. Das Interesse war gegenseitig, denn Mrs. Bruce glich niemandem, den Daisy je zuvor gesehen hatte: eher klein, eigentlich überhaupt keine Figur, dazu schwarzes Haar, so glatt und glänzend, daß es Daisy an die Farbe erinnerte, mit der sie die Nubierin bestrichen hatte — bevor das Schwarz angetrocknet war. Riesige schwarze Augen, noch größer wirkend durch die Lidschatten. Mrs. Bruce war blaß, aber ihre Haut war eher elfenbeinfarben als weiß. Daisy erblickte zum erstenmal eine Frau, die mehr indisches Blut hatte, als ihr lieb war. Und Mrs. Bruce gab in der Tat zu, eine indische Großmutter zu haben, eine Prinzessin. Die Abkunft war noch unmittelbarer, aber wer wußte das schon?

„Du bist sehr schön", sagte sie zu Daisy und sah bei ihr alles, worum sie sie beneidete: Jugend, blaue Augen, rötliches Haar, der Busen ausgeprägt, aber nicht zu groß.

„Das behaupten viele", sagte Daisy. „Aber Sie selbst sind ja wunderschön."

Mrs. Bruces diskret gerötete Lippen verzogen sich zu einem halben Lächeln; die dunkle Melancholie in ihren Augen blieb unverändert. „Und weshalb hat man dich hierher geschickt?“

„Mich? Ich habe nur getan, was man mir gesagt hat — und gut auch noch.“

„Und was mußtest du tun?“

„Na ja, ich habe... Nein, es tut mir leid, ich kann's Ihnen nicht sagen. Es ist so was wie ein Geheimnis.“

„Du hast die erste Lektion geschafft“, sagte Mrs. Bruce anerkennend. „Alles hier ist geheim.“ Sie erhob sich. „Komm mit, ich werde eine leichte und angenehme Beschäftigung für dich finden.“

Sie ging voran zur Quelle des herrlichen Geruchs. Es handelte sich um ein Mittelding zwischen Küche und Apotheke. Dutzende, Hunderte von Flaschen und Dosen auf Regalen. An einem großen weißen Tisch saß eine Frau mit einer Schürze wie eine Köchin und schöpfte aus einer riesigen Schüssel etwas in ein hübsches Töpfchen.

„Laß das nun, Ella. Geh nach vorn und überprüfe den Bestand.“

Ella gehorchte beglückt und nahm ihre Schürze ab. Der Laden war bei weitem interessanter als der Arbeitsraum.

Mrs. Bruce ging zu der Schale, tauchte einen Finger ein und verrieb die Creme auf dem Handrücken; dann roch sie daran und schien unzufrieden. Sie ging zu einem Regal, nahm eine große Flasche herunter und schüttete etwas von dem Inhalt in die Schüssel. Dann rührte sie heftig in dem Ganzen herum.

„Nur wenig Parfüms sind stabil“, erklärte sie, ein Wort, das Daisy nicht verstand. „Fülle die Töpfchen ein. Und rühre von Zeit zu Zeit um. Wenn alle gefüllt sind, klebe die Etiketten auf.“

Die Etiketten lagen hinter den aneinandergereihten Töpfchen. Sie waren sehr hübsch, blau und weiß — ein knallblauer Himmel und davor ein weißes, seltsam geformtes, aber zweifellos schönes Gebäude.

„Wie hübsch“, sagte Daisy.

„Ja. Ein Künstler namens Jack Skelton hat den Entwurf gemacht, nach Zeichnungen, die ich ihm gegeben habe. Es ist das Tadsch Mahal in Indien.“

Daisy hörte davon zum erstenmal. „Kennen Sie Jack Skelton?“

„Wir haben zusammengearbeitet.“

„Ist er nicht nett?“

„Es war sehr angenehm, mit ihm zusammenzuarbeiten.“

„Finde ich auch. Und hat er wirklich all diese Dinge hier gemacht?“

„Nein, er hat nur einen Holzschnitt angefertigt, so daß man das Bild leicht und billig vervielfältigen kann. Aber ich muß jetzt gehen. Um diese Zeit pflegt der Laden voll zu sein."

Daisy füllte all die bereitstehenden Töpfchen. In der Schüssel blieb noch etwas Creme übrig, aber nicht genug für ein weiteres Töpfchen. Also experimentierte sie damit herum, rieb sich erst versuchsweise ein wenig davon in die Hände, dann ins Gesicht. Auf dem Etikett stand unter dem Bild mit dem seltsamen Namen — auch der Laden hieß übrigens „Tadsch Mahal" — ganz einfach „Schönheitscreme". Das Zeug roch gut.

Danach machte sie sich ans Aufkleben der Etiketten. Und dieses neue Gefühl der Langeweile, dieses Warten darauf, daß die Zeit verginge und etwas geschähe, wurde immer stärker. Genau wie gestern abend in der Garderobe — immer nur warten.

Immerhin, auf den Abend konnte sie sich freuen. Ganz sicher würde Jack Skelton heute kommen, gestern hatte sie ihn überhaupt nicht zu Gesicht bekommen. Ganz sicher wollte er doch sehen, wie den Leuten das, was er gemacht hatte, gefiel, wollte den Beifall hören.

Aber der Abend verging dann, ohne daß er kam, und noch einer und noch einer. Tom, den sie mit Fragen nach Skelton belästigte, begann ungeduldig zu werden.

„Laß mich in Ruhe. Wenn ich ihn sehe, sage ich dir's schon."

Am vierten Tag war Daisy zu dem Schluß gekommen, daß sie so nicht weiterleben konnte. Tagsüber die Einsamkeit und Langeweile in dem Raum hinter dem Laden; bei Nacht die Einsamkeit und Langeweile hinter dem Vorhang. Etwas mußte sich ändern, oder sie würde verrückt werden.

„Ich muß mit Madam sprechen", platzte sie heraus, als Esther ihr das Frühstück brachte.

„Madam möchte dich sehen. Du kennst den Weg. Geh, sobald du fertig bist."

Kitty hielt viel vom Prinzip „erst die Peitsche, dann die Karotte", und sie handelte danach.

„Ich muß dir etwas sagen", begann sie liebenswürdig.

„Und ich muß Ihnen was sagen. Ich kann so nicht weitermachen. Eingesperrt wie im Gefängnis. Tag und Nacht kein Mensch, mit dem ich sprechen kann. Ich werde noch blöd. Und ich mag nicht blöd werden."

„Leute, die blöd werden, merken es selbst als letzte. Wenn ich jetzt auch mal ein Wort sagen darf, ich möchte über deine Zukunft sprechen. Ich habe große Pläne mit dir. Du hast Talent und bist hübsch." Kitty konnte, wenn nötig, Komplimente machen. „Diese Vorstellung wird bis Ende nächster Woche laufen. Es hat keinen Sinn, was Gutes zu übertreiben. Wenn du dich bis dahin ordentlich machst, kannst du die Bühne für dich allein haben. Du kannst singen und tanzen und posieren; mehr oder weniger kannst du tun, was du willst. Du wirst die Schau sein. Wie gefällt dir das?"

„Das würde mir schon gefallen. Aber nicht, wenn ich so weiterleben muß, als hätte ich etwas Schreckliches angestellt und die Polizei wäre hinter mir her. So etwas kann ich nicht ertragen."

Kitty lehnte sich in die aufgehäuften Kopfkissen zurück. „Und wie willst du das ändern?" erkundigte sie sich mit gefährlich ruhiger Stimme.

„Ich schnappe dann einfach über. Ich springe irgendwann am Abend mal runter und sage all den Gentlemen, daß ich die bin, die lebt, und dann bitte ich einen von ihnen, mir zu helfen. Jemand wird es schon tun."

Widerspenstig, dachte Kitty. Und deshalb eigentlich noch interessanter.

„Vielleicht", sagte sie und sah die Szene vor sich: das unglückliche junge Mädchen — bei jemandem wie dem jungen Lord Chalfont oder dem alten Richter Wilkinson konnte da die Ritterlichkeit hervorbrechen. „Aber damit kämst du nicht weit. Und du würdest Jack Skelton um einen hübschen kleinen Auftrag bringen."

„Was für einen Auftrag?"

„Oh, ich wollte ihn bitten, die Kulisse für dich zu entwerfen. Und deine Kostüme. So wie er es bei dieser Schau gemacht hat. Und wenn diese spezielle Vorführung zu Ende ist, brauchst du dich natürlich auch nicht mehr zu verstecken. Im Gegenteil, je mehr du gesehen wirst, desto besser. Du könntest in den Ballsaal und ins Speisezimmer gehen. Wohin du magst."

„Na schön. Ich werd' es versuchen." Sie würde Mr. Skelton wiedersehen. Dann kam ihr ein anderer Gedanke. Lohn. Seit sie in London war, hatte sie kein Geld nach Hause geschickt. Für ihren Vater wäre es eine nette Überraschung, wenn sie es täte. Sie mochte ihn nicht ungern.

„Und kriege ich was bezahlt?"

„Allerdings. Diese Woche eine Guinee. Und die nächste auch. Danach sehen wir weiter."

Kittys verquollene Hände kramten in der Unordnung auf dem breiten Bett. Sie zog erst eine Guinee, dann eine weitere hervor.

,,Wenn du willst, kannst du die nächste Woche im voraus bezahlt kriegen."

,,O ja." Wie überrascht Vater sein würde!

,,Und einen Namen müssen wir uns auch ausdenken", sagte Kitty. ,,Gegen Daisy Holt habe ich an sich nichts, aber für so etwas taugt er nicht. Da werden wir am besten mal Mr. Skelton fragen. Der ist ein gebildeter Mann."

9

,,Es ist zum Verzweifeln mit dir, Jack, wirklich. So eine gute Chance. Und alles bloß aus einem Wutanfall heraus vertan."

,,Es war kein Wutanfall. Es war ganz einfach die Unmöglichkeit, irgend etwas zustande zu bringen. Sie wollten ein Gruppenbild haben. Aber alle waren so beschäftigt und hatten es so wichtig, alle vierzehn Tage mal eine Sitzung, das war das äußerste. Meine Zeit spielte überhaupt keine Rolle. Und dann noch ihre hilfreichen Vorschläge. Smither fragte doch tatsächlich, ob ich nicht bei Gaslicht arbeiten könne? Sie haben mich einfach in den Suff getrieben."

,,Das hat sie nicht viel Mühe gekostet, oder?" sagte die alte Frau grimmig. Aber sie fand, daß er erbärmlich aussah. ,,Ich habe den Eindruck, du könntest etwas Ordentliches zu essen vertragen. Läute mal. Bestell, was du willst. Ich selber esse eine Seezunge."

Sie nahm gegen Abend, bevor der Betrieb begann, immer eine einfache, aber erlesene Mahlzeit zu sich.

,,Haben sie dich wenigstens bezahlt?"

,,Fünfzig Guineen waren ausgemacht. Und das war eine schweißtreibende Arbeit. Zehn habe ich Idiot im voraus genommen, und deshalb haben sie gedacht, sie könnten auf mir herumtrampeln. Wenn ich es mir hätte leisten können, auf das Geld bis zum Jüngsten Tag zu warten, dann hätten sie mich nicht so behandelt."

,,So ist die Welt nun mal, Jacky. Und du lebst schon lange genug, um das zu wissen."

,,Nun reibe es mir auch noch hin."

,,Na ja, jetzt bist du also da und hängst sozusagen in der Luft. Aber vielleicht habe ich einen kleinen Auftrag für dich. Von der Art, wie du sie nicht leiden magst."

„Ich kann keine Art von Aufträgen leiden. Was ist es?"

Sie erklärte es ihm kurz.

„Komisch. Ich habe auch Pläne mit ihr gehabt. Ich wollte dich fragen, ob du sie mir leihst."

„Hm?"

„Als Modell. Dann könnte ich sie malen, wie sie ist. Hast du etwas dagegen einzuwenden?"

„Wieso sollte ich? Sie gehört mir schließlich nicht. Sie hat es mir selbst einmal gesagt: ‚Ich bin nicht Ihre Sklavin'. Ich habe lachen müssen. Innerlich natürlich."

„Sie hat sich getäuscht. Früher oder später kriegst du jeden in deine Klauen. Na schön, kann ich sie haben — irgendwann während des Tages für zwei Stunden?"

„Von mir aus. Und dann bringen wir diese andere Sache in Schwung — das heißt, wenn du den Auftrag übernimmst. Und dein Bild hängen wir dann in die Halle. Das wird Aufsehen erregen. Ach ja, und wir brauchen einen neuen Namen für sie. Daisy Holt geht nicht. Laß dir mal was einfallen."

Er bemühte sich um einen Einfall, während er seine Seezunge aß.

„Ich wollte sie als Hebe malen, Mundschenkin der Götter. Ich glaube, der Gedanke kam mir, als wir die Nymphen arrangierten. Dabei dachte ich, sie sollte eigentlich diejenige mit dem Weinkrug sein... Ja, Hebe."

„Leicht zu merken", sagte Kitty. „Aber ein christlicher Name ist das nicht."

„Diana und Daphne auch nicht. Und genaugenommen Catherine, von dem dein eigener Name abstammt, ebensowenig. Im Griechischen bedeutet er ‚rein'."

„Aber sie braucht auch einen Nachnamen. Hebe — und wie weiter?"

„Warte mal, sie hat doch einmal etwas von einem Wald in der Nähe ihres Dorfes erzählt — ich glaube, ‚Waywood' heißt er. Wie wäre es damit? Hebe Waywood."

„Gar nicht schlecht", pflichtete Kitty bei. „Hast du sie einmal tanzen sehen? Nichts Besonderes. Dorftänze — aber wenn sie sie tanzt, sieht es hübsch aus."

„Ja. Ich glaube, alles, was sie macht, ist hübsch." Seine Stimme drückte so etwas wie Anerkennung, aber kein echtes Interesse aus.

„Da bin ich nicht so sicher", bemerkte Kitty nachdenklich. „Wenn ihr etwas nicht gefällt, benimmt sie sich gar nicht so hübsch."

„Dann müssen wir eben danach streben, ihr zu gefallen, nicht?"

Das war bei Daisy nicht schwer, und sie selbst war nur zu begierig, ihrerseits zu gefallen. Alles schien zu herrlich, um wahr zu sein. *Er* war wieder da. Und sie arbeitete wieder mit ihm zusammen, diesmal stand sie ganz im Zentrum seiner Aufmerksamkeit.

„Hebe, wenn du und die anderen Mädchen um den Maibaum getanzt seid, habt ihr da besondere Kleider getragen?"

„Manche ja. Ich nie. Bis ich fünf war, war ich zu klein, und dann waren wir zu arm."

„Kannst du die Kleider beschreiben?"

„Ich kann sie zeichnen."

Mit erstaunlicher Geschicklichkeit zeichnete sie eine Tracht auf — ein weiter, ziemlich kurzer Rock, eine Bluse mit Puffärmeln und einem tiefen, von einer Kordel zusammengehaltenen Ausschnitt, dazu eine Art Weste.

Für ihren Tanz konnte sie natürlich keinen richtigen Maibaum bekommen. Statt dessen sollte sie einen mit Rosen besteckten Pfahl erhalten, und am Ende ihres Tanzes sollte sie sechs oder sieben Rosen nehmen und sie einigen Herren im Publikum zuwerfen. „Nicht irgendwelchen besonderen", befahl Kitty. „Bevorzugt soll keiner werden. Höchstens die ganz alten. Wenn du einen alten Knacker siehst, der mit einem Fuß im Grab steht, dann sorge dafür, daß er eine kriegt, ja?"

Männer zu ermutigen, die nicht mehr in der Lage waren, das Haus zu seinem ursprünglichen Zweck aufzusuchen, war gute Politik. Männer pflegten mit zunehmendem Alter reicher zu werden. Und einsamer. Kitty und einige ihrer Mädchen hatten tatsächlich schon nette kleine Legate von älteren Herren erhalten, die in ihrem Haus den einzigen Ort gefunden hatten, wo die Jahre für ein, zwei Stunden von ihnen abfielen.

Da war also der Maibaumtanz, dann einer mit Schleiern in verschiedenen Farben, so daß Daisy, fast nackt, in einem Regenbogen zu wirbeln schien. In einem anderen sollte sie eine Nymphe darstellen, die in einem Springbrunnen ein Bad nahm. Dann gab es noch einen vierten, den man kaum als Tanz bezeichnen konnte, in dem sie zuerst sogar recht sittsam angezogen war und dann ein Kleidungsstück nach dem anderen ablegen sollte. Kitty fand, dies sollte so gründlich geschehen, daß Daisy schließlich so nackt wie die Nubierin dastünde, aber hier begann die Kleine zu widersprechen, und Skelton sagte: „Ich finde, sie hat recht. Ein Element des Geheimnisvollen sollte beibehalten werden.“

Kitty fiel etwas Neues ein. „Kannst du einen Purzelbaum schlagen?“

„Früher schon. Ich will mal sehen.“ Sie schlug mehrere Purzelbäume hintereinander.

„In kurzem Rüschenröckchen und kleinem fleischfarbenem Höschen“, sagte Kitty. „Sehr aufreizend.“

Hin und wieder gab sie Daisy Anweisungen. Sie konnte sich im Ballsaal und im Speisezimmer aufhalten, aber nicht zu häufig und nicht zu lang. „Du kannst dich ruhig zum Essen einladen lassen. Aber sei vorsichtig mit Alkohol, du bist nicht daran gewöhnt. Und nichts als Champagner, vergiß das nicht.“ Sie sollte sich keinem Gentleman auf die Knie setzen, und wieder tauchte die alte Warnung auf, keine Freiheiten zu dulden. Im Ballsaal konnte sie ein paarmal tanzen, aber niemals zweimal mit demselben Gentleman.

Kitty konnte nicht vergessen, wie sehr die Nubierin aller Augen auf sich zog. Abend um Abend wurden für sie noch immer die meisten Stimmen abgegeben. Die Männer wollten einfach glauben, dies sei das lebende Mädchen. Und Kitty wollte Daisy zu irgendeinem Zeitpunkt des Programms nackt auftreten lassen.

„Eine Nymphe geht doch auf keinen Fall mit Kleidern ins Wasser.“ Das war ein gutes Argument.

„Frauen tragen Badeanzüge“, wandte Skelton ein.

„Sie sehen auch danach aus“, sagte Kitty. „Aber Hebe ist keine Frau, die mal schnell ins Wasser taucht. Sie ist eine Nymphe. Und ich will sie nackt haben.“

Mr. Skelton hatte Daisy vorher schon unterstützt, und sie warf ihm nun wieder einen beredten Blick zu. „Mr. Skelton soll es entscheiden. Er ist der Künstler.“

Kitty ließ keinerlei Mißvergnügen erkennen. „Für heute ist es genug“, sagte sie. „Jack, geh und kümmere dich um die Palmen. Und sieh zu, daß der Springbrunnen funktioniert.“

Die Bühne im „Konzertsaal“ war noch durch die Statuen verstellt, deshalb fanden die Proben in Kittys Schlafzimmer statt.

„Und sage dem Klempner, er muß auch am Sonntag arbeiten. Daisy, ich mein Hebe, ich möchte ein Wort mit dir sprechen.“ Ihre Stimme klang liebenswürdig, und Daisy war völlig verblüfft, als Kitty, kaum war Mr. Skelton verschwunden, zu ihr sagte: „Wenn das noch einmal vorkommt, fliegst du raus.“

„Warum? Was habe ich denn getan?“

„*Mister* Skelton, *Mister* Skelton“, sagte Kitty giftig. „‚Er ist der Künstler‘! Ein schöner Künstler ist mir das! Einer, der nicht ein einziges Bild verkauft und froh um jeden kleinen Auftrag ist, den ich ihm zuschanze. *Ich* hab' hier das Sagen, Mädchen! Laß dir das in deinen Dickschädel eingehen. Ich weiß, was die Leute mögen. Und ich setze durch, was ich will. Und dabei lasse ich mir nicht dreinreden, weder von dir noch von deinem Mr. Skelton.“

Kitty machte eine Pause, um nach Luft zu schnappen. Dann fuhr sie fort: „Ich weiß genau, was du denkst. Du willst dich für ihn allein aufsparen und solchen Quatsch.“ Das hatte gesessen. Daisys Gesicht war flammend rot. Kitty mochte auf ihre merkwürdige Weise Skelton gut leiden, aber das machte sie nicht blind gegen seine Fehler.

„Selbst wenn er nicht saufen würde, wäre er nichts für dich oder sonst ein Mädchen. Er hat kein Herz — außer für sich selbst und sein ‚Genie‘. Aber die Welt ist ja zu blöd, um es zu erkennen, wie er immer sagt.“ Sie riß sich zusammen, weil ihr klar wurde, daß sie abgeschweift war. „Wenn du mir gegenüber frech wirst, kriegst du Scherereien. Vielleicht bist du zu dumm, es zu merken, daß ich dir die Chance deines Lebens biete. Und jetzt meckerst du herum, weil du deinen nackten Hintern mal zeigen sollst. Bloß wegen dieser tauben Nuß.“

Aufregung war schlecht für ein ohnehin überbelastetes Herz, und im allgemeinen vermied Kitty dergleichen. Aber Rebellion mußte im Keim erstickt werden.

„Also, kein Quatsch mehr! Ich sage dir, was du anziehst und was nicht, und wenn es dir nicht paßt, pack dich, und ich suche mir jemand anders.“

Daisy hätte Kitty am liebsten ins Gesicht geschlagen und wäre hinausgegangen. Aber wohin dann? Was ist bloß mit mir los? dachte sie. Ich habe mir von Mrs. Westcott nichts gefallen lassen und bin fort, ohne an die Zukunft zu denken. Ich habe nicht einmal gewußt, ob ich ein Bett für die Nacht finden würde. Ich habe mich verändert. Das hat man nun von der Liebe! Und vom guten Leben. Damals hätte ich auch in einem Park geschlafen. Heute würde ich so etwas nicht mehr sagen.

„Also gut“, sagte sie. Noch immer ein bißchen widerspenstig, dachte Kitty, aber es wird schon.

„Damit wäre das erledigt. Und was jetzt dieses Bild betrifft, da haben wir nicht mehr viel Zeit. Du gehst am besten zu Skelton, er hat sein ganzes Zeug bei sich, und das Licht paßt ihm auch.“

10

Daisys Verdacht, daß das bequeme Leben sie verweichlicht hätte, festigte sich, als sie sah, wo und wie *er* wohnte. Die Straße hatte einen hübschen Namen, Springfield Lane, aber sie war einfach schrecklich.

Die Häuser waren groß und so massiv gebaut, daß sie mehr als ein Jahrhundert der Vernachlässigung einigermaßen gut überstanden hatten. In jedem Zimmer hauste eine Familie, manchmal auch zwei. Auch die Keller wurden genutzt. In Skeltons Haus war der eine zu einer billigen Herberge geworden, der andere, kleinere, war ein Sammelplatz für Hundeexkremente, die zum Färben bestimmter Lederarten unerläßlich waren. Kleine Jungen sammelten sie ein — einen halben Penny gab es für einen vollen Eimer. Wenn sich so viel angehäuft hatte, daß es sich lohnte, einen Eselskarren zu mieten, wurden sie weggeschafft. Im Erdgeschoß links befand sich eine Garküche, aus der es nach Zwiebeln und ranzigem Fett stank, rechts der Laden eines Obst- und Gemüsehändlers.

Skelton ging Daisy voran die Treppe hinauf, vorbei am ersten Stock, wo auf der einen Seite ein blasser Mann und zwei blasse Lehrlinge Hosen nähten und wo gegenüber eine Frau mit drei blassen Kindern bezaubernde künstliche Blumen herstellte. Ein Zimmer in diesem Stock wurde von einer Prostituierten und ihrem Zuhälter bewohnt, ein anderes von einem Mann, der Hunde stahl und sie gegen Belohnung ihrem Besitzer zurückgab. Die beiden stiegen noch weiter hinauf und blieben vor einer verschlossenen Tür stehen. Skelton öffnete sie und ließ Daisy eintreten.

Zumindest hier oben stank es nicht. Aber welch eine armselige Wohnung! Das Licht fiel durch ein riesiges Fenster auf ein kleines, durchgelegenes Bett, auf dem eine graue Decke lag, einen langen Tisch, der teils mit Geschirr, teils mit Malutensilien vollgestellt war, und einen leicht schiefen Sessel. Mr. Skelton besaß nicht einmal einen

Schrank, seine Kleider hingen an Haken neben der Tür. Aber trotz der Armseligkeit wirkte der Raum ordentlich.

„Wir haben nicht viel Zeit", sagte er. „Heute ist Samstag, und Kitty möchte das Bild am frühen Montagabend ausstellen. Zieh dich um."

Sie sollte über dem kleinen, fleischfarbenen Höschen, in dem sie Purzelbäume schlug, ein durchsichtiges Gewand tragen, das unter dem Busen von einem blauen Band zusammengehalten wurde. Der Rock war auf der einen Seite geschlitzt, und die Ärmel waren eine Art schlaff herabhängender Flügel. Ein blaues Band hielt ihr Haar aus der Stirn zurück, im übrigen fiel es ihr frei über die Schultern. Skelton machte sich trotz des Zeitdrucks die Mühe, den durchsichtigen Stoff und die Haare nach seinen Vorstellungen zu ordnen. Dann reichte er ihr eine Silberschale mit zwei Henkeln. Woher hatte er die?

„Halte sie mir jetzt hin, so als wolltest du mir etwas zu trinken anbieten. Sieh mich einladend an... so ist's gut! Ausgezeichnet! Kannst du den Ausdruck beibehalten?"

„Klar." Sie bot ihm letzten Endes nichts anderes als ihr Herz an.

Gelegentlich sah er sie intensiv an, manchmal streifte er sie nur mit einem flüchtigen Blick. Sie betrachtete ihn eindringlicher, gieriger denn je zuvor. War er eigentlich hübsch oder nicht? Sein Gesicht war gefurcht, tiefe Linien zogen sich von der Nase zu den Mundwinkeln, Fältchen lagen zwischen den Augen, die Stirn war gerunzelt. Kein glückliches Gesicht, fand Daisy, obwohl sie schon gesehen hatte, wie seine Augen funkelten und sein Mund sich belustigt verzog. Seine Augen waren hellgrau, sein Gesicht war leicht gebräunt — aber es glich nicht den Gesichtern der Männer auf dem Land. Ihr Blick verharrte auf seinem Mund. Er war breit, mit dünnen Lippen, und wirkte hart. Ein Kuß von diesen Lippen konnte sich nicht weich anfühlen. Allein der Gedanke jagte ihr einen Schauer durch den Körper, die Schale sank herab.

„Müde? Ruh dich aus, wenn du willst."

„Es geht schon noch."

Sie richtete den Blick auf das Fenster. Es lag zum Glück so hoch, daß man die verkommenen Hinterhöfe der Springfield Lane nicht sehen konnte, sondern ein paar Baumwipfel und das Dach eines Kirchturms.

Nach einer Weile sagte er: „Du mußt müde sein. Ruh dich aus." Er streckte sich und ging ein paar Schritte hin und her. Daisy setzte sich in den wackeligen Sessel. Nach einer Weile sagte er: „Wir machen weiter, wenn du kannst." Daisy sprang bereitwillig auf. Er ordnete ihr Gewand und die Haare neu. Ach, wenn seine Hände sich doch mit Zärtlichkeit bewegt hätten, statt mit solcher Sachlichkeit!

Sie arbeiteten bis ein Uhr, dann sagte er: „Ich bin hungrig — und so wie ich dich kenne, du auch!"

Wieder durchzuckte es sie freudig, daß er sie mit dieser trivialen Bemerkung als Person anerkannte.

„Stimmt. Ich könnte ein altes Weib auf einem Gaul essen. Wissen Sie, daß ich das zu *ihr* gesagt habe, als ich sie kennenlernte? Es war gräßlich."

Sein Gesicht erhellte sich bis fast zu einem Lächeln und verdunkelte sich dann wieder, als Daisy, die sich nützlich machen wollte, zum anderen Ende des Tischs ging. Dort stand eine Käseglocke mit einem ziemlich vertrockneten Stück Käse darunter, daneben lag ein halber Laib Brot, auch nicht mehr frisch.

„Tut mir leid", sagte er. „Ich habe nicht daran gedacht. Und selbst wenn! Bis Kitty mich bezahlt, bin ich ohne einen Heller."

Für seine Arbeit an den Statuen hatte sie ihm weitere fünf Pfund gegeben; er hatte den ursprünglich vereinbarten Betrag erhalten, dazu zehn Pfund von den Stadträten, und das alles in verhältnismäßig kurzer Zeit. Aber er hatte Schulden begleichen müssen, er war mit der Miete im Rückstand gewesen, und obwohl daran niemand zu denken schien, kosteten Leinwand und Farben Geld.

„Ich habe zwei Shilling", sagte Daisy eifrig. Sie wünschte jetzt, sie hätte die zwei Pfund nicht nach Hause geschickt. „Ich gehe hinunter und besorgte uns was. Was möchten Sie haben?"

„Ach, irgend etwas. Aber nicht von dem Laden hier unten." In der Springfield Lane wurde allgemein angenommen, daß ab und zu Hunde, die nicht gegen Belohnung zurückgefordert wurden, in die Garküche wanderten.

Daisy griff nach einer seiner Jacken, die am Haken neben der Tür hingen, und zog sie über. Die Schultern reichten ihr fast bis zu den Ellbogen, ihre Hände waren unsichtbar. Sie ging barfuß. Das war keine neue Erfahrung für sie. Bis zu ihrem fünften Lebensjahr hatte sie Schuhe gehabt; als das einzige Kind eines Mannes mit fester Beschäftigung und einer liebevollen Mutter war sie besser dran gewesen als viele Dorfkinder. Dann war der große Wechsel gekommen, und als ihr letztes Paar Schuhe wirklich zu schmerzen begann, war sie barfuß gegangen, bis sie ins Herrenhaus kam, wo wie alles andere auch Schuhe gestellt wurden, groß genug, um weiteres Wachstum zuzulassen. Deshalb waren ihre Füße wohlgeformt, mit geraden Zehen und hohen Risten.

Skelton staunte über ihre Unbefangenheit. Als sie gegangen war, kehrte er wieder an die Arbeit zurück. Er malte die silberne Schale, für die ihre Anwesenheit nicht erforderlich war.

11

Das Bild, weithin bewundert, stand in Kittys Foyer. Im „Konzertsaal", noch mehr bewundert, hatte Hebe Waywood ihren Auftritt. Diese jüngste Vorführung war sogar noch erfolgreicher als die Sache mit den Statuen und brachte Kitty neue Kundschaft — Männer, die normalerweise solche Orte nicht aufsuchten. Sie kamen, um das Bild zu sehen, von dem die ganze Stadt sprach, und wollten dann das Mädchen tanzen sehen. Und nach der Gratis-Unterhaltung schien es ihnen unhöflich wegzugehen, ohne einen gewissen Betrag für Essen und Wein ausgegeben zu haben.

Unter diesen neuen Gästen gab es einige, die die Vorführung mit leichter Mißbilligung betrachteten. Die lasziven Untertöne, auf denen Kitty bestanden hatte, paßten schlecht zu der seltsam ätherischen, jungfräulichen Atmosphäre des Gemäldes. Der Herzog von Sudbury verlieh seinen Gefühlen und auch denen anderer Ausdruck, als er sagte: „Verdammt, das ist einfach Blasphemie! Es ist so, als ob man eine Heilige zwingen würde, sich wie ein Gassenmädchen zu benehmen."

Für diejenigen, denen dergleichen an dem Gemälde entging, die jedoch die Vorführung genossen, war Hebe selbst eine Enttäuschung. „Prüde wie eine Prozellanpuppe", sagte Lord Kendall. Daisy, die Leute mochte und nach Lob schmachtete, machte von Kittys Erlaubnis Gebrauch, sich unter die Gäste zu mischen. Aber sie verhielt sich äußerst zurückhaltend, weniger weil man ihr das befohlen hatte, als weil ihre Liebe zu Jack Skelton es ihr unmöglich machte, mit anderen Männern auch nur oberflächlich zu flirten. Der Gedanke, sie könnte auf deren Knien sitzen oder zulassen, daß sie sich Freiheiten herausnähmen, war ihr zutiefst zuwider. Zwischen ihren Auftritten pflegte sie in den Ballsaal zu gehen und ein- oder zweimal zu tanzen. Im

Speisezimmer huschte sie von Tisch zu Tisch, aß hier einen kleinen Bissen und trank dort einen Schluck Champagner. Die ganze Zeit bekam sie galante Komplimente über ihre Schönheit zu hören und wurde zu ihren Auftritten beglückwünscht. Es gelang ihr jeweils, den Namen ihres Angebeteten ins Gespräch zu bringen — mit einer Raffinesse, die weder zu dem Bild noch zu ihrer Vorführung paßte.

„Finden Sie wirklich, daß ich so hübsch bin wie auf dem Bild? Mr. Skelton hat es gemalt, wissen Sie." Oder mit einer nicht einmal völlig gespielten Bescheidenheit: „Ich finde, Mr. Skelton hat mir geschmeichelt, meinen Sie nicht auch?"

Wenn man den Namen oft genug sagte, blieb er hängen. Genau wie Hebe. Innerhalb weniger Tage fragten Leute, die sich auf diesem Gebiet auszukennen glaubten, nach Jack Skelton. Wer war er? Warum hatten sie zuvor noch nie etwas von ihm gehört? Einige wenige, darunter Sir Charles Clifford, hatten von ihm gehört, und das gereichte ihm nicht zum Vorteil. „Ich weiß, meine Charlotte ist keine hinreißende Schönheit", erklärte Sir Charles, „aber als die alte Kitty mich überredete, meine Tochter von ihm malen zu lassen, hat er ihr doch tatsächlich eine zehn Zentimeter lange Nase verpaßt. Fünfundzwanzig Guineen zum Fenster hinausgeworfen! Wir mußten sie dann von Hobson malen lassen. Er hat das Doppelte verlangt, aber sie sah dann wenigstens menschlich aus." Sir Charles hatte Verwandte in Indien, und wenn die das Porträt eines angenehm aussehenden Mädchens erhielten, gab es dort eine Menge Männer, die sie dann in Wirklichkeit sehen wollten. Und der in Indien lebende Zweig der Cliffords konnte es sich kaum leisten, Charlotte einzuladen, um sie dann unverheiratet zurückzuschicken. Dort drüben würde schon jemand gefunden werden, vielleicht weder jung noch gut aussehend, aber irgendeiner ließ sich sicher auftreiben. Die Chancen, in England zu heiraten, waren für die arme Charlotte gering.

Der Herzog von Sudbury, seit dreizehn Jahren verwitwet, hatte vor kurzem ein Mädchen geheiratet, das halb so alt war wie er selbst und sehr hübsch. Er wollte ein Porträt von ihr für die Ahnengalerie haben und fand, sie solle sich Skeltons „Hebe" ansehen. Natürlich war es undenkbar, daß sie den Fuß in Kittys Haus setzte oder auch nur erfahren würde, daß er das zu tun pflegte. Er sorgte also dafür, daß ihm das Bild für ein, zwei Stunden ausgeliehen wurde. Die junge Herzogin war entzückt und schwor, Jack Skelton sei genau der richtige Maler für sie. Allerdings wollte sie unbedingt wissen, wo der liebe Horace denn das Gemälde gesehen hatte. Aber der Herzog hatte schon schwierigere Hindernisse genommen. ,,Im Haus einer alten Bekannten. Im Augenblick ist sie in Trauer. Und sie kann es nicht ertragen, sich von dem Bild länger als ein, zwei Stunden zu trennen.“ Die junge Herzogin, die über den morbiden Sinn für Romantik verfügte, der zur Zeit in Mode war, nahm sofort an, daß Horaces Bekannte den Verlust einer schönen Tochter betrauerte, und begann ein Gedicht darüber zu verfassen. ,,Blütenschönheit, zerstört in der Knospe; o grausames Schicksal...“ Der Herzog nahm sich vor, Jack Skelton, wer immer er war, rechtzeitig zu bitten, den Mund zu halten.

Kitty versuchte Jack zu überreden, sofort mit dem Porträt der jungen Herzogin zu beginnen, aber er war ganz versessen darauf, Daisy noch einmal zu malen — diesmal als junge Blumenverkäuferin.

,,Reine Zeitverschwendung“, meinte sie. ,,Kein Mensch wird so was kaufen wollen. Lumpen sehen die Leute nicht gern, und an die Armen möchten sie schon gar nicht erinnert werden. Du solltest wirklich morgen erst einmal zum Portman Square rausgehen. So gegen elf.“

Sie sah seinem Gesicht an, daß er nicht die geringste Absicht hatte, ihrem Rat zu folgen, und sie fragte sich, warum sie sich eigentlich solche Mühe mit diesem undankbaren Burschen gab. Trotzdem entschloß sie sich, ein Wort mit Daisy zu reden.

Sie begann mit gedämpftem Lob. ,,Bis jetzt machst du deine Sache nicht schlecht. Bleib so. Und nun... du magst doch Jack Skelton, nicht wahr?“ Daisy errötete. ,,Du könntest etwas für ihn tun. Es ist wirklich wichtig.“ Sie erklärte es ihr. ,,Sag ihm also, du könntest ihm für zwei, drei Tage nicht sitzen. Tu so, als wärest du müde. Dann hat er Zeit, mit seinem neuen Auftrag anzufangen. Hast du verstanden, was ich meine?“

Daisy wurde das Herz schwer. Die letzten Tage waren so herrlich gewesen. Bei diesem Bild stand er nicht unter Zeitdruck, sie hatte mit ihm reden können, und es hatte eine heitere Stimmung geherrscht. Kitty hatte ihm das Bild von Hebe bezahlt und ihm auch für seine Hilfe bei der Bühnengestaltung und den Kostümen etwas gegeben. Er war so vernünftig gewesen, die Miete für zwei Monate im voraus zu bezahlen, und es war reichlich Geld für Essen und Wein übrig geblieben. Er und Daisy hatten zuammen zu Mittag gegessen, und sie hatte über ihre Vergangenheit geplaudert und die

Leute nachgemacht, die sie am Abend zu treffen pflegte — einschließlich Kitty.

„Du hast großes Talent", hatte er einmal gesagt. „Wenn du die alte Kit imitierst, siehst du tatsächlich fett aus."

Und nun sollten diese glücklichen Begegnungen aufgeschoben werden. „Na gut", sagte sie unwillig. „Wenn es gut für ihn ist, will ich ihm nicht im Weg stehen."

„Es *ist* gut für ihn. Kannst du schreiben?"

„Ein bißchen. Die Köchin bei meiner ersten Herrschaft hat es mir beigebracht."

„Dann setze dich jetzt hin und schreibe ihm einen kleinen Brief, den schicke ich ihm dann gleich morgen."

Daß sie schreiben konnte, war eine milde Übertreibung. Ihre Orthographie war ziemlich fehlerhaft, und Satzzeichen setzte sie praktisch keine.

„Liber Mister Skelton ich kann für die nechsten paar Tage nicht kommen ich bin zu müde aber ich freue mich Sie bald wiederzusehen." Wie sollte sie den Brief abschließen? Sie grübelte und fand dann heraus, daß es leichter war, etwas zu schreiben, als es zu sagen, und fügte hinzu: „Mit vielen lieben Grüßen Daisy."

Der flehende Unterton dieses rührenden Briefchens war an Skelton verschwendet, der nur begriff, daß Kitty ihn wieder einmal hereingelegt hatte. Diese verdammte alte Füchsin! dachte er. Nur weil sie erfolgreich ein Bordell leiten kann, bildet sie sich ein, alles müßte nach ihrer Pfeife tanzen! Halb und halb war er entschlossen, nicht zu gehen, entschied sich dann jedoch anders. Für diese Unterbrechung würde er sich bezahlen lassen.

Die Herzogin war ein ebenso schlechtes Modell wie Daisy ein gutes. Erstens konnte sie am Tag nur eine Stunde erübrigen, und dann war sie unfähig, länger als fünf Minuten hintereinander still zu sitzen oder den Mund zu halten. Sie war noch nicht lange genug Herzogin, um diesen Rang mit Würde zu tragen und ihn nicht herauszukehren. Am Ende jeder dieser mühsamen Stunden wollte sie sehen, was Skelton gemalt hatte, und war unzufrieden. Schließlich war sie hübsch genug, um diese überaus vorteilhafte Heirat erreicht zu haben, und nun war sie nicht halb so ansehnlich wie das Mädchen auf dem Bild, das sie zuvor so bewundert hatte. Sie sagte ihm nicht direkt, daß sie verärgert war; irgend etwas an ihm hielt sie davon ab. Aber sie beschwerte sich bei Horace, der wohl oder übel zugeben mußte, daß das Porträt wirklich nicht hübsch genug war, obwohl er seine Frau oft genug genauso gesehen hatte, wie sie nun dargestellt wurde. Sein Kosename für sie — „Kätzchen“ — war in solchen Augenblicken in gar keiner Weise passend.

„Und er ist grob und unhöflich. Manchmal gibt er sich nicht einmal die Mühe zu antworten. Dann brummt er nur.“

„Er war verärgert, als ich sagte, ich fände, er hätte dir nicht genügend Gerechtigkeit angedeihen lassen. Sollen wir ihn hinauswerfen und es mit jemand anderem versuchen?“

Skelton nahm seine Entlassung und die hundertfünfzig Guineen entgegen und verschwand äußerst vergnügt, um sich wieder seinem Bild von Daisy zuzuwenden. Im übrigen hatte er das letzte Wort behalten, als er Seiner Gnaden empfahl, das Bild aufzubewahren, auch wenn es ihm nicht gefiel und es noch nicht ganz fertig war. „In fünfzig Jahren wird es mehr wert sein als zwanzig Hobsons.“ Seine Gnaden konnte kaum darauf hoffen, diesen Tag noch zu erleben, aber nachdem er das Porträt erneut eingehend betrachtet hatte, kam ihm der Gedanke, daß der verdammte Kerl möglicherweise recht hatte. Er hatte nicht die beste Seite seines „Kätzchens“ erwischt; aber etwas lag in diesem steifen, hölzernen Gesicht — vielleicht etwas wie eine Vorahnung? Wenn „Kätzchen“ noch weitere fünfzig Jahre lebte, was durchaus im Bereich des Möglichen lag, dann konnte das leicht zu ihrem normalen Gesichtsausdruck werden.

Skelton ging bei Kitty vorbei, um ihr mitzuteilen, daß er am Portman Square fertig sei.

„Es hat auch lange genug gedauert“, sagte Kitty. „Hier gibt’s eine Menge für dich zu tun.“

„Was denn?“

„Kopien! Du jammerst immer, daß du nicht richtig anerkannt wirst, aber nun siehst du’s — wenn du mal ein hübsches Bild fertiggebracht hast, dann lobt dich jeder. Diese ‚Hebe‘ hätte ich schon x-mal verkaufen können, wenn ich gewollt hätte. Lord Chalfont hat mir fünfhundert geboten, ob du es glaubst oder nicht. Ich habe gesagt, im Augenblick sei es unverkäuflich, aber es würden Kopien davon gemacht.“

„Ich denke nicht daran, zum Teufel!“

,,Na schön. Dann macht sie ein anderer."

,,Das kannst du nicht tun. Es ist mein Bild."

,,Das ist ganz was Neues. Gemalt hast du's, stimmt. Aber bezahlt habe ich es, Jack Skelton, vergiß das nicht. Es ist mein Bild, und wenn ich hundert Kopien davon haben will, dann kriege ich sie!"

,,Du machst mich krank." Seine Hochstimmung ob des Geldes in seiner Tasche, des Gefühls der Freiheit, sank in sich zusammen. Er wußte, daß er hilflos war.

,,Du bist so reizbar", sagte Kitty besänftigend. ,,Eine Kopie richtet doch keinen Schaden an, wenn darauf steht, daß sie eine ist. Du solltest dankbar sein. Überlege mal, wie da dein Name bekannt wird."

Er konnte sich im Augenblick nicht leisten, mit ihr zu streiten, sonst lieh sie ihm möglicherweise Daisy nicht mehr. Und er hatte bereits eine weitere Idee, die er ausprobieren wollte, wenn das ,,Blumenmädchen" beendet war.

,,Mach, was du willst. So wie gewöhnlich. Wie geht es Daisy?"

,,Hebe!" Kitty blickte einen Augenblick düster vor sich hin. ,,Gestern kam so ein Kerl rein — ein Fremder. Er hat sie sich zweimal angesehen und sie dann gebeten, ein Glas Wein mit ihm zu trinken. Und dann hat er ihr eine Stelle in Paris angeboten — für dreihundert Pfund pro Woche, wie mir Freddie Chalfont erzählt hat, der es sich mit anhörte. Ich habe den Burschen auf die feine Art rausschmeißen lassen."

,,Wie hat Dai — Hebe das aufgenommen?"

,,Ganz vernünftig, Gott sei Dank. Sie will gar nicht nach Paris. Sie ist ja hier auch viel besser dran. Ich will sogar noch mehr für sie tun. Morgen fängt sie mit Singstunden an — bei diesem Italiener, diesem Luigi Mazoni. Er hat sie gestern mal vorsingen lassen und gesagt, sie hat eine wundervolle Stimme, aber kein Gehör. Aber das könnte er in Ordnung bringen. So wie die Leute reindrängeln, um sie zu sehen, könnte sie, glaube ich, noch mal vierzehn Tage weitermachen. Dann ist Hochsommer, da ist sowieso nicht viel los. Und wenn es dann wieder losgeht, wird sie ebenso gut singen wie tanzen und ihre Mätzchen machen können."

,,Wann ist ihre Gesangstunde morgen?"

,,Um sechs."

,,Na schön, wenn sie jetzt mit mir kommt, können wir noch einen halben Tag arbeiten."

Daisy war wie ein junger Hund, der sein geliebtes Herrchen wieder begrüßt. Während sie neben ihm hertrippelte, sagte sie: „Mein Gott, ich habe schon gedacht, Sie hätten mich ganz vergessen, so lange ist das her!" Es wäre natürlich himmlisch gewesen, hätte er darauf erwidert, auch ihm sei die Zeit lang vorgekommen, und vergessen könne er sie ohnehin nie. Aber er war nun einmal nicht der Typ, solche Dinge zu sagen. Dann berichtete sie von dem Angebot des Franzosen und auch, daß Lord Chalfont, Lord Kendall und Mr. Seymour ihn hinausgeworfen hatten. Sie blickte Skelton von der Seite an. „Sieht ganz so aus, als wollten sie mich nicht gern verlieren, was?"

„Diesmal hatten sie ausnahmsweise recht", erwiderte er. „Du bist gut in dem, was du tust, aber dreihundert Pfund pro Woche ist es nicht wert. Er hat nur versucht, *dich* zu kaufen."

„Was? Wie eine Sklavin? Gibt es so etwas in Frankreich?"

Wirklich, dachte er, ihre Naivität ist unfaßbar.

Unterwegs kauften sie auf einem Markt noch etwas zu essen, und Skelton erstand außerdem an einem Kleiderstand für zwei Guineen einen hauchdünnen indischen Schal von einem weichen Marienblau, das genau zu Daisys Augen paßte, wie der Händler bemerkte.

„Finde ich auch", sagte Skelton, der ohne zu feilschen bezahlt hatte.

„Ist der wirklich für mich?" fragte Daisy, die es kaum fassen konnte, daß er etwas für sie gekauft hatte.

„Ja. Komm jetzt, wir vergeuden unsere Zeit."

Durch all den Gestank und Lärm stiegen sie hinauf in die Stille des kahlen Dachzimmers.

„Oh, ich kann Ihnen gar nicht sagen, wie schön es ist, wieder hier zu sein!" In einer ihrer unnachahmlichen Gesten breitete sie die Arme aus.

„Zieh deine Lumpen an", sagte er. „Kannst du dich noch erinnern, wie du das letzte Mal gestanden und wie du dreingeblickt hast?"

„Ich habe ein gutes Gedächtnis. Aber wir haben die Blumen vergessen. Soll ich mal schnell —?"

„Nein. Die kann ich malen, wenn du nicht da bist. Es kommt mir auf deinen Gesichtsausdruck an."

„Ah ja. Es war so. Ich habe ein paar halbverwelkte Blumen zu verkaufen. Und wenn Sie sie mir nicht abkaufen, werden ich und meine kleinen Kinder verhungern. War's nicht so?"

Ihr geschmeidiger Körper und ihr ausdrucksvolles Gesicht waren wieder genauso wie vor der Unterbrechung. Er gab ein Brummen von sich und fluchte ein-, zweimal. Dann sagte er triumphierend: „Jetzt hab' ich's!“ Und dann vollendete er in kurzer Zeit die letzten Striche am Gesicht des Mädchens, das seine Seele zu verkaufen schien.

Danach setzten sie sich beide an den Tisch, um zu essen.

„Daisy“, sagte er nach längerem Schweigen, „bist du religiös?“

„Sie meinen Gott und all so was? Ich weiß nicht. Das ist so ein Wirrwarr. Meine Mutter — ich meine, meine richtige Mutter — die war da ganz streng. Jeden Sonntag Kirche, und ich ging immer mit. Und als ich dann fünf oder so war, wurde sie krank, und ich betete und mein Vater auch. Sie litt an irgendwas Gräßlichem, der Doktor kam und sagte, sie würde sterben. Krebs, sagte er. Und dann hat mein Vater gebetet: Laß sie sterben! Und daraus wurde dann auch nichts. Seither halte ich nicht viel vom Beten. Trotzdem, ich halte mich an die Gebote. Ich stehle nicht und so weiter. Warum?“

„Ich habe mich gefragt, ob du etwas dagegen einzuwenden hättest, so zu tun, als ob du beten würdest. So zum Beispiel!“

Er faltete den blauen Schal zu einem Dreieck und legte ihn um ihren Kopf. Sofort schloß sie die Augen und legte ihre schönen Hände mit nach oben gerichteten Fingerspitzen gegeneinander.

„Nein — ich möchte, daß du die Augen offen hältst. Nach oben gerichtet. Ja, so! Wunderbar!“

Es war unglaublich, wie sie sich aus dem Blumenmädchen, das um ein paar Pence bettelte, in eine junge Frau verwandelt hatte, die geistigen Trost erflehte. Obwohl der Schal ihr prachtvolles Haar völlig verhüllte, hatte sie nichts von ihrer Schönheit eingebüßt; im Gegenteil, die Strenge betonte noch das klare, kameenartige Profil. Mit dem „Gebet“ wollte Skelton beginnen, sobald das „Blumenmädchen“ beendet war.

Bei diesem Gedanken fielen ihm wieder die Kopien der „Hebe“ ein. „Daisy“, sagte er plötzlich, „du könntest etwas für mich tun. Es ist nicht gerade Stehlen, aber — stibitzen.“

„Es gibt nichts auf der Welt, das ich nicht für Sie tun würde. Für Sie würde ich —“ Sie verstummte und brach dann plötzlich in Gelächter aus. „Wissen Sie, was ich gerade sagen wollte? Ich würde für Sie nackt auf der Straße tanzen — aber ich tanze ja schließlich jeden Abend nackt, oder nicht? Also, was ist's?“

Er sagte es ihr.

Die Frau, die jeden Morgen den schwarzweißen Marmorboden im Vorraum putzte, bemerkte als erste, daß das Bild verschwunden war. Das beunruhigte Emma Hawkes nicht sonderlich, denn es konnte ein Dutzend Erklärungen dafür geben. Aber als sie es dann Kitty gegenüber doch erwähnte, traf diese mit gewohntem Scharfsinn sofort ins Schwarze. Jack Skelton hatte die Kopien nicht gewollt, also hatte er das Bild gestohlen. Sie gab Anweisung, Mr. Skelton sofort zu ihr zu schicken, wenn er kurz vor elf Uhr käme, um Miß Waywood abzuholen.

„So!" sagte sie und richtete sich etwas in den Kissen auf. „Du hast also gedacht, du könntest mich reinlegen? Das haben schon eine Menge Leute gedacht, und sie haben sich immer geirrt. Geh und bring mir das Bild sofort zurück!"

„Welches Bild? Doch nicht die ‚Hebe'?"

Seine Stimme klang erschrocken, empört und unschuldig, aber sie wußte, wie gut er Theater spielen konnte.

„Was soll es denn sonst für eines sein? Du hast die Kopien nicht machen wollen, also hast du es weggenommen. Bring es zurück, sonst sind wir geschiedene Leute."

„Kitty, ich versichere dir, seit ich das Bild dort aufgehängt habe, habe ich es mit keinem Finger mehr berührt."

„Wo warst du gestern nacht — oder heute früh am Morgen? Es war um zwei Uhr heute früh noch da, Sam hat es gesehen. Und um sieben war es weg. Wo warst du zu dem Zeitpunkt?"

„Ich bestreite, daß du ein Recht hast, danach zu fragen, Kit. Aber wenn du es unbedingt wissen willst, werde ich es dir sagen. Ich habe Daisy zurückgebracht. Dann bin ich zu Jessop's gegangen und habe mir einen Wagen gemietet, um nach Wichfield zu fahren — das liegt in Surrey. Dort habe ich einen Vetter — das einzige Mitglied meiner Familie, mit dem ich noch spreche. Vor einiger Zeit hatte er mir zwanzig Pfund geliehen, und ich bin hingefahren, um sie ihm zurückzuzahlen. Dann bin ich die Nacht dort geblieben. Wir haben uns ein bißchen betrunken. Gegen halb zehn heute morgen habe ich dann bei Jessop's den Wagen zurückgegeben."

„Ein gutes Alibi", gab Kitty zweifelnd zu. „Wie heißt denn dein Vetter?"

„Charles Overton, wenn du es so genau wissen mußt. Sir Charles. Früher war er Parlamentsmitglied; er ist Friedensrichter. Du kannst nachfragen, wenn du willst."

Kitty hatte schon immer vermutet, daß Skelton aus einer guten Familie stammte, obwohl er sie bis dahin nie erwähnt hatte.

„Na gut. Ich glaube dir, daß du nicht in der Stadt warst. Aber hast du vielleicht jemanden angeheuert, das Bild zu klauen?"

„Das ist eine sehr kränkende Frage, Kit. Ich hätte gedacht, du würdest mich gut genug kennen, um zu wissen, daß ich es selbst gestohlen hätte, wenn ich das hätte tun wollen. Und wen hätte ich dazu anheuern sollen — in dieser kurzen Zeit? Ich bin hierhergekommen, habe Daisy abgeholt und den ganzen Nachmittag gemalt. Dann habe ich sie zurückgebracht und bin, wie gesagt, zu Jessop's gegangen. Und außerdem, selbst wenn ich jemanden gefunden hätte, der es stiehlt, wie wäre der wohl an Sam vorbeigekommen? Vor allem mit einem Bild von dieser Größe?"

„Hm, wenn du's nicht warst —" Ihre Stimme klang alles andere als überzeugt. „Laß mich ein bißchen nachdenken. Schließlich habe ich ein paar recht gute Angebote für das Bild gehabt. Vielleicht war es jemand, dem ich es abgeschlagen habe. Wahrscheinlich jemand, der die Nacht hiergeblieben ist. Droben. Sam hat es noch gesehen, als er heimging — um zwei. Dann ist da nur noch Joseph, der die Nachzügler rausläßt, und er ist nicht besonders helle. An dem könnte schon jemand vorbeigekommen sein."

„Das ist einigermaßen einleuchtend. Wenn ich jetzt Daisy abholen könnte — ich muß arbeiten."

Kitty tat etwas, das bei ihr selten war; sie entschuldigte sich. „Tut mir leid, wenn ich dir unrecht getan habe, Jack. Du schienst der Hauptverdächtige zu sein, wie die Polizei immer sagt."

„Es würde mich interessieren, was du herausfindest. Ich empfinde es noch immer als *mein* Bild."

Sie wußte, daß sie ihn verärgert hatte. Sie hatten sich früher schon gestritten und einander beschimpft, aber immer mit einem Unterton des Einanderwohlwollens — nicht so kalt und reserviert wie jetzt. Einen Augenblick lang war sie ein wenig niedergeschlagen.

12

Daisy wartete unten im Vorraum, den blauen Schal über dem Arm. Sie warf ihm einen vielsagenden Blick zu. Aber sie sprachen erst über das Bild, als sie ein gutes Stück vom Haus entfernt waren. Dann sagte er: „Gutes Mädchen! Wo ist es?“

„Da, wo sie nie nachschauen wird“, sagte Daisy beglückt. „Im Laden. Sie wissen schon — im Tadsch Mahal. Dort gibt es eine Menge Bilder, vor allem welche, die indisch aussehen. Ich habe es hinter einen Stapel davon geschoben; sie haben alle Spinnweben und stehen sicher schon seit Jahren da.“

„Das war sehr schlau von dir.“

Sie sonnte sich in seiner Anerkennung und war richtig stolz auf sich. Denn ihrer Ansicht nach war es nicht nur schlau, sondern auch äußerst mutig von ihr gewesen, bei Dunkelheit das Bild aus dem Rahmen zu nehmen und an einem Ort zu verstecken, wo es sicher war, bis sich niemand mehr für Kopien davon interessierte. Sie hatte lange in dem nur von einer Kerze erhellten Halbdunkel auf der Treppe über dem Vorraum warten müssen, bis Joseph kurz eingeschlafen war. Und dann hatte sie mit Hilfe ihrer eigenen Kerze das Bild durch endlose Gänge in den Laden hinübergetragen.

„Es ist schon komisch“, sagte sie zu Skelton, „aber so eine Bude, wo es im allgemeinen von Leuten wimmelt, kann so verlassen sein wie ein Kirchhof, wenn alle weg sind. Ich habe wirklich Bammel gehabt, vor allem im Laden.“

„Du warst sehr tapfer. Ich werde dir auch etwas schenken. Was hättest du denn gern?“ Er überlegte kurz. „Wie wär's mit einer neuen Handtasche?“

„Ich weiß nicht. Diese Köchin — die, von der ich Ihnen erzählt habe, die mir Lesen und Schreiben beigebracht hat —, die hat die hier für mich gemacht. Mal an Weihnachten. Aber ich sage Ihnen was — wenn Sie mir eine schenken, die ein bißchen größer ist, dann könnte ich die hier reintun, nicht? Dann wäre es nicht so, als hätte ich die alte weggeworfen.“

„Ich werde dir eine kaufen, wenn ich das ‚Blumenmädchen‘ zu Pitt und Wade's bringe. Die Läden dort sind sehr elegant.“

Mr. Wade — Mr. Pitt war vor einiger Zeit gestorben — betrachtete das ‚Blumenmädchen‘ voller Anerkennung. Er teilte Kittys Auffassung, gemalte Armut löse bei den Reichen Unbehagen aus, keineswegs.

„Das, Skelton, ist etwas, das ich als ein Bild bezeichne. Wirklich. Diese Farben, diese Kontraste, diese Ausdruckskraft. Ich wußte, daß Sie Ihren Weg einmal finden würden. Gratuliere!"

Mr. Wade war nicht leicht zu begeistern; Pessimismus und Entmutigung lagen eher auf seiner Linie. Skelton freute sich, war jedoch nicht überrascht; er hatte sein Talent ohnehin nie unterschätzt, und wenn Mr. Wade in der Vergangenheit seine Bilder abgelehnt hatte, so hatte er das auf die verdammte Ignoranz und den schlechten Geschmack des Mannes geschoben. Und damit hatte er nicht einmal ganz unrecht gehabt, denn Mr. Wade verstand tatsächlich vorzugsweise von den Bildern etwas, die sich verkaufen ließen — und selbst da irrte er sich gelegentlich angesichts des Publikumsgeschmacks, der äußerst unstet war.

Da Mr. Wade im übrigen seinem eigenen Urteil selbst nicht ganz traute, pflegte er gelegentlich auch Bilder auszustellen, die er zwar nicht zu kaufen gedachte, aber für die sich vielleicht jemand erwärmen würde. Sie hingen dann in dem weiten Eingangsflur, durch den jeder Kunde kommen mußte. Ein Monat, so schätzte Mr. Wade, war das Äußerste. Wenn ein Bild bis dahin keine Aufmerksamkeit erregt hatte, wurde es weggenommen. Wurde es verkauft, so gab sich Mr. Wade, der ja nichts weiter investiert hatte, mit fünfzig Prozent des Preises zufrieden.

Nichts, was Skelton bisher produziert hatte, war wert gewesen, im Eingangsflur ausgestellt zu werden, eine Tatsache, die Mr. Wade selbst jetzt trotz seines überschwenglichen Lobs in Betracht zog. Er bot Skelton fünfzig Pfund. „Und einen Platz im Schaufenster — ganz allein. Das ist viel Geld wert. Damit können Sie sich einen Namen schaffen."

Das stimmte.

„Ich habe an siebzig gedacht."

„Es gibt viele Künstler, die sich selbst überschätzen. Aber —" Mr. Wade betrachtete das Bild erneut und wurde schwach, denn es war wirklich überaus anziehend — für Frauen die Lumpen und die halbverwelkten Blumen, für Männer das gewisse andere, dieses Erregende... „Teilen wir uns in die Differenz. Sagen wir sechzig."

„Gut."

„Kommen Sie in mein Büro", sagte Mr. Wade. „Zufällig habe ich noch etwas mit Ihnen zu besprechen. Ich habe in einem merkwürdigen Zusammenhang etwas über Sie gehört. Darf ich Ihnen einen Sherry anbieten?"

„Danke. In welchem Zusammenhang?"

„Ein Bild ist gestohlen worden. Man hat auch mir gelegentlich gestohlene Bilder angeboten. Eins oder zwei davon habe ich sogar gekauft — aber niemals wissentlich. Der Gentleman, der hierherkam, um sich zu erkundigen, ob ich etwas von Jack Skeltons ‚Hebe' gehört oder gesehen hätte, sagte, er sei sehr daran interessiert, das Bild zu kaufen, und hätte Mrs. Hammond, aus deren Haus es gestohlen worden sei, einen guten Preis dafür geboten. Und wenn es wirklich so schön ist wie Ihr Bild mit den verwelkten Blumen, dann ist das durchaus verständlich."

„Danke", sagte Skelton ohne jede Dankbarkeit in der Stimme.

„Sie haben dasselbe Mädchen gemalt?"

„Es ist dasselbe Modell, ja."

„Ich dachte", sagte Mr. Wade, der endlich zur Sache kam, „wenn die ‚Hebe' solches Interesse geweckt hat, dann wäre etwas Ähnliches leicht zu verkaufen. Das ‚Blumenmädchen' ist verkäuflich, aber Gentlemen neigen nun mal mehr zum Klassischen."

„Sie meinen zur Nacktheit?"

„Mehr oder weniger. Und da gibt es hinreichend Sujets. Aphrodite, dem Meer entsteigend —"

„Daphne, sich in einen Lorbeerstrauch verwandelnd? Leda und der Schwan?"

„Genau das. Für solch ein Bild würde ich nicht sechzig, sondern hundert Pfund bezahlen. Zur Hälfte im voraus, wenn Sie das wünschen."

„Im Augenblick male ich sie voll bekleidet und mit einem Tuch über dem Kopf. Und es wird noch besser als die anderen Bilder. Danach — vielleicht. Versprechen kann ich aber nichts."

Nein, dachte Mr. Wade mit leisem Bedauern. Wirkliche Künstler konnten das nie. Die Natur, die sie mit einem Talent bedacht hatte, schien ihnen andere dafür vorenthalten zu haben, vor allem die, welche für Erfolg unerläßlich waren. Letztlich waren mit den geschickten Handwerkern, denen das Wort „Kommission" mehr bedeutete als „Inspiration", bessere Geschäfte zu machen.

„Nun, vergessen Sie nicht, daß ich sehr interessiert bin, wenn Sie Ihr Werk beendet haben."

„Danke für den Sherry", sagte Skelton und ging für Daisy eine Handtasche kaufen.

,,Oh..." sagte sie, als sie sie auswickelte. Es war ein gedehnter Laut der Ehrfurcht und Anerkennung. ,,Haben Sie je mal so etwas Schönes gesehen?"

,,Sie ist hübsch." Erstaunlich, dachte er, daß sie, die jedesmal, wenn sie in den Spiegel blickte, vollkommener Schönheit gegenüberstand, sich auf diese Weise über solch ein mit blauen und weißen Perlen besticktes Ding äußerte. Perlen waren derzeit hoch in Mode; Kleideroberteile und Capes waren so damit übersät, daß sie wie Rüstungen wirkten.

,,Ich werde jedesmal an Sie denken, wenn ich sie anschaue. Danke, danke tausendmal." Sie hätte ihn fast umarmt und geküßt, aber etwas hielt sie davon ab. Vielleicht die Erkenntnis, daß er ihr gegenüber nicht die gleichen Gefühle hegte wie sie, was ihn betraf.

,,Freut mich, daß sie dir gefällt", sagte er und wandte sich der Staffelei zu. ,,Fertig?"

Dieses Bild bedurfte keiner großen Vorbereitungen, sie brauchte nur den Schal über den Kopf zu legen und ihre Hände richtig zu falten.

,,Gibt es etwas Neues in der großen Bildsuche?" fragte er plötzlich.

Daisy kicherte. ,,Ein Glück, daß ich es nicht unter mein Bett gelegt habe, so wie ich es zuerst wollte. Kitty ist völlig übergeschnappt. Sam schwört, daß es da war, als er ins Bett ging, und Joseph schwört, daß er keinen Augenblick lang eingeschlafen ist — was nicht stimmt, aber ich kann ihm da ja schließlich nicht widersprechen, oder? Na, jedenfalls ist nur ein Mann, der es gern haben wollte, über Nacht im Haus geblieben, und wissen Sie was? Er ist geradewegs dem Gerichtsvollzieher in die Arme gelaufen. Zwei von denen sind ihm nachgegangen und haben ihn wegen Schulden festgenommen. Turnberry heißt er." Sie sah verwirrt drein. ,,Was ich nicht verstehe, ist, daß ein Mann, der Hunderte von Pfund Schulden hat, auch noch ein Bild kaufen möchte. Und Sie?"

,,Klar. Wenn Kitty es ihm verkauft hätte, dann hätte er sie gebeten, ein oder zwei Tage auf das Geld zu warten, und danach hätte er es mit Gewinn an jemand anders weiterverkauft, der es gern haben wollte. Und damit hätte er dann seine Gläubiger für ein, zwei Wochen in Schach halten können."

,,Ah so. Daran habe ich nie gedacht. Na, jedenfalls meinte sie, es müsse noch im Haus sein, und hat alles durchgekämmt. Sogar in der Küche hat sie suchen lassen. Und im Laden! Ein Glück, daß ich es mitten hinein in den Bilderstapel geschoben habe und die Spinnweben alle so ziemlich dranblieben." Sie schwieg einen Augenblick. ,,Und was wird nun mit ihr? Mit der ‚Hebe', meine ich?"

,,Darüber habe ich eigentlich noch gar nicht nachgedacht. Es ist Kittys Bild. Ich wollte bloß nicht, daß diese billigen Kopien angefertigt werden. Wenn ich noch einmal ein Bild für sie male, müssen da klare Abmachungen getroffen werden. Sie kann es ausstellen oder verbrennen, aber Kopien kommen nicht in Frage."

,,Sie wird schon noch ein Bild wollen. Das hat sie gesagt. Für Signore Manzoni. Haben Sie gewußt, daß man Italiener nicht ‚Mister' nennt? Bis August oder Anfang September trete ich nicht mehr auf so wie jetzt. Bis dahin kann ich auch singen, und ich habe gehört, was Kitty von einem Mädchen gesagt hat, das in eine Nachtigall verwandelt wurde. Haben Sie je etwas von ihr gehört, Philo irgendwas..."

,,Philomele?"

,,Ja, stimmt. Sie sind aber klug."

Skelton dachte flüchtig an die Unmöglichkeit, ein singendes Mädchen zu malen. Selbst Daisy wäre mit weit geöffnetem Mund unattraktiv. Aber wenn sie entzückt einem singenden Vogel auf einem blühenden Zweig lauschte... sehnsuchtsvoll, ein bißchen neidisch, gespannt, bereit, verwandelt zu werden... All das konnte sie in ihrem Gesicht ausdrücken, und er konnte es malen.

13

Es war ein ungewöhnlich heißer und trockener August. Ein wunderbares Erntewetter für die Bauern, aber schlimm in London mit seinem Schmutz und seiner Überbevölkerung, wo immer Seuchengefahr bestand — Cholera war die gefährlichste Krankheit, gefolgt von Diphtherie. Kitty war äußerst besorgt um die Gesundheit ihrer Mädchen und der jüngeren Hausdienerinnen. Nach einigem Nachdenken schickte sie sie alle an die Küste — nicht nach Brighton, sondern in ein ruhiges kleines Fischernest. Das Haus war offiziell geschlossen. Was an Einkäufen erforderlich war, wurde von älteren Mädchen erledigt.

Daisy hätte mit den Mädchen ans Meer fahren können. Sie nahm — das gab selbst Kitty zu — einen merkwürdigen Platz im Haus ein. Sie war noch keine Prostituierte, sie war auch keine Bedienstete.

Zuerst, als die Statuen-Vorführung noch lief, hatte sie abgesondert gelebt und, wie Kitty glaubte, in völliger Unkenntnis dessen, was sich um sie herum abspielte. Dann hatte sie sich unter die Gäste im Ballsaal und im Speisezimmer gemischt. Hier hatte Kitty einige Schwierigkeiten erwartet, Eifersüchteleien von seiten der anderen Mädchen, aber nichts dergleichen war erfolgt. Die Kleine kam offenbar mit allen Leuten gut aus, und die jungen Frauen, deren Talente auf die Schlafzimmer beschränkt blieben, schienen bereit, sie zu bewundern und als jemanden mit besonderen Fähigkeiten anzuerkennen, der sich zudem nicht hochnäsig gab. Keine empfand sie als Konkurrenz.

Weder Kitty noch sonst jemand hatte sich die Mühe genommen, Daisy über den Charakter des Hauses aufzuklären. Als ihr die Wahrheit allmählich gedämmert war, hatte sich ihre Einstellung gegenüber den Mädchen gewandelt; sie empfand tiefes Mitleid für sie. So verwöhnt und privilegiert sie zweifellos waren, so gehörten sie doch zu der Klasse, die als „unglücklich“ bezeichnet wurde, in die Kategorie, wie sie Mrs. Bell ihr so eindringlich geschildert hatte. Jetzt waren sie jung und im besten Freudenhaus Englands beschäftigt, aber was wurde später aus ihnen? Es war schwer, sie sich alt und nasenlos vorzustellen, aber das Risiko bestand. Ein Grund mehr, nett zu ihnen zu sein.

Was ihre eigene Zukunft betraf, so verschwendete Daisy kaum einen Gedanken darauf. Sie war von Natur aus unfähig, auf weite Sicht Überlegungen anzustellen. Sie hatte von jeher das Gefühl gehabt, etwas Wundervolles warte auf sie — gleich hinter der nächsten Ecke —, und im Augenblick war sie ohnehin nicht in der Lage, an die Zukunft oder irgend etwas Wundervolles zu denken, ohne Mr. Skelton mit einzubeziehen.

Als ihr angeboten wurde, mit den anderen Mädchen ans Meer zu fahren, hatte sie abgelehnt, obwohl sie den Ozean noch nie gesehen hatte. Aber dann holte Kitty zu einem Schlag aus.

„Wie du willst, aber wenn du dir einbildest, daß du weiter zwischen der Springfield Lane und hier hin und her rennen kannst, dann täuschst du dich. Wenn Skelton dich malen will, soll er hierherkommen.“

Aber das wäre nicht dasselbe gewesen. Trotzdem, direkter Widerstand kam nicht in Frage.

„Darf ich überhaupt nicht ausgehen?“ fragte Daisy.

„Das habe ich nicht gesagt. Du bleibst während der Hitze des Tages hier und fährst dann in der Abendkühle ein bißchen im Hyde

Park spazieren. Wenn du in London bleibst, ist das genau das Richtige."

Skelton hatte sich bereits entschlossen umzuziehen. Nicht gern. Die Dachkammer und sein Lebensstil hatten ihm in gewisser Weise zugesagt. Die Umgebung war widerwärtig, aber wenn er einmal die Tür hinter sich geschlossen hatte, hörten Gestank und Lärm auf zu existieren. Und eine Miete von fünf Shilling pro Woche war billig. Aber er konnte sich jetzt etwas Besseres leisten, Wade hatte das ‚Blumenmädchen' verkauft. Daisy in Bethaltung stand im Schaufenster und wurde fortgesetzt für die Jungfrau Maria gehalten. Skeltons Stern war im Aufgehen. Doch obwohl er fest an sein Genie glaubte, hatte er das Vertrauen in sein Glück verloren. Deshalb behielt er, als ihm etwas angeboten wurde, das ihm ideal schien, die Dachkammer in der Springfield Lane bei. „Dahin kann man sich immer zurückziehen", erklärte er Daisy.

Sie war, was die Dachkammer betraf, ein wenig sentimental. „Wir waren da ganz glücklich, nicht?" Aber sie war auch entzückt von seiner neuen Bleibe, dem Teil eines großen Hauses in Well House Close, hinter dessen Nordseite der Strand lag. Die Wohnung bestand aus einer Küche und einem Atelier im Erdgeschoß; oben gab es einen großen Raum und drei kleinere Räume. Alles war voll möbliert.

„Alles da, bis zum letzten Löffel", sagte Daisy. „Wenn man sich überlegt — einfach wegzulaufen und all das zurückzulassen."

„Mr. Christopher Foley hatte ein scharfes Auge, was den Kunstmarkt betrifft", sagte Skelton mit der Bösartigkeit, die oft durchbrach, wenn von Kollegen die Rede war. „Als Landseer Tiere in Mode brachte, malte Foley die Lieblinge des Hauses — mit Besitzer oder ohne... Aber Landseer kann zeichnen, das muß man ihm lassen. Foley kann es nicht, aber malen kann er; Knabe mit Schäferhund, Mädchen mit Kätzchen — solches Zeug. Und alles Mist. Trotzdem, er hat es geschafft. Er kann es sich leisten, dies hier alles stehen und liegen zu lassen und sich gleich einen Palazzo außerhalb von Florenz zu kaufen."

„Jedenfalls war es für uns ein Glück. Kitty wird mich hierherkommen lassen. Sie können das Bild fertig machen, auf dem ich Spitzen klöppele. Ausgerechnet ich mit all den Klöppeln! Ach ja, fast hätte ich es vergessen. Kitty sagt, ich soll Sie an das Nachtigallenmädchen erinnern. Sie möchte es in vierzehn Tagen haben. Und das stiehlt ihr dann keiner mehr. Es soll an die Wand genagelt werden."

„Und wie steht es mit den Gesangstunden?"

„Nicht so gut. Ich versuche es ja. Aber Signore Mazoni scheint nichts zu gefallen, was ich auch mache. Ich meine, ich fange an, und er klopft mit dem kleinen schwarzen Stock und unterbricht mich, weil ich eine falsche Note gesungen habe oder so was. Ich *kann* singen, wenn ich eine Chance habe, aber so nicht. Verstehen Sie, was ich meine?"

„Nur zu gut."

Das stimmte. Wade hatte ihn beauftragt, Daisy im klassisch-mythologischen Stil zu malen. Statt dessen war er von dem betenden zum klöppelnden Mädchen übergegangen — ein logischer Prozeß, denn die betenden Hände waren so schön gewesen, daß es nahelag, ein Bild zu malen, das sie besonders hervorhob. Vielleicht danach und wenn er das Nachtigallenmädchen hinter sich hätte, würde er versuchen, Wades Wünschen nachzukommen.

Das neue Haus gab Daisy Gelegenheit, ein weiteres ihrer Talente unter Beweis zu stellen: Sie kochte.

„Wenn ich nachts nicht mehr arbeiten muß, brauche ich morgens nicht so lange im Bett zu liegen", sagte sie vergnügt. „Ich kann früh kommen, unterwegs einkaufen, dann können wir gleich anfangen zu arbeiten, und dafür kann ich später kochen." Nun, da Daisy Skeltons Atelier erreichen konnte, ohne durch Slums gehen zu müssen, bestand Kitty nicht mehr darauf, daß sie hin- und zurückbegleitet wurde. Sie hätte es vorgezogen, wenn Daisy sich an die Vorschriften gehalten hätte, die sie zu Beginn der Seuchenzeit aufgestellt hatte, denn Mädchen vom Lande pflegten die häufigsten Opfer zu sein. Aber sie wollte das Bild mit der Nachtigall zur Wiedereröffnung fertig haben, und Skelton, widerspenstig wie immer, weigerte sich, sein Atelier zu verlassen. Es gab also keine andere Wahl.

An einem Morgen Anfang September traf Daisy im Atelier mit einer dunklen Traube ein, so frisch geschnitten und durch so wenige Hände gegangen, daß sie noch ganz beduftet war.

„Ist sie nicht schön?" Sie hielt sie vor ihm hoch, und plötzlich kam ihm der Gedanke, daß er ein Bild malen könnte, das zu seiner und zugleich Wades Kunden Zufriedenheit ausfallen würde. Eine Bacchantin!

Bisher hatte er Daisy immer nur im Zusammenhang mit Bildern oder irgendeiner anderen Form der Zurschaustellung gesehen. Er war sich bewußt, daß sie ihm ergeben war wie ein Hündchen, das manchmal komisch, manchmal rührend wirkte, aber immer nützlich war. Er sagte oder tat niemals etwas, um sie in dieser Haltung zu ermutigen, und dachte auch kaum darüber nach; geschah es trotzdem, dann war er überzeugt, daß das Ganze vorübergehen würde, denn fast alles, was er an emotioneller Triebkraft besaß, wurde von seiner Arbeit absorbiert.

An diesem Nachmittag, als Daisy im Begriff war wegzugehen, sagte sie: „Ach, dieser verdammte Signore Mazoni! Wenn der nicht wäre, könnte ich noch eine Stunde bleiben. Ich schwöre Ihnen, ich werde mich heute nachmittag so dumm anstellen, daß er es bei mir aufgibt. Oder daß ihn der Schlag trifft. Dann kann ich singen, wie ich Lust habe."

Aber an diesem Nachmittag kam Mazoni gar nicht. Eines der zahlreichen weiblichen Familienmitglieder, um deretwillen er so hart arbeitete, kam, um auszurichten, daß Luigi sich heute nicht wohl fühle, aber morgen würde es ihm sicher wieder besser gehen.

„Komisch, wie?" sagte Daisy am nächsten Morgen zu Skelton. „Gerade als ich mir gewünscht habe, es soll etwas passieren, damit ich am Nachmittag noch eine Stunde länger hierbleiben kann... Aber heute eilt es mir nicht. Er hat mich gestern warten lassen, also laß ich ihn heute warten. Geschieht ihm recht, oder nicht?"

Sie hatte gekocht, wie das nun zur Gewohnheit geworden war. Skelton, in Gedanken versunken, bemerkte gar nicht, daß sie kaum etwas aß. Aber kurz nachdem sie mit der Nachmittagsarbeit begonnen hatte, sagte Daisy: „Es tut mir leid — ich fühle mich gräßlich. Ich muß mich mal für eine Minute hinsetzen."

Sofort war er voller Besorgnis. Sie mußte sich auf das Sofa legen. „Es ist nur die Hitze", versicherte er ihr. Es war inzwischen schwül geworden. Skelton ging in die Küche und bereitete Tee. Daisy setzte sich auf, um ihn zu trinken; ihr war schwindlig, und sie war verängstigt. Ob Leute sich so fühlten, bevor sie ihn Ohnmacht fielen? Noch nie war sie in einem solchen Zustand gewesen.

„Geht es besser?" Sie wußte, er wollte, daß sie „ja" sagte und aufstand, um wieder zu posieren, also strengte sie sich an. Aber das gesamte Atelier drehte sich um sie, und sie fiel zurück.

„Ich... ich fürchte, ich werde... ohnmächtig."

„Brandy", sagte er und rannte ins Wohnzimmer hinauf. Noch nie zuvor hatte sie dergleichen getrunken, und es schmeckte ihr nicht.

Aber sie zwang sich, das Zeug zu schlucken, fühlte sich hinterher noch schlechter, statt besser, und dann widerfuhr ihr die Demütigung, sich unter seinen Augen auf den gebohnerten Boden zu erbrechen. „Tut mir so leid“, stammelte sie. „Ich wische es gleich wieder auf.“

„Ist schon gut.“

Sie blieb eine Weile liegen. Selbst im Atelier war er immer so ordentlich und reinlich. Und nun hatte sie eine solche Schweinerei gemacht.

„Ich glaube, ich gehe besser nach Hause und lege mich ins Bett.“

„Das ist vielleicht das beste. Ich besorge eine Droschke.“

Es dauerte eine ganze Weile, bis es Skelton gelang, eine Mietkutsche aufzutreiben. Als er zurückkehrte, sah er die Veränderung, die mit Daisy vorgegangen war. Die Röte ihres Gesichts, für die er die Hitze verantwortlich gemacht hatte, war einer ungesunden Blässe gewichen, ihre Augen hatten etwas Glasiges.

„Zu viele Treppen“, murmelte sie. Selbst ihre Stimme hatte sich verändert. Sie klang ausdruckslos und eine Spur heiser.

„Keine Treppen, Daisy. Komm — ich helfe dir.“

„Das sagen sie bloß. Man kann nicht alles glauben, was man hört.“

Sie delirierte. Skelton wußte, daß Cholera und Diphtherie grassierten und daß beides in verschiedenen Formen auftrat. Er hatte nicht die geringste Angst, sich anzustecken. Wie so viele andere Dinge, drang derartiges gar nicht in sein Bewußtsein. Mit ihm hatte das nichts zu tun! Seine Aufgabe war, Daisy ins Bett zu bringen und zu hoffen, daß es ihr in spätestens achtundvierzig Stunden besser gehen würde. Während der kurzen Fahrt hielt er sie liebevoll fest und beruhigte sie, wenn sie verworrene Dinge vor sich hinsprach.

Kitty befand sich im Erdgeschoß des Hauses, wo sie Restaurierungsarbeiten überwachte. Der Vorraum war rosa gestrichen worden — Gentlemen liebten Rosa —, und nun, bevor der karminrote Teppich wieder aufgelegt wurde, mußte sie sich überzeugen, daß die beiden Farben harmonierten. Sie war ausgesprochen schlechter Laune. Der Nachmittag war heiß, und zudem hatte Esther geschrieben, daß ihrer Meinung nach die Mädchen zurückkommen müßten; sie langweilten sich in Seaforth, wo man außer essen und schlafen, baden, herumtrödeln und streiten nichts tun konnte. Die Streitereien hätten einen solchen Höhepunkt erreicht, schrieb Esther, daß sie genötigt gewesen sei, Gewalt anzuwenden.

Und nun kam da auch noch eine Droschke an, und Skelton zog das Mädchen heraus, das jetzt Hebe hieß. Die Kleine war weiß wie ein

Leintuch, hatte einen starren Blick und plapperte wie die Puppe eines Bauchredners.

Am Morgen war sie noch völlig in Ordnung gewesen, und Kitty hatte eine Faustregel: Je schneller die Sache einsetzte, desto früher kam der Tod. Selbst die Ärzte teilten diese Ansicht.

Da das Haus in knapp vierzehn Tagen wiedereröffnet werden sollte und die anderen Mädchen morgen zurückkehren würden, entschied sich Kitty für das, was ihr das einzig Vernünftige schien.

„Bleib, wo du bist“, sagte sie zu Skelton, mit dessen Hilfe Daisy eben an der Schwelle angelangt war. „Ich will sie nicht hier haben.“

„Aber du mußt! Wohin soll ich sie sonst bringen?“

„Das kannst du selbst entscheiden. Und ich muß überhaupt nichts, Jack Skelton. Versuche es bei den Bermondsey-Nonnen.“

„Das ist zu weit weg. Sie gehört sofort ins Bett. Sie braucht einen Arzt.“

„Sam, mach die Tür zu.“

Der Droschkenkutscher hatte zugehört, und als Skelton sich nun wieder dem Wagen zuwandte, mischte er sich ein. „Bermondsey und andere Häuser dieser Art sind voll bis unters Dach, Sir.“

„Dann zurück zum Well House Close“, sagte Skelton ruhig und hob Daisy in den Wagen. Der Droschkenkutscher war froh über die kurze Fahrt; er legte keinen Wert darauf, daß das Mädchen in seinem Wagen starb.

Als die Kutsche vor dem Haus ankam, war Daisy bewußtlos, und Skelton mußte sie hineintragen. Er legte sie auf den Diwan im Atelier. Dann fiel ihm ein, daß in der Nähe ein Arzt wohnte. Zum Glück war Dr. Burgess zu Hause; er pflegte nach dem Essen ein Mittagsschläfchen zu halten, vor allem bei warmem Wetter.

„Die junge Lady, deren Porträt ich male, ist vor einer Weile zusammengebrochen“, erklärte Skelton und vermied es sorgfältig, seine Befürchtungen zu äußern.

Dr. Burgess blickte auf Daisy hinab, die in tiefer Bewußtlosigkeit dalag. Die Wimpern, eine Spur dunkler als das Haar, bildeten einen Halbmond über den bleichen Wangen. Der Diwan, auf dem sie lag, war niedrig, und ein schlanker, wohlgeformter Arm war über den Rand herabgefallen, so daß die Hand mit der kleinen, schwachrosigen Innenfläche und den leicht gekrümmten Fingern auf dem Boden lag. Er hob den Arm an und tastete nach dem Puls: Er war schwach, aber einigermaßen regelmäßig. Die Temperatur war niedrig. Das waren Symptome, die für die beiden derzeit grassierenden Epidemien Cholera und Diphtherie nicht typisch waren.

Dr. Burgess war verblüfft, aber als Arzt, der etwas auf sich hielt, konnte er das nicht zugeben. Mit wissendem und kritischem Gesicht sagte er: „Erzählen Sie mir genau, wie alles vor sich gegangen ist." Skelton berichtete kurz und ließ die Fahrt mit der Droschke zu Kittys Haus dabei weg. Die Kutsche war jedoch gesehen worden, da dergleichen im Close, wo nur wenige Leute auf Mietgefährte angewiesen waren, auffiel.

„War sie beim Zahnarzt?"

„Beim Zahnarzt? Nein. Wie kommen Sie darauf?"

„Ich habe die Möglichkeit in Betracht gezogen, daß sie sich in einem Schockzustand befinden könnte. Als Resultat eines gezogenen Zahns oder —"

„Eines schnellen Besuchs bei einer Engelmacherin?"

Trotz seiner Stimme und seiner Haltung schien dieser Mr. Skelton alles andere als ein Gentleman zu sein.

„Auch dieser Gedanke ist mir gekommen."

„Abscheulich! Einfach widerwärtig!"

Aber das, so viel wußte Dr. Burgess, konnte ebensogut der Bluff eines Angehörigen der oberen Klasse sein. Dort glaubte man immer, bei allem mit heiler Haut davonzukommen.

„Es ist unerläßlich für mich, sie gründlich zu untersuchen."

„Bitte."

„Und es wäre mir lieb, wenn eine verantwortungsbewußte Frau dabei wäre."

„Wie Sie wollen", sagte Skelton.

Er hatte sein Bestes getan; er hatte versucht, das arme Mädchen nach Hause zu schaffen, war von Kitty abgewiesen worden, hatte sie zurückgebracht und den Arzt geholt. Was konnte er noch mehr tun?

Er konnte ein paar schnelle Skizzen von Daisy machen, während sie so dalag. Ein flüchtiges Bedauern darüber empfinden, daß lebensgroße Grabmäler in Marmor und Alabaster nicht mehr gefragt waren; sich den grauen Diwan als graues Meer vorstellen, das ein ertrunkenes Mädchen ans Land zurückschwemmte. „Im Tod noch schön" oder dergleichen. Dann kam ihm schlagartig die Wirklichkeit zu Bewußtsein. Wenn Daisy starb, dann war ihre fruchtbare und glückliche Verbindung zu Ende. Alle die Bilder, die er mit ihr als Mittelpunkt hatte malen wollen, würden nie mehr entstehen. Die Vorahnung eines unwiderruflichen Verlusts überkam ihn — und noch etwas anderes. Sie war eine wundervolle Gefährtin gewesen und dazu das denkbar beste Modell. Liebenswert, amüsant, ihm ergeben und so leicht zufriedenzustellen. Arme Kleine! Er war nach wie vor weit davon entfernt, ihre Gefühle zu erwidern, aber in diesem Augenblick erlitt sein monströser Egoismus einen winzigen Riß.

Dr. Burgess blieb nicht lange weg. Die verantwortungsbewußte Frau wohnte ganz in der Nähe, er brauchte nur durch seinen Garten zu gehen. Sie war Hebamme und verstand etwas von Krankenpflege. Die meisten Aufträge erhielt sie durch ihn.

„Ich brauche kurz Ihre Hilfe, Mrs. Paske. Es wird keine zehn Minuten dauern."

„Das tue ich gern. Ich muß erst um halb vier zu Mrs. Lawson."

„Wie geht es den beiden?"

„Ganz gut."

„Ich werde versuchen, heute noch bei Ihnen vorbeizukommen." Er spielte gern den Überarbeiteten. Seine Familie und Mrs. Paske bestätigten ihn noch in dieser harmlosen Phantasievorstellung, und die Frau sagte nun auch genau das, was er erwartete.

„Ganz sicher wissen Sie kaum, wie Sie mit allem fertig werden sollen, Doktor."

Während sie durch den Garten zurückgingen, erklärte er ihr seinen Verdacht und was sie tun sollte.

„Das war aber schlau von Ihnen, Doktor. Bei all den Krankheiten ringsrum hätte ein anderer Arzt an so etwas gar nicht gedacht."

Es waren keine zehn Minuten nötig, um festzustellen, daß Dr. Burgess' Verdacht unbegründet war. Das Mädchen auf dem Diwan war eindeutig eine Jungfrau. Erstaunlich! Und ebenso erstaunlich war Mrs. Paskes Reaktion auf Daisy — und in schwächerem Maß auch auf Skelton. Daisy war, selbst in ihrem derzeitigen armseligen Zustand, sehr hübsch, und Mrs. Paske gehörte zu den einfachen Gemütern, die einer neidlosen Bewunderung für Schönheit bei anderen fähig sind. Und was Mr. Skelton betraf, so übellaunig und kurzangebunden er war, auch ihn fand sie attraktiv.

„Ich kann verstehen, daß Sie das gedacht haben, Doktor", sagte sie. „Diese Sommerfieber gleichen tatsächlich einem Schock durch Blutungen."

„Ich hielt es für klug, mich zu überzeugen. Vielen Dank, Mrs. Paske."

„Ich könnte ein bißchen bei ihrer Pflege helfen, wenn's gewünscht wird.“ Ein Auftrag hier, ganz in der Nähe der Wohnung, in der sie mit ihrem Bruder und dessen hoffnungslos untüchtiger Frau hauste, kam ihr gelegen. Skelton, entschlossen für Daisy sein Bestes zu tun, aber ohne jede pflegerische Erfahrung, erklärte sich nur zu gern damit einverstanden.

Die ursprünglich atypischen Symptome wichen schließlich denen einer klassischen Diphtherie: hohes Fieber, Delirium und der gefürchtete Halsbelag. Mit solchen Dingen kannte sich Dr. Burgess jedoch aus, und nach sechs Wochen war Daisy außer Lebensgefahr. Aber sie war verändert. Sie war stark abgemagert, und ihre Stimme war unwiderruflich anders geworden. Als sie sprach, war ihr klarer, kindlicher Sopran tiefer, eine Spur heiser und wesentlich verführerischer geworden; ihre Singstimme war dahin. Noch immer konnte sie singen, aber die Stimme trug nicht mehr. Sie klang angenehm in einem Raum von normaler Größe, aber für die Bühne reichte sie nicht mehr aus. Ihre Schönheit war vorübergehend durch die Magerkeit beeinträchtigt, und sie hatte etwas von ihrer Anmut verloren. Selbst wenn sie zu Kitty Hammond zurückgegangen wäre, hätte diese keine Verwendung mehr für sie gehabt. Nicht daß Daisy dorthin zurückwollte — ebensowenig wie Skelton das wünschte. Kittys Verhalten an jenem heißen Nachmittag hatte ihn schockiert, und er war ein Mann, der nicht so leicht vergaß.

2. Teil

1

Während dieses Herbstes wurde Skeltons Lebensrhythmus — arbeiten, Geld einnehmen, sich betrinken, wieder arbeiten — unterbrochen. Mrs. Paske behauptete, es gäbe eine Menge verheirateter Männer, die etwas von ihm lernen könnten. Da er — außer zum Einkaufen — nie ausging, brauchte sie nicht ständig dazusein. Er war in der Zeit unmittelbarer Lebensgefahr sehr besorgt um Daisy gewesen und überaus erregt, als er hörte, daß Diphtherie manchmal Pusteln hervorrief, die ähnlich entstellende Narben hinterließen wie die Pocken. „O Gott, nein!" rief er. „Dann wäre sie besser tot." Und Mrs. Paske nahm ihm dies nicht übel, denn sie hatte keine Ahnung von dem Empfinden, das hinter diesem Ausruf stand. Zudem hätte sie wohl seinen Kummer über die Vorstellung, eine solche Schönheit könne zerstört werden, im wesentlichen geteilt.

Im übrigen hielt sie Skelton für einen sehr verschlossenen Gentleman, der das Herz nicht auf der Zunge trug. Und sie war höchst beeindruckt, daß er, als Daisy sich schließlich so weit erholt hatte, daß sie Appetit zeigte, wegging und ihr Unmengen von Seeschnecken besorgte, die sie leidenschaftlich gern aß.

Der Altweibersommer dauerte in diesem Jahr bis in den November hinein, und bis dahin war Daisy wieder gesund. Skelton mietete eine offene Kutsche und fuhr mit ihr im warmen Sonnenschein spazieren. Und er ging mit ihr am Arm durch die kleine Grünanlage von Well House Close.

Mrs. Paske war nicht die einzige, die sich durch Skeltons Verhalten täuschen ließ. Daisy, bis dahin sich demütig der Tatsache bewußt, daß sie diejenige war, die liebte, und er derjenige, der sich das gefallen ließ, glaubte es nun besser zu wissen.

Sie war durch die Hölle gegangen. Sie konnte sich erinnern, sich auf den Atelierboden erbrochen zu haben, aber danach gab es nur noch schreckliche Träume. Sie hatte sich im Wald von Waywood verirrt und wurde von Wölfen verfolgt. Sie stand bei Kitty auf der Bühne, splitterfasernackt, und sollte irgend etwas tun — aber was? Sie hatte keine Ahnung, stand nur da, zur Vergewaltigung herausfordernd, und zweihundert Männer, die genau das im Sinn hatten, stürmten auf sie zu. Sie war rasend hungrig, und vor ihr standen köstliche Leckerbissen, die sie nicht essen konnte, denn etwas steckte ihr im Hals — vielleicht eine Gräte. Einmal war ihr ihre Mutter zu Hilfe gekommen. Daisy hatte gesagt: „Mutter! Danke! Danke! Man hat mir gesagt, du seist tot!“ Das hatte in Mrs. Paske selbst mütterliche Gefühle aufkommen lassen, und sie schloß daraus, daß die Kleine eine gute Mutter gehabt haben mußte.

Daisy kämpfte sich schließlich aus diesem Zustand der Verworrenheit heraus. Sie wußte wieder, wo sie war und wer sie war — obwohl der erste Blick in den Spiegel dies zu widerlegen schien. Ihr Haar war matt geworden, ihre Züge waren die einer alten Frau.

Trotzdem, Mr. Skelton war so freundlich und aufmerksam und bewies tagtäglich, daß er sie als Mensch betrachtete und nicht nur als nützliches Modell. Er war die Rücksicht selbst, auch jetzt, da sie so häßlich aussah. Sogar an ihre Kleidung dachte er. Alles, was sie bei sich hatte, war ein Sommerkleid und der blaue Schal, den sie überall mit sich herumtrug. Als sie sich jedoch zu erholen begann, brauchte sie etwas anderes, auch wenn das Wetter für diese Jahreszeit ungewöhnlich warm war.

Skelton fragte sie, ob sie noch weitere Kleider bei Kitty habe, meinte dann jedoch, als sie ihm das wenige dort aufzählte, es lohne sich nicht hinzufahren. Er verschwand und kaufte für Daisy Kleider, Wäsche und was ein junges Mädchen sonst noch benötigte ein. Am besten stand ihr, da ihr Haar in solch erbärmlichem Zustand war, ein Cape, dessen Kapuze mit goldbraunem Pelz eingefaßt war. Sie sah darin wieder hübsch aus, und ihre schmalen Wangen waren vor Freude gerötet. Binnen kurzem, so fand er, würde er sie wieder malen können.

Mrs. Paske, die es bisher immer für unter ihrer Würde gehalten hatte, bei Skelton irgendwelche Hausarbeit zu leisten, gab ihre Grundsätze ausnahmsweise auf und kam noch immer, um zu kochen und zu putzen, damit Daisy sich nicht zu sehr anstrengte. Sie war eine romantische Natur und hoffte — ja erwartete eigentlich —, daß das ungewöhnliche Paar bald heiraten würde. Als nichts dergleichen erfolgte, erfand sie Gründe dafür. Vielleicht war Mr. Skelton bereits verheiratet, mit einer geisteskranken Frau — oder einer so unverträglichen, daß es unmöglich war, mit ihr zusammenzuleben. Das würde seinen melancholischen Gesichtsausdruck und seine kurzangebundene Art erklären. Aber warum schlief er bloß nicht mit dem Mädchen, das er seinem Verhalten, wenn schon nicht seinen Worten nach, so gern hatte? Bestand vielleicht eine Blutsverwandtschaft? Waren die beiden Halbgeschwister? Mit dem Namen des Mädchens war auch irgend etwas geheimnisvoll. Sie hieß Daisy Holt, das hatte sie selbst gesagt. Aber die Pakete mit den Kleidern waren an Miß Hebe Waywood adressiert gewesen. All dies war sehr interessant für eine Frau, deren eigenes Leben eher monoton verlaufen war.

Einmal schnappte Mrs. Paske, als sie in der Küche eine Mahlzeit zubereitete, ein paar interessante Gesprächsfetzen auf. Es war kurz vor Weihnachten, und Daisy konnte bereits Modell sitzen, während Skelton letzte Hand an die „Spitzenklöpplerin" legte.

„... nur noch so wenig zu tun. Könnten Sie das nicht ohne mich fertig gemalt haben?"

„Ich habe es einmal versucht. Hoffnungslos. Ich hielt Romney immer für einen Idioten, weil er Emma Hamilton dreißigmal gemalt hat, obwohl er für ein Porträt Gott weiß was hätte verlangen können. Jetzt begreife ich ihn besser. Ich werde dich fünfzigmal malen. — Sieh auf die verdammte Spitze hinunter."

„Die Nachtigall brauchen wir nun doch nicht zu machen, oder?"

Sie konnte sich nicht daran erinnern, daß sie bei Kitty gewesen waren und diese sie abgewiesen hatte, aber Skelton hatte ihr wütend alles erzählt, und selbst sie fand Kittys Verhalten verabscheuenswert. „Ich habe mir immer eingebildet, daß irgendwo in dieser Tonne Walfischspeck vielleicht ein Herz so groß wie 'ne Erbse wäre. Aber ich habe mich getäuscht und werde nie wieder in ihre Nähe kommen. Und Sie auch nicht", hatte sie gesagt.

„Doch, die male ich", erwiderte Skelton. „Aber nicht für die alte Kit. Das hier gefällt mir nicht recht. Wenn du nach unten schaust, kommen deine Augen nicht zur Geltung. In dem Nachtigallenbild wirst du nach oben blicken. Aber das hat Zeit. Ich möchte dich mit dieser Pelzkapuze malen. Vielleicht ist das nicht ganz Wades Geschmack, aber meiner. Und danach — wer weiß?"

Mehrere Dinge trugen dazu bei, daß sich der Zustand, den Skelton ganz zufriedenstellend fand, änderte: Einiges, was Mrs. Paske Daisy gegenüber geäußert hatte; Daisys vollständige Genesung, wobei jedoch eine gewisse nervliche Labilität zurückblieb; eine Einladung für Skelton, Weihnachten in Wichfield zu verbringen; Alkohol.

Sie saßen neben dem Kaminfeuer im Atelier beim Abendessen, und Daisy, die noch immer keinen Geschmack am Wein gefunden hatte, trank pflichtschuldig ihr Glas Claret. Dr. Burgess hatte leicht antiquierte Ansichten über den Wert roten Fleischs und roten Weins. Daisy fühlte sich sehr viel besser, aber noch immer neigte sie zu Stimmungsumschwüngen.

,,Mein Vetter Charles möchte, daß ich Weihnachten mit ihm zusammen verbringe. Ich glaube, ich fahre hin", sagte Skelton.

,,Dann bin ich ja ganz allein! Und das an Weihnachten!"

,,Mrs. Paske wird hereinschauen. Sie würde auch hier schlafen, wenn du sie darum bätest. Gern sogar. Hat sie nicht gesagt, daß sie auf dem Boden schlafen müsse, wenn ihre Familie wie eine Schar Geier bei ihnen einbricht?"

Ja, das hatte Mrs. Paske tatsächlich gesagt, und Daisy hatte ihr halb und halb das zusätzliche Bett angeboten. Alles recht vernünftig und genau besehen sogar angenehm. Aber nun brach es aus ihr heraus. ,,Ich kann es nicht ertragen", sagte sie. ,,Ich kann es einfach nicht mehr ertragen. Oft glaube ich, ich wäre besser tot. Ich habe es versucht und versucht... ich habe Sie gleich von Anfang an geliebt. Ich habe getan, was Sie wollten. Ich bin Ihnen nie zur Last gefallen. Und Sie behandeln mich, als wäre ich kein Mensch. So als ob ich überhaupt keine Gefühle hätte, und dabei liebe ich Sie so sehr, daß ich dran sterben könnte. O Jack — ein einziges Mal, nur eine Nacht lang, liebe mich!"

Das war genau die Situation, der er bisher so überaus geschickt ausgewichen war. Als dritter — und unerwünschter — Sohn einer Vernunftehe geboren, hatte er nie das Glück gehabt, in einer guten Kinderfrau, einem Hauslehrer oder in einem Freund Ersatz zu finden. Er war mit zwei Eigenschaften belastet, die für menschliche Beziehungen tödlich sind: Selbstgenügsamkeit und der Gewißheit, daß er ein Genie war. Er hatte die übliche Liebesaffäre mit einer älteren Frau gehabt, der Ehefrau eines seiner Vorgesetzten während seiner zwei Jahre in der Armee, und gleichzeitig hatte so etwas wie Einverständnis zwischen ihm und der Tochter eines Nachbarn bestanden, einem hübschen Mädchen mit ansehnlicher Mitgift. Aber als er zu dem Schluß gekommen war, daß das Soldatenhandwerk nichts für ihn sei, hatte sie das Entsetzen seiner Familie geteilt und ihm den Laufpaß gegeben. Von da an hatte er über lange Zeitspannen enthaltsam gelebt, obwohl Frauen ihn attraktiv fanden. Wenn ihn das Bedürfnis überkam, gab es immer Häuser wie das Kittys. Nie hatte er Arbeit mit sexuellen Aktivitäten vermengt, und auch jetzt zögerte er. Aber er war keineswegs ohne Gefühle für Daisy; sein Ärger über Kittys Verhalten bewies das und ebenso seine Besorgnis um die Gesundheit des Mädchens, sein Wunsch, ihr Freude zu machen und sie zu beschützen. Alles in allem lief das auf keine welterschütternde Leidenschaft hinaus und ebensowenig auf die heimliche Romanze, die Mrs. Paske vermutete. Aber Daisy, die so unschuldig war, gab sich damit zufrieden.

Mrs. Paske spürte die Veränderung sofort, als sie am nächsten Morgen das Haus betrat. Sie schrieb jegliches Verdienst daran sich selbst zu, war sie doch diejenige gewesen, die Daisy immer wieder versichert hatte, daß Mr. Skelton sie lieben *müsse* — so wie er sich ihr gegenüber verhielt. Und daß manchmal die Frau den ersten Schritt tun müsse, vor allem wenn ein Gentleman so zurückhaltend sei. Daisys Ausbruch am Tisch war durchaus echt gewesen, aber sie hätte sich so etwas niemals gestattet, hätte nicht im Grund ihres Herzens der Hoffnungsfunke geglommen, den Mrs. Paske dort entzündet hatte — daß nämlich dem, was sie sagte, widersprochen würde. Und so kam es dann auch.

2

Sir Charles Overton war enttäuscht und eine Spur verärgert, als Skelton für Weihnachten absagte. Er genoß Jacks Gesellschaft. Sie waren einander geistesverwandt, hatten den gleichen Sinn für Humor, den gleichen Zynismus und bis zu einem gewissen Grad die gleiche künstlerische Veranlagung. Sir Charles war das einzige Familienmitglied gewesen, das Skeltons Berufswahl nicht verurteilt hatte. Während andere Verwandte symbolische Handwaschungen vorgenommen hatten — „Mach, was du willst, verhungere in einer Dachkammer, aber erwarte bloß keine Hilfe von uns!" —, hatte Charles Overton stets damit gerechnet, seinem zwanzig Jahre jüngeren Cousin Geld leihen zu müssen. Aber eine solche Situation hatte sich nie ergeben, da Skelton sich nichts schenken lassen wollte. Während all der Jahre der Armut hatte er sich nur einmal Geld geborgt und auch dann lediglich zwanzig Pfund, die er prompt zurückzahlte. Nie hatte er das geringste Interesse dafür zu erkennen gegeben, wem Charles sein beträchtliches Vermögen dereinst vererben würde. Diese Einstellung fand der ältere ebenso bewunderns- wie bedauernswert. Nicht alle Mitglieder seiner Familie zeigten so wenig Sinn für Geld.

Er war zweimal verheiratet gewesen, und beide Frauen waren im Kindbett gestorben und die Babys mit ihnen. Danach hatte er es aufgegeben, denn er hatte seine beiden Frauen sehr gern gehabt und wollte nicht ein drittes Mal den gleichen Schmerz erleiden.

Er schrieb Jacks Absage auf seine Einladung dessen verbesserten Lebensumständen zu; der Wechsel der Adresse war bedeutungsvoll und ebenso das Gerede eines neuen Nachbarn, Mr. Salcombe, dem *The Morning Observer* gehörte, ein Blatt, das im ganzen Land gelesen wurde.

Mr. Salcombe hatte Skelton im Herrenhaus Wichfield Place kennengelernt. Er, der seine Zeitungsredaktion in der Londoner Fleet Street zumindest einmal pro Woche aufsuchte und bei dieser Gelegenheit auch immer in seinen Klub ging, hatte die Nachricht von dem Erfolg der neuen Bilder verbreitet, die alle durch dasselbe ungewöhnlich schöne Mädchen inspiriert worden seien. Sir Charles hatte angenommen, daß es sich dabei um Skeltons Geliebte handelte, eine leicht voreilige Annahme, aber letzten Endes dann gerechtfertigt. Kurz nach Weihnachten schrieb er seinem Vetter einen Brief, dessen Vorwürfe nur zur Hälfte scherzhaft gemeint waren. ,,Selbst verheiratete Männer erübrigen gelegentlich ein bißchen Zeit für einsame alte Verwandte.“ Und: ,,Wenn Du Dich wirklich nicht von der Dame Deines Herzens losreißen kannst, bring sie mit, um mit mir meinen Geburtstag zu feiern. Ich werde fünfundsechzig.“ Dann fügte er noch hinzu: ,,Im Ernst, Jack, ich brauche ein bißchen Hilfe bei Plenrerith, und meine Gicht ist dieses Jahr verheerend.“

Eine solche Einladung hätte Skelton, bevor er sich an Daisy gebunden hatte, so unbedenklich angenommen, wie er der Aufforderung zu kommen und seinen Schoßhund oder seinen Lieblingspapagei mitzubringen, gefolgt wäre. Aber nun hatte sich die Lage geändert, und er war in Daisy verliebt. Nicht sehr tiefgründig, aber doch ausreichend, um sich über ihre Stellung und ihren kompletten Mangel an Weltläufigkeit im klaren zu sein.

Sie war nun seine Geliebte. In Well House Close war das verhältnismäßig unkompliziert. Daß die beiden in Sünde miteinander lebten, war fast von Anfang an akzeptiert worden, und selbst Ladies neigten kühl die Köpfe, wenn sie ihm begegneten. In Wichfield Place jedoch lagen die Dinge anders und wesentlich schwieriger. Denn Sir Charles war weit davon entfernt, der einsame alte Mann zu sein, als den er sich in seinem Brief bezeichnet hatte. Er war die Stütze einer eng miteinander zusammenhängenden kleinen Gemeinschaft, eine gewichtige Persönlichkeit, und da seine Gicht ihn davon abhielt, viel auszugehen, lud er seinerseits eine Menge Leute zu sich ein. Da waren noch immer Frauen, die von Zeit zu Zeit versuchten, ihn sich zu angeln. In einem solchen Haushalt mußte eine Geliebte gewisse Regeln beachten und sich auf ihren genau festgelegten Platz beschränken. Skelton zweifelte an Daisys Fähigkeiten in dieser Hinsicht. Außerdem schreckte er innerlich davor zurück, ihr solche Dinge zu erklären. Immerhin unternahm er einen Versuch und holte weit aus.

„Ich fühle mich meinem Vetter verpflichtet, er war immer freundlich. Als Kind habe ich herrliche Ferien in Wichfield verbracht, und später war er der einzige, der begriff, warum ich die Armee verließ, und der sich nicht aufführte, als hätte ich alle zehn Gebote auf einmal gebrochen."

Daisy, die Finger ineinander verschränkt und das Kinn darauf gestützt, hätte für ein Bild mit dem Titel „Lauschendes Mädchen" Modell sitzen können. Skelton versuchte zum tausendstenmal dahinterzukommen, was es genau war, das jeder ihrer Bewegungen, jedem Gesichtsausdruck einen solchen besonderen Wert verlieh. Dann sprach er über Plenrerith.

„Plenrerith ist ein Besitz in Cornwall und ein Dorn in seinem Fleisch, seit er ihn geerbt hat. Der Onkel, von dem er ihn bekommen hat, hatte ein paar grandiose Ideen, mit deren Hilfe er ein ruhiges Fischernest in einen Sommerfrischenort verwandeln wollte. So was wie Brighton, aber pittoresker und mit wärmerem Klima. Er verwandte ein kleines Vermögen darauf, und als er starb, war die Sache nur zur Hälfte fertig. Charles meinte, die einzige Möglichkeit sei weiterzumachen, aber selbst als er noch aktiver war als heute, konnte er nicht viel Zeit darauf verwenden; also beauftragte er Agenten damit, aber sie waren alle entweder unfähig oder Gauner."

„Vermutlich hätte er gern, daß du dich darum kümmerst."

„Er hat es einmal vorgeschlagen. Aber jetzt, glaube ich, möchte er nur darüber sprechen. Er ist ziemlich eitel, er würde nicht gern zugeben, daß er hereingelegt worden ist. Außerdem habe ich keinen Zweifel, daß er *dich* gern kennenlernen möchte. Aber —"

Nun mußte er sie entweder überreden, ihn für mindestens zwei Tage allein nach Wichfield fahren zu lassen, oder er würde sie mitnehmen, nachdem er ihr die Stellung einer Geliebten auseinandergesetzt hatte, wenn, verdammt noch mal, andere Frauen anwesend waren. Und es würden welche da sein, denn Sir Charles pflegte seinen Geburtstag stilvoll zu feiern.

Skeltons Abneigung, solche Dinge zu erklären, und die Verlogenheit der Konvention, aufgrund derer eine verheiratete Frau oder ein auf Heirat hoffendes Mädchen kompromittiert waren, wenn sie mit einem weiblichen Wesen von ungewissem Status am selben Tisch saßen, ließen seine Stimme fast unfreundlich klingen, als er sagte: „So ist es also. Du kannst hierbleiben oder mitkommen, wenn du dich an das hältst, was ich gerade gesagt habe."

„Ich habe es gehört. Ich werde keine Scherereien machen. Ich möchte lieber mit dir fahren als hierbleiben. Ich werde so tun, als sei ich gar nicht da — außer wenn man mir was anderes sagt."

Ihre demütige Fügsamkeit beruhigte Skelton, und er sah der Reise einigermaßen gelassen entgegen.

Sir Charles wußte alles über Geliebte und ihre Stellungen im Haus; er hatte drei gehabt, und alle drei waren offiziell seine Haushälterinnen gewesen. Eine hatte seinen Wildhüter geheiratet — mit seinem Segen und einem Hochzeitsgeschenk von hundert Pfund —, die zweite war während des Einkaufens in Barsham plötzlich tot umgefallen. Die dritte war sozusagen noch im Amt und übte immense Autorität aus, während sie allmählich von der Haushälterin-Geliebten zur Haushälterin-Pflegerin geworden war.

Cousin Jacks Geliebte und zugleich sein Modell, war sicher jung, hübsch und von niederem Stand, und so beschloß Sir Charles, seine Gastfreundschaft am Geburtstag auf Männer zu beschänken, um jedermanns Gefühle zu schonen. Seine Gicht war dafür eine gute Ausrede.

Seiner gefälligen und toleranten Haushälterin Mrs. Warren erklärte er, sein junger Vetter würde eine junge Freundin mitbringen. Die kaum wahrnehmbare Pause vor dem Wort „Freundin" verriet Mrs. Warren alles Wissenswerte, und sie gab Anweisung, die dem Park zuliegende Suite vorzubereiten. Es handelte sich um zwei getrennte Schlafzimmer, die durch einen kleinen Ankleideraum miteinander verbunden waren.

Daisy hatte aufgrund von Skeltons Lektion über diskretes Verhalten als Geliebte befürchtet, daß dies getrenntes Schlafen bedeutete, und so war das Arrangement eine freudige Überraschung für sie, und sie konnte ohne Vorbehalt die Schönheit und den Luxus ihres Zimmers genießen. Die Suite war von Sir Charles' Vater zu genau dem Zweck ausgestattet worden, dem sie jetzt diente. Die letzten Reste ihrer noch von der Krankheit herrührenden Niedergeschlagenheit schwanden, sie hätte alles in diesem bezaubernden Zimmer abküssen mögen. Sir Charles erklärte hinterher, er habe, als er zum erstenmal ihre Hand ergriff, etwas wie einen elektrischen Schlag gespürt, der eine magische Wirkung auf seinen von Gicht geplagten Fuß hatte. Jedenfalls hatte er am Tag von Daisys Eintreffen kaum humpeln können und hatte in der Bibliothek gesessen, den schmerzenden Fuß auf einem Schemel, statt wie üblich die Gäste an der Haustür zu begrüßen. Aber am nächsten Tag, seinem Geburtstag, hatten Schmerz und Schwellung nachgelassen; er war auf und angemessen gekleidet.

Trotz Skeltons Anweisung, Daisy möge sich im Hintergrund halten, hatte er die Möglichkeit vorausgesehen, daß sie wenigstens an einem der Abende mit am Eßtisch sitzen würde, und ihr deshalb ein Abendkleid gekauft. Es war aus blauem Samt, der tiefe Ausschnitt von cremefarbener Spitze umgeben. Als sie es, unterstützt von den hilfreichen oder auch hinderlichen Händen eines prüden und schweigsamen Zimmermädchens, anzog, kam ihr flüchtig der Gedanke, daß sie nun ein Kleid trug, das mindestens zehn Pfund gekostet haben mußte und daß sie seit Monaten keinen Penny nach Hause geschickt hatte. Aber sie hatte an wichtigere Dinge zu denken. Sie durfte keinesfalls ihren Geliebten vor seinem vornehmen, reichen Vetter bloßstellen. Daisy Holt, sagte sie zu sich selbst, halte den Mund; sag ja und nein, wenn du was gefragt wirst — und lächle, lächle. Lächle!

Sir Charles anzulächeln war kein Problem; er glich Jack sehr. Natürlich war er älter, sein Haar war silbrig, und er war auch massiger — und irgendwie war er eine Spur mehr so wie die Gentlemen in Kittys Haus. An diesem Abend waren sie nur zu dritt bei Tisch, und sie saß als Ehrengast zu Sir Charles' Rechter. Ihre Entschlossenheit, so wenig wie möglich zu sprechen, hielt er für Schüchternheit, und er tat alles, um ihr ihre Scheu zu nehmen. Mit dem plötzlichen Nachlassen des Schmerzes in seinem Fuß hob sich seine Stimmung. Bald hatte er die vermeintliche Barriere der Schüchternheit niedergebrochen.

Zuvor hatte Skelton Daisy gebeten, sich nach dem Essen frühzeitig zurückzuziehen, da Sir Charles noch etwas mit ihm besprechen wolle, und sie hielt sich daran.

Aber Sir Charles schien keinerlei Eile zu haben, zu sachlichen Gesprächen überzugehen. „Gratuliere, lieber Junge. Welch ein bezauberndes Wesen. Wo hast du sie kennengelernt?"

„Bei Kitty Hammond. Ich muß aber gleich sagen, sie gehört nicht zu deren Mädchen. Sie ist dort aufgetreten, hat gesungen, getanzt, posiert."

„Also begabt ist sie auch noch. Glaubst du, sie würde morgen abend für unsere kleine Gesellschaft auftreten?"

„Mit Vergnügen. Ihre Stimme ist allerdings nicht mehr, was mal sie war." Er erklärte Charles, auf welche Weise Daisy unter sein Dach gekommen war.

„Es ist ein bißchen schwierig, dich mir als guten Samariter vorzustellen; aber ich nehme an, auch ein schlechter hätte das getan, was du getan hast."

„Du meinst, ich sei herzlos, weil ich nicht Männchen vor dir mache, Charles, dir schmeichle und mit kommenden Wohltaten rechne."

„Ah." Sir Charles' Gesichtsausdruck änderte sich ebenso wie seine Stimme. „Vielleicht ist das der Grund, weshalb ich dich respektiere und mich in einem Dilemma an dich wende." Sein Gesicht veränderte sich erneut, diesmal in eine Grimasse des Schmerzes. „Verdammt, da ist es wieder! Mr. Gibbon, der ebenso mein Freund wie mein Arzt ist, verpaßt mir die widerwärtigsten Ratschläge bezüglich meiner Diät. Ich habe ihm frei heraus gesagt, daß auch arme Leute die Gicht haben, wozu also rotes Fleisch und roten Wein dafür verantwortlich machen? Es ist Plenrerith, das meine Gicht verursacht."

„Was ist mit Plenrerith?"

„Wie du weißt, arbeiteten die Beauftragten nicht — oder nur in die eigene Tasche. Also habe ich es mit den Overtons versucht. Ich war den beiden gegenüber ganz ehrlich — Max und Algie. Kennst du sie? Nein? Dann ist dir nichts entgangen. Ich sagte ihnen, sie sollten versuchen, das Ding flottzubekommen, es sollte ihr Schaden nicht sein. Ich habe nämlich vor, es ihnen zu überlassen, wenn es einmal etwas wert ist und nicht nur ein Klotz am Bein wie bis jetzt. Ich komme mit den Leuten aus Cornwall ganz gut aus, aber Max hatte nichts als Streit, und Algie hat einen Aufruhr provoziert. Das Hotel, das praktisch fertig war, wurde übel zugerichtet, und mehrere andere Häuser dazu." Mit einer gewissen Schadenfreude fügte er hinzu: „Algie ist leicht verletzt worden. Ein Bursche versuchte, ihm den Schädel mit einer Schaufel einzuschlagen — natürlich ein vergeblicher Versuch.“

Skelton gab einen Laut des Mitleids von sich.

„Die Frage ist nun — was tun? Weitermachen? Aufhören, nachdem ich buchstäblich Tausende in das verdammte Nest gesteckt habe? Was meinst du?“

„Das kommt doch wohl auf das Ausmaß des entstandenen Schadens an.“

„So ist es. Und wie soll ich den aus dieser Entfernung abschätzen?“ Er wartete, aber Skelton reagierte nach wie vor nicht.

„Ich weiß, du hast dich geweigert, die Sache zu übernehmen, nachdem sich der letzte Beauftragte als Betrüger herausgestellt hat. Aber, Jack, ich bitte dich jetzt nur hinzufahren, dir den Schaden zu besehen, die Möglichkeiten in Betracht zu ziehen und mir dann zu berichten.“

„Dafür bin ich nicht qualifiziert, Charles, ebensowenig wie ich geeignet bin, einen Bau zu beaufsichtigen und Arbeitern Befehle zu erteilen. Das habe ich dir damals schon gesagt.“

„Ich erinnere mich. Zu viel Verantwortung, sagtest du. Weißt du, mein lieber Junge, die Scheu, Verantwortung zu übernehmen, ist ein Charakterfehler.“

„Möglich. Ich bin für meine eigene Arbeit verantwortlich. Bisher hat mir das gereicht.“

„Bisher ja. Im Augenblick hast du, wie ich gehört habe, einigen Erfolg. Möge er andauern! Denkst du denn nie an die Zukunft? Der Geschmack ändert sich, die Mode auch.“

„Ich weiß. Darauf bin ich gefaßt. Ich habe — und das wird dich überraschen — meine ehemalige Dachkammer beibehalten. Ich habe in der Vergangenheit versagt, das kann sich wiederholen. Dann gehe ich zurück in die Springfield Lane.“

Sir Charles überlegte, daß eine von Jacks hervorragenden Eigenschaften die Ehrlichkeit war — auch die Ehrlichkeit gegen sich selbst.

„Hör zu“, sagte er, „willst du mir zu Gefallen nur einmal für ein paar Tage nach Plenrerith fahren und nur die Augen aufmachen? Ich werde dir eine Liste der Dinge aufschreiben, die ich wissen muß. Du brauchst also lediglich zu berichten.“

„Na gut“, antwortete Skelton nach kurzem Zögern. „Das will ich tun. Und als Gegenleistung kannst du dich um Hebe kümmern. Sie wäre in London einsam. Du weißt, wie das ist. Sie ist nie allein gewesen, und es gibt dort nur eine Arbeiterfrau mittleren Alters für sie.“

,,Mit Vergnügen", erwiderte Sir Charles. Er überlegte, daß Jack sich tatsächlich ein wenig verändert hatte; er nahm Rücksicht auf seine Geliebte. Frauen, die offiziell ausgehalten wurden, waren im allgemeinen dafür prädestiniert, einsam zu sein.

Daisy war nicht die erste Frau, die zwischen den rosa Seidenlaken unter dem rosa Betthimmel lag und ,,Ich liebe dich! Ich liebe dich! Ich wäre glücklich, jetzt im Augenblick zu sterben!" sagte.

Skelton wollte diese Liebesnacht nicht durch die Mitteilung zunichte machen, indem er ihr erzählte, daß er sie übermorgen verlassen würde, um für eine Woche nach Cornwall zu fahren, während sie in Wichfield zurückblieb. Besser morgen, wenn sie gesungen, getanzt und jedermann bezaubert hatte und sich in Hochstimmung befand. Noch immer war ihm ihr Ausbruch gegenwärtig, als er sie lediglich für zwei Tage hatte allein lassen wollen. Nicht daß er bedauerte, ihr nachgegeben zu haben, aber er war sich bewußt, daß er zu impulsiv reagiert und sich dadurch in eine falsche Situation begeben hatte. Er war für eine dauerhafte Liebesaffäre nicht geeignet. Daisy war die hinreißendste, leidenschaftlichste Bettgenossin, die er je gehabt hatte, und er wollte, daß sie glücklich sei. Aber er begann sie bereits ein wenig als Belastung zu empfinden.

,,Was möchtest du, daß ich tue?" fragte Daisy, als er ihr mitteilte, daß Charles es gern sähe, wenn sie seine Gäste unterhielte.

,,Ein bißchen tanzen, ein bißchen singen. Von allem etwas. Die meisten werden beglückt sein, dich einfach anzusehen."

,,Aber ich habe bloß meinen blauen Schal. Und wenn ich in meinem neuen schönen Kleid nun stolpere — es ist so lang."

,,Das fänden sie herrlich. Es sind alles ziemlich simple ältere Männer. Sie wollen einen Abend ohne ihre Ehefrauen genießen und sind mit allem zufrieden."

,,Ich möchte, daß *du* zufrieden bist, mein Allerliebster."

Skelton spürte wie die Bürde der Verpflichtung, untrennbar von der Tatsache des Geliebtwerdens, noch schwerer wurde.

,,Was immer du tun wirst, wird mir gefallen. Nur bitte keine Purzelbäume."

,,O nein! Das war doch bloß Kittys Einfall. Ich werde anständig tanzen und anständig singen. Den unanständigen Vers im Maitaglied lasse ich aus. Und auch den im Lied von dem Mädchen, das mit den Zigeunern wegzog. Komisch, ich habe das Lied hundertmal gesungen, ohne zu wissen, was das Mädchen drangegeben hat. Jetzt weiß ich's. Und ich fühle genauso wie sie. Auch ich würde dir barfuß folgen."

Das war eine Äußerung, die, wie er wußte, andere Männer als schmeichelhaft empfunden hätten. Er fand sie besorgniserregend, denn der Unterwürfige war immer der, der letztlich Besitz ergriff. Den Sanftmütigen würde eines Tages die Welt gehören.

Der Geburtstagsabend wurde zu einem Triumph für Daisy. Sie hatte ihre Geschmeidigkeit wiedererlangt, und was ihre Stimme an Tragfähigkeit verloren hatte, hatte sie an Anziehungskraft dazugewonnen. Mit Annies, des spröden Zimmermädchens Hilfe, war auch die Frage des Kostüms gelöst worden. Aus einem feinen Leinenlaken wurde eine Art römisches Gewand angefertigt, das ihre Brüste betonte. Es war ärmellos, kniekurz und auf einer Seite bis zum Oberschenkel geschlitzt. Sir Charles hatte sie zudem reichlich mit Schals und Schleiern versorgt. Manche hatten Goldfäden eingewebt, andere waren mit Pailletten bestickt und von den beiden Ladies Overton getragen worden.

Vor dem Dinner hatte Sir Charles gesagt: „Ich darf nicht selbstsüchtig sein, meine Liebe. Ich hatte das Vergnügen Ihrer Gesellschaft und werde es weiterhin haben, also müssen Sie am anderen Ende des Tischs unten sitzen und rechts und links von Ihnen ganz besonders geehrte Gäste."

Wie er feststellte, war sie an diesem Abend überhaupt nicht schüchtern. Am anderen Ende des Tischs wurde viel gelacht. Einmal durchzuckte Sir Charles der Gedanke, daß Hebes größere Lebhaftigkeit das Ergebnis der leichten Distanz zwischen ihr und Jack sein könnte. Arme Kleine, vielleicht hatte man ihr gesagt, sie müsse sich so gut wie möglich benehmen. Er mochte seinen Vetter gern, bewunderte ihn sogar, weil er mit der Konvention gebrochen hatte — etwas, das Charles Overton selbst gern getan hätte —, aber er hatte Jack Skelton immer für einen ziemlich kalten Fisch gehalten, und selbst in dieser kurzen Zeit hatte er erkannt, daß Hebe bis über beide Ohren in den Maler verliebt war, was man von diesem nicht behaupten konnte.

Im allgemeinen hatte Sir Charles bei einem Herrenabend immer die Bibliothek benutzt und nicht den Salon, der größer und luxuriöser, aber weit weniger bequem war. Aber Hebe brauchte Platz für ihren Auftritt, und zudem besaß der Salon zwei Kamine, von denen der eine den Teil wärmte, in dem die Gäste saßen, und der andere den, in dem das Mädchen auftrat.

Die Gentlemen, wenngleich keineswegs so simpel wie Skelton behauptet hatte, waren begeistert. Abgesehen von Dr. McGibbon und Mr. Salcombe, dem Zeitungsverleger, handelte es sich durchweg um Angehörige des Landadels. McGibbon war mit einundfünfzig der jüngste und Lord Fenstanton mit nahezu achtzig der älteste; aber alle waren einmal jung und ausgelassen gewesen, und an Daisys Vorführungen, so ungekünstelt und zugleich so verführerisch, war etwas, das die erloschene oder ersterbende Glut wieder aufflammen ließ.

Skelton beobachtete und lauschte und war sich bewußt, daß er von jedem Mann im Raum beneidet wurde. Aber er war nicht annähernd so stolz auf Daisy wie in den Augenblicken, da es ihm gelungen war, ihre Schönheit auf der Leinwand festzuhalten, und er war auch nicht eifersüchtig, weil er wußte, wie sehr sie sich an ihn gebunden fühlte. So sehr, daß später, als er ihr beibringen mußte, daß er für eine Woche wegfahren und sie hierbleiben würde, eine weitere Szene mit Tränen und Protest unvermeidlich war.

„Warum kann ich nicht mitkommen?"

„Weil es eine ermüdende Reise ist. Hinter Salisbury werden die Gasthäuser schlecht. Und ich weiß nicht, was ich in Plenrerith vorfinden werde."

„Das stört mich nicht. Solange ich mit dir zusammen sein kann. Liebling, du weißt, wie kräftig ich bin; ich kann überall schlafen. Bitte, bitte, nimm mich mit!"

Er schwankte einen Augenblick, aber das Bedürfnis, unabhängig zu sein, war stärker.

„Hier hast du es viel bequemer. Und Charles magst du doch gern, oder nicht? Er war ganz entzückt bei dem Gedanken, dich zu seiner Gesellschaft hier zu haben."

„Er hat es bisher auch ohne mich geschafft." Solche plötzlichen Anfälle von Schroffheit konnten einen leicht aus der Fassung bringen.

„Daisy, es ist bereits alles arrangiert." Das klang nun seinerseits schroff, deshalb bot er ein Minimum an Erklärung an. „Außerdem muß ich wahrscheinlich den Rest der Reise auf einem Pferd zurücklegen. Und du kannst nicht reiten."

„Nein, das ist wahr." Sofort war sie entschlossen, reiten zu lernen — in dieser bewußten Woche in Wichfield.

3

Sir Charles, von seiner Gicht befreit, entzückt von seiner Gefährtin, fühlte sich deutlich verjüngt und war begeistert, als sie ihn bat, reiten lernen zu dürfen. „Kein Problem, meine Liebe. Aber Sie werden ein Reitkleid brauchen.“ Die Garderobe seiner ersten Frau wurde durchforscht, und Daisy konnte zwischen einer dunkelgrünen, grauen und lohfarbenen Ausstattung wählen. Sie wählte das lohfarbene Kleid, weil sie fand, es passe am besten zu ihrem Haar. Dazu gehörte ein kleiner, tschakoartiger Hut mit rötlichgelbem Federbusch.

Das Haar hochgesteckt und teilweise unter dem Hut verborgen, sah Daisy äußerst reizvoll aus, wenn auch auf andere Art als sonst. Wie ein hübscher Junge, dachte Sir Charles. „So sollte Jack Sie malen“, sagte er.

„Vielleicht tut er’s. Er hat mal gesagt, er wolle fünfzig Bilder von mir machen.“

Sir Charles, nach drei Monaten zum erstenmal wieder selbst im Sattel, war überrascht und erfreut festzustellen, daß Hebe — oder Daisy, Skelton benutzte beide Namen für sie, er selbst zog Hebe vor — die Sache anging, als sei sie dafür geboren; superbe Balance, exzellente Führung und etwas noch Subtileres — eine gute Beziehung zum Pferd.

„Und Sie sind wirklich noch nie zuvor geritten?“

„Nur hin und wieder auf Karrenpferden — als Kind.“

„Stammen Sie vom Land?“

„Ja. Aus einem Ort, der Talbot St. Agnes heißt. In Suffolk droben.“

„Der Name erinnert mich an etwas. Langham?“

„Langton heißt die Familie dort. Mein Vater ist ihr Zimmermann.“

Von ihrer Vergangenheit hatte sie nie viel erzählt. Sie hatte Skelton gegenüber Waywood erwähnt und außerdem die religiösen Neigungen ihrer Mutter und die Köchin, die ihr Lesen beigebracht hatte.

Eigentlich fand sie es leichter, mit Sir Charles zu reden als mit Jack. Er war an den kleinen Dingen, über die sie plapperte, interessierter, eines führte zum anderen. Sie erzählte, wie sie nach London gekommen war, gefeuert wurde, bei Kitty landete, was sie dort getrieben und daß Skelton die Bühne ausgestattet und die Kostüme entworfen hatte.

„Aber ich bin froh, daß es vorbei ist. Eigentlich hat er damit nur die Zeit vergeudet. Er ist so klug. — Wie lange braucht ein Brief nach Cornwall?"

„Zwei Tage, wenn das Wetter hält."

„Dann sollte ich gleich mal einen schreiben."

„Tun Sie das, meine Liebe, dann werden wir dafür sorgen, daß er mit der Postkutsche in Barsham heute nachmittag mitkommt."

Während Sir Charles sich in die Bibliothek zurückzog, machte sich Daisy ans Schreiben.

„Mein libster Liber, jetzt bist du nur ein paar Stunden weg, aber ich kann dir gar nicht sagen, wie allein ich mich fühle. Ich vermisse dich jede Segunde. Gesternnacht haben wir uns noch gelibt und heute muß ich allein schlafen. Heute frü bin ich geriten es war gans leicht und Sir Charles sagt ich bin eine gebohrene Reiterin. Ich würde mich freuen, wenn du nur hier wärst, und diese woche wird länger sein als irgendeine in meinem Leben. Ich hab nie gewußt, das jemand ein anderen so liben kann wie ich dich libe. Ich schicke dir 1000 Küsse deine Daisy."

Es war der längste Brief, den sie je geschrieben hatte, und als sie ihn durchlas, wurde sie sich nur bewußt, daß er keineswegs die volle Kraft ihres Gefühls ausdrückte. Es war einfach nicht genug.

Beim Abendessen erwähnte Sir Charles ihre beiden Namen und fragte sie, weshalb Skelton sie einmal so und einmal anders nenne.

„Na, eigentlich heiße ich Daisy Holt. So bin ich getauft. Aber Kitty hat das nicht gefallen. Ich meine, als ich eine Statue war, hat es keine Rolle gespielt, da war ich ja — wie sagt man noch? Anonym? Später, als ich dann all das gemacht habe wie gestern abend, brauchte ich einen neuen Namen, und Jack kam auf Hebe und Waywood. Warum Hebe, das weiß ich nicht so genau, aber Waywood, das kommt von einem Wald, von dem ich ihm mal erzählt habe."

„Und Sie selbst — welchen Namen mögen Sie lieber?"

„Na ja, ich gewöhne mich allmählich an Hebe, obwohl Jack es manchmal vergißt und Daisy sagt. Aber ich mag Hebe gern, denn wegen der war's, daß ich das erstemal etwas für ihn tun konnte. Das ist eine lange Geschichte. Und ein Geheimnis. Wenn ich's Ihnen erzähle, würden Sie's nicht weitersagen, oder?" Ihre Augen funkelten.

„Natürlich nicht."

Die Geschichte von dem gestohlenen Bild verlor beim Erzählen nichts. Das Mädchen war nicht nur eine geborene Reiterin, es war auch eine geborene Schauspielerin. Als sie sagte: „Hatte ich Angst!", sah sie zutiefst furchtsam drein, und als sie schilderte, wie sie das Bild zwischen einen Stapel anderer geschoben hatte, ohne die Spinnweben zu zerstören, dann machte sie Gesten mit ihren schönen Händen — einfach hinreißend.

,,Sie haben mich so gut unterhalten. Was kann ich nun meinerseits tun, um Sie zu unterhalten? Spielen Sie Karten?"

,,Sie meinen so was wie Wist? Nein."

,,Ich würde es Ihnen gern beibringen."

,,Sie könnten etwas Besseres tun, wenn Sie wollen. Ich weiß, ich rede wie eine Landpomeranze, und Jack mag das nicht. Als ich mal sagte, er soll *mich lernen*, da hat er mich angeschaut... na ja, ich hab's dann nicht mehr gesagt. Aber wenn Sie das könnten und tun würden... Ich kann lernen. Ich weiß, Signore Mazoni sagte, ich hätte kein Gehör, aber das war nur bei seiner Musik. Mit Worten kann ich das besser. Ganz sicher."

Nun sollte er mit fünfundsechzig noch Schullehrer spielen! Er dachte an die konstanten nörgelnden Verbesserungen und wie sehr die meisten Kinder ihre Lehrer haßten. Er selbst hatte alle gehaßt bis auf einen, und der hätte beinahe sein Leben zerstört, weil er in ihm die Leidenschaft für Archäologie geweckt hatte, so daß er fast seine vorgesehene Laufbahn als Landedelmann und Parlamentsmitglied an den Nagel gehängt hätte.

Seine Antwort ließ auf sich warten, und Daisy sagte schnell: ,,Nein, ich verstehe schon. Das ist zuviel verlangt. Macht nichts. Vielleicht kann ich irgenwann mal jemand anheuern, der mich's lernt, so wie Signore Mazoni bei der Musik."

,,Aber ich will Sie sehr gern lehren, meine Liebe. Das heißt, wenn Sie nichts dagegen haben, fortgesetzt korrigiert zu werden."

,,Oh, Sie sind so freundlich! Ich habe nichts dagegen, wenn man mir sagt, ich würd' was falsch machen." Sie sah ihn mit solch inbrünstiger Dankbarkeit an, daß Sir Charles, hätte er nicht gewußt, wie sehr sie Jack liebte, leicht hätte irregeführt werden können.

Die Woche, die Daisy wie ein Jahr vorkam, schleppte sich dahin. Das Wetter blieb schön, und so konnte sie jeden Morgen ausreiten. Jeden Nachmittag schrieb sie Skelton, und immer das gleiche — wie sehr sie ihn liebte, wie sehr sie ihn vermißte, wie sehr sie sich auf seine Rückkehr freute. Jeden Abend, mit einer Ausnahme, machte sie Konversation, wobei sich Sir Charles als ausgezeichneter Lehrer erwies, bereit zu korrigieren, aber ebenso bereit zu loben und über ein Mißverständnis zu lachen. Der ganze Prozeß erforderte viel weniger Geduld, als er erwartet hatte; Hebe begriff tatsächlich sehr schnell.

Was den Ausnahmeabend betraf, so war er das Ergebnis von Lady Fenstantons Neugier und Lord Fenstantons Wunsch, seiner um dreißig Jahre jüngeren Ehegefährtin einen Gefallen zu tun. Die Bedeutsamkeit des ‚Herrenabends' war ihr nicht entgangen, und am Morgen danach erkundigte sie sich auf ihre muntere Art, was, um alles auf der Welt' die unartigen Jungen denn angestellt hätten.

„Dieser Vetter von Overton war in Wichfield und hatte eine Tänzerin mitgebracht, die eine Vorführung gab."

„Überaus unanständig, nehme ich an."

„So rührend, daß andere weibliche Wesen ausgeschlossen bleiben mußten, damit ihre Gefühle nicht verletzt würden?"

„Ihr Auftritt war völlig harmlos, aber nun ja, das Mädchen saß mit uns am Tisch."

„Und bewohnt die Park Suite, nehme ich an? Ich verstehe. Die Leute machen übertrieben viel Aufhebens von diesen gemeinsamen Mahlzeiten. Gäbe es ein Theater in Barsham und sie würde dort tanzen, könnte ihr selbst die puritanischste Lady zugesehen haben, ohne Schaden an ihrer Seele zu nehmen."

„Ich habe die gesellschaftlichen Regeln nicht erfunden", sagte er. „Und nur wenige Frauen sind so tolerant wie du."

Ihre Ladyschaft, Tochter eines Earls, Frau eines Earls und eine Frau von untadeligem Charakter, die einen alternden Lebemann bekehrt hatte, konnte sich gelegentlich eine unorthodoxe Handlung leisten.

„Ich bin so tolerant, daß ich vorschlage, alle zum Abendessen einzuladen und dann das Mädchen zu bitten, mir ihre hübschen Schritte vorzuführen."

„Ich glaube, Skelton wollte irgendwohin fahren. Ich habe vergessen, wohin."

„Dann sind wir also zu viert. Sehr gemütlich. Ich werde sofort eine Einladung hinüberschicken."

„Aber nicht für heute abend, Veronica. Zweimal hintereinander, das ist zu viel. Und vielleicht wäre es besser anzudeuten, daß du einen Auftritt erwartest... erhoffst, damit sie sich vielleicht... darauf vorbereitet."

„Mit Fächern? Oder Pfauenfedern? Einmal, als Papa eine schrecklich wichtige Verabredung in Paris hatte, schlichen Stella und ich uns allein weg und gingen in ein Lokal namens ‚Le Paradis'. Natürlich trugen wir Schleier. Die Mädchen dort hatten Fächer aus Pfauenfedern, und ich fand — und habe meine Meinung seither nicht mehr geändert — , daß solche halben Sachen viel aufreizender sind als schlichte Nacktheit."

„So etwas gibt es bei Miß Waywood nicht. Sie trug eine Art Tunika und einen blauen Schal."

„Wie enttäuschend für euch alle."

Insgeheim witterte Sir Charles einen Hauch von Anmaßung hinter der Einladung, aber wie alle anderen war auch er gewöhnt, Lady Fenstanton ihre Launen nachzusehen. Und für Hebe war es eine Abwechslung. Auf taktvolle Weise überbrachte er die Aufforderung.

„Lord Fenstanton — Sie erinnern sich an ihn, er war der älteste meiner Gäste — war so beeindruckt von Ihrem Auftritt und hat Sie seiner Frau gegenüber so gelobt, daß sie Sie gern kennenlernen möchte. Wir sind zum Abendessen ins Schloß eingeladen, und sie läßt anfragen, ob Sie hinterher für sie singen und tanzen würden."

„Natürlich."

„Ihre Ladyschaft führt heute ein ziemlich langweiliges Dasein. Sie ist wesentlich jünger als ihr Mann und war früher, in Paris und Wien, einmal sehr lebenslustig. Dann bekam sie drei Kinder, von denen zwei ganz jung starben. Heute leben die beiden sehr zurückgezogen. Es wird ein Vergnügen für sie sein, Sie auftreten zu sehen. Und Wichmore Castle ist zudem sehenswert."

„Größer als das hier?"

„Gar kein Vergleich, meine Liebe. Dies hier ist ein bescheidenes, wenn auch, wie ich hoffe, gemütliches Landhaus. Wichmore ist sehr stattlich."

„Na, für mich ist's ein Vergnügen, jemand anders ein Vergnügen zu machen; ich habe in letzter Zeit selbst so viel davon gehabt."

Er fand dies eine bewundernswerte und ungewöhnliche Reaktion auf eine Einladung, die selbst er, wenn sie auch nicht frei von Arroganz war, als Ehre betrachtete. Er war kein Snob, aber er war sich gesellschaftlicher Unterschiede bewußt, so fein die Abstufungen des Spektrums auch waren. Er begann, sich über die neun Kilometer lange Fahrt und die zunehmende Kälte Gedanken zu machen.

„Habe ich es Ihnen nicht gesagt, Mr. Bridges, daß als nächstes die Pelze der armen toten Lady drankommen würden? Erst Schals, dann Reitkleider — und jetzt die Pelze."

Mr. Bridges, der Butler, blieb zurückhaltend. „Das ist nicht überraschend, Mrs. Warren. Sir Charles und Miß Waywood dinieren morgen im Schloß. Und sofern man sich auf Annies Urteil verlassen kann, sind Miß Waywoods Kleider eher billig."

„Genau wie sie selbst", sagte die Haushälterin.

„Eben. Und Sir Charles hat immer den Schein gewahrt."

„Und wenn er sich nun in den Kopf setzt, sie zu heiraten?"

„Das", erwiderte Mr. Bridges, „halte ich für äußerst unwahrscheinlich, und ich ziehe es vor, nicht darüber nachzudenken."

Als Sir Charles Anweisung gegeben hatte, den wattierten Zobelmantel herauszuholen, hatte er keinen Augenblick lang daran gedacht, irgendeinen Schein zu wahren; solcher Art war sein Snobismus nicht. Er hatte lediglich daran gedacht, daß Hebe sich während einer langen kalten Hin- und einer womöglich noch kälteren Rückfahrt wohl fühlen sollte.

Daisy sagte mit solcher Bewunderung „O wie herrlich!" daß er, bis zu diesem Augenblick unentschlossen, ob er ihr den Mantel leihen oder schenken sollte, sich umgehend fürs Schenken entschied. Aber sie fuhr fort: „Wenn Sie nichts dagegen haben, würde ich aber lieber den — den tragen, den Jack mir geschenkt hat. Ich meine... er hat ihn für mich ausgesucht, und wenn ich ihn anhabe, denke ich immer an ihn."

„Ich glaube nicht, daß Sie etwas so Greifbares nötig haben, um an ihn erinnert zu werden", sagte Sir Charles spöttisch.

„Nein, stimmt. Ich denke die ganze Zeit an ihn. Eigentlich habe ich gedacht, er würde mir auch einmal einen Brief schreiben."

Sir Charles empfand Mitleid. Die Art und Weise, wie das arme Mädchen nach dem Postboten Ausschau hielt, hatte etwas Rührendes.

„Wir werden schon bald von ihm hören", sagte er, obwohl er keineswegs einen Brief erwartete. Jack würde sich den Schaden besehen, die Möglichkeiten in Plenrerith abschätzen und sofort zurückkehren, um mündlich Bericht zu erstatten.

Der Besuch in Wichmore, in jeder Beziehung ein Erfolg, gab Daisy ausreichend Stoff für einen weiteren Brief.

„Mein Allerlibster, jetzt habe ich was zu erzälen, außer daß ich dich libe und vermisse und wünsche du wärst hier. Heute abend sind Sir

Charles und ich nach Wichmore Castle gefaren zum Dinner und hinterher habe ich getanzt und gesungen und alle waren zufriden mit mir. Warst du schon mal hir es ist gans großartig und Lord Fenstanton war ein bischen schlefrig, aber Lady Fenstanton sagte, ich bin wundervoll gewesen und am Schluß, hat sie einen Ring von ihrem eigenen finger genomen und an meinen gestekt und sie hat gesagt, wir sind Freunde fürs Leben. Sir Charles sagt, es ist ein safir und sehr wertvol. Beim heimfahren war es kalt und rutschig für die Pferde, aber jetzt bin ich wieder in meinem schönen Bett und ich wolte du werst hier. Libster bite bleib nicht dort wo du jetzt bist oder wenn du wegen dem Wetter dableiben must, dann sag daß ich auch komen sol und ich kom bei frost und eis barfus wie das Mädchen im Lied. Deine dich libende Daisy mit tausend Küssen."

Skelton verschwendete keine Zeit, nicht weil er sich nach Daisy sehnte, sonderen weil er wieder an seine Arbeit wollte und weil er das Gefühl hatte, daß weder er noch sonst jemand in Plenrerith etwas unternehmen konnte. Er hatte Charles versprochen, eine Woche zu bleiben, und so hätte er nicht vor Mittwoch zurück sein sollen, aber am Dienstag, als Sir Charles und Daisy von ihrem Morgenritt zurückkehrten, stand er in der Halle und ließ sich von einem Diener aus dem Mantel helfen.

Daisy sagte: „Liebling!" in halb ungläubigem Ton und fiel in seine Arme. Als sie wieder zu sich kam, lag sie auf dem Sofa in der Bibliothek.

„Es war die Überraschung, plötzlich wurde alles schwarz", sagte sie entschuldigend. Sir Charles war fieberhaft um sie bemüht, brachte Brandy, schob ihr ein weiteres Kissen unter den Kopf, legte eine leichte Decke über ihre Füße. Er war beeindruckt — fühlte sich fast unbehaglich — ob solcher heftiger Emotionen. Er hatte selbst geliebt und war geliebt worden, aber so etwas kannte er nicht. Natürlich fielen weibliche Wesen in Ohnmacht oder gaben es fast grundlos auch nur vor, aber Hebe war tatsächlich bewußtlos geworden, und es paßte überhaupt nicht zu ihrer Vitalität. Er sorgte sich um sie.

Skelton war ziemlich verlegen und warf einen Blick auf seine Uhr. „Ich dachte, wenn ich dir vor dem Lunch erzähle, was es zu erzählen gibt, dann könnten wir anschließend sofort abfahren und noch vor der Dunkelheit in London sein."

„Hebe geht es vielleicht nicht gut genug, um zu reisen."

„Aber doch."

„Na gut. Ich bin ganz Ohr. Was hast du vorgefunden?"

„Chaos. Wenn du mich fragst, so hat Algie Glück gehabt, daß er mit dem Leben davongekommen ist. Zwei importierte Arbeiter — ‚Fremde' nennen sie sie dort — hatten in dieser Hinsicht Pech. Und wenn ein Mr. Tresize nicht gewesen wäre, so wäre wohl noch mehr passiert. Auf ihn komme ich gleich zu sprechen. Die Stimmung dort ist derartig schlecht, daß ich in Plenrerith selbst kein Bett bekommen konnte, ich mußte in Penston Quartier nehmen, fünf Kilometer entfernt. Das Hotel ist übel zugerichtet, aber nicht komplett zerstört, das gleiche kann man von den meisten der neuen Häuser sagen."

„Was ist mit dem Hafen? Mein Onkel hat ein Vermögen dafür ausgegeben, damit Jachten und andere Vergnügungsboote dort liegen können. Genaugenommen ist Plenrerith überhaupt nur richtig übers Wasser erreichbar."

„Ein paar Fanatiker haben Felsbrocken ins Wasser gerollt und den Landesteg zerstört. Aber auch das ist zu reparieren. Das eigentliche Problem ist, Charles, daß weder du noch irgendein Außenseiter dort jemals etwas zustande bringen werden. Und nun komme ich auf Mr. Tresize. Er hat in den Zinnminen in Penston gearbeitet, sein Glück dann in Kalifornien gesucht und auch gefunden. Er ist sehr, sehr reich. Jetzt ist er zurück, mischt überall mit und macht dir, was Plenrerith betrifft, ein Angebot. Dreitausend Pfund."

„Das klingt nach einem Haufen Geld. Aber es ist eine Bagatelle gegen das, was bereits investiert worden ist! Was würdest du tun, Jack?"

„Den Verlust so klein halten wie möglich und froh sein, daß du diesen Alptraum los wirst."

Sir Charles sah bedrückt drein, und Daisy dachte: Armer alter Mann, ganz allein, und er hat nichts, was er lieben kann, außer seinen Besitz!

„Seien Sie nicht traurig", sagte sie. „Geld ist nicht alles."

„Ich weiß, meine Liebe. Es ist nicht so sehr das Geld als der Gedanke an das, was vergeudet worden ist. Eine gutgemeinte Idee, die zunichte gemacht worden ist..." Aber noch während er sprach, liefen seine Gedanken in eine andere Richtung. Es war lange her, seit jemand genügend in Einklang mit ihm gewesen war, um selbst ein flüchtiges Gefühl bei ihm wahrzunehmen; ihm wurde bewußt, daß er in sie verliebt war und glaubte, daß — wäre sie nicht in Jack so vernarrt gewesen — auch sie ihn hätte lieben können. Ein gefährlicher Gedanke im Alter von fünfundsechzig Jahren.

4

In späteren Jahren erschienen Daisy die zurückliegenden Jahre wie eine Kette Perlen — manche trüb, manche glänzend. Das glänzendste Jahr von allen war das, welches in Wichfield mit Jacks Rückkehr begonnen hatte und dann so schlecht endete.

Während dieses Jahres malte Skelton emsig und gut; nicht gerade die fünfzig Bilder, von denen er einmal gesprochen hatte, aber immerhin zwanzig, und alle von Daisy in verschiedenen Aufmachungen und Posen, zumeist ‚klassischen', und alle gut verkäuflich. Das häusliche Leben verlief reibungslos, vor allem dank Mrs. Paske, die weiterhin den größten Teil der Hausarbeit übernahm und fortgesetzt darüber nachgrübelte, warum wohl Mr. Skelton Miß Waywood nicht heiratete. An der Familie konnte es nicht liegen, denn Sir Charles hatte die beiden ja nicht nur zu sich eingeladen, sondern Anfang März auch zwei Nächte bei ihnen verbracht. Und ein netterer Gentleman war kaum zu finden.

Bei eben diesem Besuch bat Daisy Sir Charles um Hilfe. „Ich möchte nicht habgierig erscheinen", erklärte sie. „Jack ist so großzügig zu mir. Alles, was ich zum Einkaufen brauche, kriege ich und die fünf Shilling pro Woche für Mrs. Paske dazu. Ich habe versucht, ein bißchen vom Einkaufsgeld zu sparen, aber die Preise gehen so in die Höhe, und wann immer ich was Hübsches sehe, denke ich, Jack würde das gefallen. Und essen tu' ich auch gern. Aber ich brauche wirklich ein bißchen Geld, um es meinem Vater zu schicken. Als ich noch selbst verdient habe, hat er immer was bekommen. Am liebsten wär's mir, Mrs. Paske würde nicht so oft kommen, so daß sie nur drei Shilling bekommt, und ich würde selbst kochen und könnte zwei sparen. Wenn Sie das Jack sagen würden?"

„Aber das müssen Sie doch selbst tun, Liebe. Ich fürchte, Jack würde das sonst als Einmischung betrachten."

„Ich kriege es einfach nicht fertig. Jack ist komisch, was Geld betrifft. Er denkt selbst nicht viel darüber nach und findet, andere Leute sollten das auch nicht tun."

Das stimmte. Aber Sir Charles, der seinen Vetter immer wegen seiner Einstellung zum Geld respektiert hatte, nahm nun einen anderen Standpunkt ein und dachte, daß Jack, wenngleich Künstler, zu wenig Vorstellungsvermögen hatte.

„Ich werde sehen, daß ich einmal eine Andeutung machen kann", sagte er. Daisy schenkte ihm einen dankbaren Blick, und wieder dachte er, wenn sie sich bloß von Jack lösen könnte... Im Augenblick schien die Aussicht gering, aber man konnte nie wissen. Selbst in den zwei kurzen Tagen hatte sich sein Eindruck verstärkt, daß diese Liebe sehr einseitig war. Jack hatte zum Beispiel vorgeschlagen, daß Charles am ersten Abend mit Hebe in die Oper gehen solle. „Ihr seid beide musikalisch", sagte er, und Sir Charles hörte den kaum merklichen Unterton der Verachtung heraus für einen Geschmack, den er nicht teilte.

„Aber dann bist du doch ganz allein, Liebling", sagte Hebe.

„Das überstehe ich." Und wieder verriet ihn seine Stimme — daß er nämlich ein Alleinsein als seltenen Luxus empfand.

Als sie heimkamen, lag er betrunken und schlafend auf dem Diwan im Atelier. Hebe deckte ihn warm zu und sagte: „Ach, du lieber Himmel! Morgen wird er einen Brummschädel und zittrige Hände haben. Ich hätte ihn nicht allein lassen sollen."

„Sie brauchen sich deshalb keine Vorwürfe zu machen, Liebe. Er war schon ein Trinker, als Sie noch in der Wiege lagen."

Skelton hatte tatsächlich während des Bruchs mit der Familientradition und der Jahre des Mißerfolgs Trost im Alkohol gesucht. Dazu bestand jetzt kein Anlaß mehr, aber die Gewohnheit saß tief, und sie fügte sich schlecht in die Art häuslichen Daseins, in das er hineingestolpert war. Er war nicht eben leidenschaftlich in Daisy verliebt, aber er mochte sie doch gern genug, um sie nicht betrüben zu wollen. Selbst Sir Charles, der ihn mit eifersüchtig-scharfen Augen beobachtete, sah das.

Der nächste Tag verlief für eine älteren Gentleman, der seit über einem Jahr das erstemal wieder in der Stadt war, überaus geschäftig. Niemand sagte wörtlich: „Overton, mein Gott, ich dachte schon, Sie seien tot!" Aber man sagte: „Ach Overton, nett, Sie wiederzusehen. Was macht die Gicht?" Man war überrascht, ihn zu sehen, und stolz darauf, rechtzeitig an sein Leiden gedacht zu haben. In einem seiner Klubs fiel noch jemandem ein zu bemerken: „Sie sehen wirklich keinen Tag älter aus!", worauf er sich besonders alt fühlte.

Nach einem Besuch bei seinem Anwalt und bei seinem Schneider kehrte er erleichtert nach Well House Close zurück und traf dort Hebe an, die eine kleine Schürze vorgebunden hatte und zwei Enten im Bratrohr begoß.

„Ich wollte Ihnen ein schönes Abendessen machen — ganz allein", sagte sie.

Ihm fiel ein, daß er ihretwegen noch nicht mit Jack gesprochen hatte, es hatte sich einfach keine Gelegenheit dazu ergeben.

Als diese Gelegenheit dann kam, war es schwierig. Hebe hatte sich nach dem vorzüglichen Essen, bei dem lediglich der Wein zu wünschen übrig ließ, unter dem Vorwand verabschiedet, sie sei müde.

Zum Teufel, dachte Sir Charles, wie bringe ich diesem unsensiblen Klotz nur bei, daß seine Geliebte pro Woche zwei Shilling haben möchte, um sie ihrer hungrigen Familie zu schicken, und daß sie Angst hat, selbst darum zu bitten?

Er grübelte eine Weile, dann sagte er: „Ich weiß, Neugier ist vulgär, aber gibst du ihr eigentlich Taschengeld?"

„Nein. Warum?"

„Ich habe mich gerade gefragt, was ein ideales Modell *und* eine gute Köchin wert sind."

„Ich bin nie auf den Gedanken gekommen, ihr etwas zu zahlen. Sie bekommt, was sie braucht. Von Zeit zu Zeit kaufe ich ihr Kleider. Und ich lege Geld für sie beiseite — etwas, das sie niemals selbst tun würde. Für ein Mädchen ihrer Klasse ist sie, was Geld betrifft, ziemlich einfältig."

„Oh, inwiefern?"

„Sie ist verschwenderisch, ohne Linie. Sie kann an keinem Bettler vorbeigehen. Ich bin vielleicht selbst nicht sonderlich geschäftstüchtig, aber ich habe wenigstens immer versucht, mit meinem Geld zurechtzukommen."

„Du legst also etwas für sie zurück?" Sir Charles schien das für Jack, dem Geld immer so gleichgültig gewesen war, völlig untypisch.

„ Nun ja, ich fühle mich für sie verantwortlich. Wäre ich nicht gewesen, wäre sie entweder tot oder noch in Kittys Haus. Trotzdem könnte man behaupten, daß ich ihr Ruin gewesen bin, armes Kind. Es war nicht beabsichtigt; es war das letzte, was ich wollte."

„Mir war nie ganz klar, was du eigentlich wirklich willst." Sir Charles zwang sich zu seiner gewohnten Freundlichkeit, aber im Augenblick mochte er seinen Vetter weit weniger als sonst.

„Ganz einfach", sagte Skelton. „Auf meinem Gebiet Erfolg haben, und zwar auf meine eigene Weise."

„Und genau das hast du."

„Das bezweifle ich. Die Falle war gut getarnt, aber es war eine Falle, und ich bin offenen Auges hineingetreten."

„Wie meinst du das?"

„Lieber Himmel, muß ich das wirklich erklären? Ich wollte Porträts malen, wirkliche Leute, häßlich, wenn sie häßlich sind — aber damit hatte ich keinen Erfolg. Dann bin ich, wie du dich ausdrückst, auf das ideale Modell gestoßen. Das ist sie auch. Wenn ich sie in einer Pose male, sehe ich schon die nächste vor mir. Wieder ein schönes Bild, das Wade verkaufen kann. Und das ist *nicht* das, was ich vorhatte. Möglicherweise bin ich Daisys Ruin, aber sie ist auch der meine — es sei denn, ich mache Schluß und renne davon. Letzten Endes wird es darauf hinauslaufen. Ich bin verhext worden, wenn das keine zu absonderliche Bezeichnung ist."

„Und wohin würdest du rennen?"

„Wir haben alle unsere Träume. Nach Ägypten. Java. Tahiti. Aber wahrscheinlicher wird es zurück in die Springfield Lane sein. So absurd das scheint, aber es war mehr mein Milieu als das hier." Er sah sich ohne Begeisterung in dem behaglichen Raum um. „Doch zuerst muß ich für Hebe Vorsorge treffen."

„Bevor du sie im Stich läßt."

„Das steht im Widerspruch zu dem, was ich gesagt habe, Charles. Für jemanden Vorsorge treffen heißt nicht, die Personen im Stich zu lassen, oder? Mit Hilfe einer gewissen Summe Geldes — mehr Mitgift als die meisten Mädchen ihrer Art erwarten können — wird Hebe eines Tages einen anständigen Burschen heiraten."

Sir Charles hätte gern gesagt: „Wenn du dich entschließt, sie abzuschieben, bin ich liebend gern bereit, ihr ein Heim zu bieten." Aber die Zeit war dafür noch nicht reif. Wenn die Situation noch ein wenig länger andauerte, bestand die Chance, daß Hebe Jack als das sehen würde, was er war — ein eiskalter, egozentrischer Kerl.

„Sehr ehrenwert, ohne Zweifel. Vielleicht darf ich dir aber einen kleinen Vorschlag machen. Bringe ihr bei, wie man mit Geld umgeht, indem du ihr eine kleine Summe aussetzt. Das ist das einzig Richtige."

So, nun war es heraus — und, wie er fand, äußerst taktvoll.

Sir Charles kehrte nach Wichfield heim, um dort zu warten. Nicht allzu ungeduldig. Seine Gicht war verschwunden und kehrte auch nicht zurück, als es wieder wärmer wurde; die Verjüngung hielt also an. Aber er war fünfundsechzig und sein Sexualtrieb, der nie so stark gewesen war, daß er ihn in Bedrängnis gebracht hätte, lag jetzt fast ganz darnieder. Er liebte Hebe auf seine eigene Weise: Es war eine Mischung aus Besitzinstinkt, Väterlichkeit und ästhetischem Genuß. Er hatte immer schöne Dinge geliebt und war auf gemäßigte Art ein Sammler.

„Einkaufsgeld und Mrs. Paskes Lohn", sagte Skelton, während er das Geld hinlegte. „Und das hier gehört dir, Hebe, du kannst damit tun, was du willst."

„Fünf Shilling! Oh, und ich habe höchstens auf zwei gehofft."

„Gehofft! Hast du mit Charles über Geld geredet?"

„Na ja... in gewisser Weise..."

„Und was soll das heißen?" Seine Stime klang unangenehm.

„Ich habe nur einmal erwähnt, daß ich in letzter Zeit gar nichts heimgeschickt habe und daß ich darüber ein bißchen betrübt sei."

„Und warum hast du dann nicht *mich* gefragt?"

„Ich weiß nicht.. Ich hab's einfach nicht über mich gebracht. Bitte, Liebling, sei nicht ärgerlich. Ich habe mich nicht beklagt, ehrlich nicht. Ich habe nur einfach gesagt..."

Seine zunehmende Unzufriedenheit mit sich selbst und mit seiner Arbeit schaffte sich in einem absurden Ausbruch Luft.

„Du hast das hinter meinem Rücken gemacht, obwohl du genau wußtest, daß du mich nur darum zu bitten brauchtest."

„So habe ich es doch nicht gemeint." Sie begann zu weinen. Und natürlich war es wie bei allem, was sie tat — sie weinte sogar auf schöne Weise. Die aufsteigenden Tränen machten ihre Augen noch größer, intensivierten ihre Farbe, dann hingen sie an den Wimpern wie Diamanten, befeuchteten ihre Wangen wie Tau. Die meisten Männer hätten sie auf der Stelle umarmt, ihr die Tränen weggeküßt, sich entschuldigt. Aber Skelton reagierte anders. Er dachte: Welch ein Bild! Er überlegte, wie Tränen zu malen waren und ob jemand glauben würde, daß eine Frau weinen könnte, ohne häßlich zu wirken.

Tatsächlich malte er die Tränen ganz ausgezeichnet, und in späteren Jahren galt ‚Die Büßerin' als sein bestes Bild.

5

Die Tage vergingen ereignislos und für Daisy glücklich. Sie schickte zwar pro Monat nur ein Pfund nach Hause, aber das wenigstens regelmäßig. Jack betrank sich von Zeit zu Zeit. Sie machte kein Aufhebens davon, war sich aber nicht bewußt, daß ihre lebhafte Mimik ihre Bestürzung verriet.

Dann war es Juni, und eines Morgens sagte Jack: „Wir sind wieder nach Wichfield eingeladen. Möchtest du gern hinfahren?"

„O ja, schrecklich gern." Sie zögerte. „Aber nicht... ich meine, wenn es dich in der Arbeit stört..."

Verdammt, *du* störst mich bei meiner Arbeit, dachte er. Jede Pose, die du einnimmst, reizt zum Malen. Ich fange an, mich ebenso zu wiederholen wie Foley. Es wird dazu kommen, daß ich überhaupt nichts anderes mehr male.

„Ich hätte ein bißchen Ferien nötig", sagte er laut.

Wieder einmal setzte Sir Charles alles daran, Hebe zu bezaubern — aber ohne Hoffnung. Es war klar, daß Jacks ohnehin nie sonderlich leidenschaftliche Empfindungen für Hebe weiter abgekühlt waren, aber sie war in ihn vernarrt wie eh und je. Das zeigte sich in Kleinigkeiten.

„Und was machen wir heute?" pflegte Sir Charles zu fragen.

Stets warf Hebe einen Blick auf Jack, und stets antwortete dieser: „Ferien sind dazu da, gar nichts zu tun."

„Dann tun wir nichts", sagte Hebe. Doch obwohl Jack dann wirklich nichts weiter tat als im Garten zu sitzen oder zu liegen, wirkte er gelangweilt, unzufrieden oder so, als fühle er sich unbehaglich. Ein- oder zweimal, als er mit Sir Charles allein war, schien er etwas äußern zu wollen, das über das gewohnte Geplauder hinausging, aber die Hälfte des Aufenthalts verstrich, ohne daß er etwas sagte.

Es war an einem Freitag, dem ersten Tag einer kleinen landwirtschaftlichen Ausstellung, die alljährlich auf dem Boden von Wichmore Castle stattfand. Es war geplant, daß sie zu dritt hingehen würden, aber am Morgen sagte Skelton: „Rechnet nicht mit mir."

Hebes Gesicht nahm einen bestürzten Ausdruck an. „Oh, warum? Fühlst du dich nicht wohl, Liebling?"

„Nein. Muß ich unbedingt krank sein, weil ich mich nicht gern unter eine stinkende Menge mische?"

Sir Charles, der ihn ein einziges Mal in der Springfield Lane besucht hatte, sagte in scharfem Ton: „Deine Nase ist aber plötzlich sehr empfindlich geworden! Im übrigen sind die Leute, die da kommen, alle gewaschen und gut angezogen."

„Na schön, ich ziehe einfach vor, nicht hinzugehen", sagte Skelton in einem Ton, der klarmachte, daß das Thema für ihn erledigt war. „Das braucht sonst niemanden zu stören."

„Es stört mich aber sehr. Ich werde den Tag über beschäftigt sein.

Ich muß das Vieh begutachten, mit den anderen Preisrichtern zu Mittag essen und mit den Gewinnern Tee trinken. Ich kann das nicht alles tun und gleichzeitig Hebe als Begleiter dienen."

„O bitte", wandte Daisy ein, „machen Sie sich meinetwegen keine Sorgen. Wenn Jack nicht gehen möchte, bleibe ich auch zu Haus."

„Aber Sie haben sich doch so darauf gefreut", protestierte Sir Charles.

„Hebe kann durchaus ohne Begleitung dort herumgehen", sagte Skelton. Das war ein vernünftiger Einwand; sie kaufte auch in London allein ein, wo es weit gefährlicher war als auf einer Wiese in Wichmore Castle.

„Darauf kommt es nicht an." Sir Charles war verärgert. Er hatte die Eintrittskarten für alle genommen und die Einladung für die beiden so gelegt, daß ihr Aufenthalt in diese Zeit fiel.

„Was für ein Sturm im Wasserglas", sagte Skelton unbehaglich. „Ich muß mir gewisse Dinge durch den Kopf gehen lassen, und die Gelegenheit, ein oder zwei Stunden allein zu sein, ist mir deshalb willkommen. Ist das so ungewöhnlich? Aber natürlich, wenn Hebe im hellen Tageslicht in solch respektabler Umgebung nicht allein gehen kann, dann komme ich mit."

Daisy, am Rand der Tränen, sagte: „Natürlich nicht. Ich würde ja hierbleiben, aber ich will dich nicht stören."

„Du hast gesagt, du würdest gern hingehen."

„Ja, und das werden Sie auch tun", erklärte Sir Charles mit plötzlicher Entschiedenheit. „Holen Sie Ihren Hut, meine Liebe. Es ist Zeit, daß wir losfahren."

„Jetzt weiß ich wirklich nicht, was ich tun soll." Daisy blickte von einem zum anderen.

„Du gehst", sagte Skelton, „und amüsierst dich."

„Kommen Sie, Hebe. Ich werde dafür sorgen, daß Sie das tun."

Sie amüsierten sich beide. Sir Charles war nicht gezwungen, auf das Mittagessen mit den Preisrichtern oder den Tee mit den Gewinnern zu verzichten, denn kaum hatten sie das Ausstellungsgelände betreten, als Lady Festanton sich auf sie stürzte und Daisy als vom Himmel gesandt begrüßte.

„Dr. McGibbon hat meinem Mann verboten, an einem so heißen Tag etwas Anstrengendes zu unternehmen. Allein Ihr Anblick, meine

Liebe, würde ihn aufheitern. Wenn also Sir Charles Sie jetzt entbehren kann..."

Sie zog Daisy in Richtung Schloß zu einer Terrasse, wo Lord Fenstanton auf einer Chaiselongue unter einer Markise im Schatten lag. Die Aussicht von dort war prachtvoll, und immer wenn Seine Lordschaft für einen Augenblick erwachte, würde er sehen, daß Hebe da war und er keinerlei körperliche Anstrengung unternehmen mußte. Da Lady Fenstanton nun doppelte Pflichten zu erfüllen hatte, handelte es sich hier um einen ausgesprochen glücklichen Zufall.

„Ich hatte den allerbesten Blick", sagte Daisy, als sie nach Wichfield zurückfuhren. „Und ich freue mich so, daß Ihre Kuh gewonnen hat. Ich habe wie verrückt geklatscht, aber Sie haben es wahrscheinlich nicht hören können."

Dann unterhielten sie sich über ihre jeweiligen Mahlzeiten. „Haben Sie gut zu Mittag gegessen? Was gab es denn?" fragte Daisy.

„Das gleiche wie immer. Kaltes Roastbeaf, Windbeutel und Bier."

„Da war ich besser dran: Hummersalat, Erdbeeren mit Sahne und Champagner. Lord Fenstanton schlief mittendrin ein. Er hat im letzten halben Jahr sehr abgebaut."

„Ja. Auf das Ende des Lebens zu, genau wie am Anfang, können sechs Monate eine große Veränderung bewirken."

Ich werde jetzt bald sechsundsechzig, dachte er. Die Veränderung bei mir war zu meinem Vorteil, aber ich bin anfälliger geworden und habe keine Zeit zu vergeuden. Ich habe nichts unternommen, um das zu bekommen, was ich haben will. Aber was bleibt mir übrig als zu warten, bis sie zur Vernunft kommt?

„Hoffentlich hat Jack sich nicht einsam gefühlt und getrunken", sagte Daisy.

6

Als Sir Charles den Zettel gelesen hatte, der am Spiegel seines Toilettentisches lehnte, wurde er blaß unter der Sonnenbräune, die ihm dieser heiße Tag zusätzlich beschert hatte. Das alte Sprichwort fiel ihm ein, man solle vorsichtig sein, wenn man sich etwas von den Göttern wünsche, denn man könne es erhalten und unter Umständen nicht glücklich darüber sein. Gewiß wollte er Hebe für sich haben, aber er hatte gehofft, daß sich dies auf natürliche Weise fügen würde, durch eine schmerzlose Übertragung ihrer Zuneigung von Jack auf ihn. Aber dies war eine Amputation. Und typisch für Skelton, sie auf so herzlose Weise vorzunehmen. Erneut las er den Schrieb durch.

„Lieber Charles,

ich wollte eine Szene vermeiden, deshalb nehme ich diese Gelegenheit wahr, mich aus dem Staub zu machen. Ich weiß, daß Hebe bei Dir gut aufgehoben ist und daß Du verstehst, weshalb ich mich einer Situation entziehen muß, die mir täglich unerträglicher wird. Hebe hat viele gute Eigenschaften und alle Anmut, die man sich wünschen kann, aber Routine und Häuslichkeit ersticken mich, sowohl als Mann wie auch als Künstler. Ich muß weg. Ich kann nicht sagen, wohin ich gehe, denn ich weiß es nicht. Jedenfalls nicht nach London. Ich weiß, Du wirst ihr das alles schonend beibringen, und wünsche Euch beiden alles Glück. J.“

Langsam und ein wenig zittrig machte sich Sir Charles ans Waschen und Umziehen für das Abendessen. Was, um Himmels willen, sollte er dem armen Kind erzählen? Wie konnte man der Kleinen eine solche Nachricht ‚schonend‘ beibringen? Warum mußte er derjenige sein, der eine ‚Szene‘ über sich ergehen ließ?

Es gehörte nicht zu seinen Gewohnheiten, vor den Mahlzeiten starken Alkohol zu trinken, aber diesmal brauchte er mehr als ein Glas Sherry oder Madeira. Also ging er hinunter, noch bevor der Gong ertönte, und trank ein Glas Brandy. Die Wirkung war nicht der Rede wert. Er bemerkte, daß der Tisch für drei gedeckt war, und gab hastig Anweisung, das dritte Gedeck wegzuräumen. Hebe kam ein bißchen zu spät, sah sich kurz im Raum um und sagte: „Oh, ich hatte gehofft... ich kann Jack nicht finden. Ich habe ihn überall gesucht und alle gefragt — “ Dann fiel ihr Blick auf die zwei Gedecke. „Wußten Sie, daß...?“

„Ich wußte, daß wir zum Abendessen allein sein würden. Es ist schon spät.“

„Natürlich. Daran habe ich gar nicht gedacht. Ich fürchtete schon... Sie wissen doch — das, was ich auf dem Heimweg gesagt habe.“ Sie war sich der Anwesenheit des Butlers bewußt.

„Nichts dergleichen“, sagte Sir Charles. „Alles ist in Ordnung mit ihm. Ich erkläre es Ihnen später.“

Sie aßen beide ohne Appetit. Daisy wartete nur auf den Augenblick, in dem sich die Diener zurückziehen würden und Sir Charles offen reden konnte. Sir Charles wartete auch darauf und fürchtete den Augenblick, in dem er ihr den Schlag versetzen mußte.

„Nun", sagte sie, als sie endlich allein waren, „reden Sie. Oder soll ich es Ihnen sagen? Er ist nach London zurückgekehrt. Ich habe gespürt, daß sich so etwas zusammenbraut. Das Landleben bedeutet für ihn nicht das gleiche wie für mich. Er ist nur mir zu Gefallen hergekommen. Ich weiß, ich war selbstsüchtig. Armer Jack, er hat sich zu Tode gelangweilt, und alles ist meine Schuld. Verstehen Sie, er hat es mir nicht einmal sagen wollen, weil er dachte, das würde meine Ferien abkürzen. Also hat er sich davongeschlichen — und im Haus ist keine Brotkrume, und Mrs. Paske denkt, wir sind bis Samstag weg. Wirklich, manchmal ist er verrückt. Nun ja, morgen bin ich auch wieder da."

Sir Charles füllte ihr Glas mit Portwein, den sie liebte, und sie trank kräftig.

„Hebe, Liebe, Jack ist nicht nach London gefahren. Er ist einfach weggegangen."

„Weg? Wohin? Was meinen Sie mit ‚weggehen'?"

„Hebe, er hat Sie verlassen."

„Das glaube ich nicht. Wir sind so..." Sie verschränkte die Finger ineinander und streckte die Hände aus. „Er hat nie eine andere Frau angeschaut. Wir haben uns nie gezankt. Ich habe nie einen anderen Mann angesehen. Ich kann nicht glauben, daß er weggegangen ist und mich verlassen hat, ich kann's einfach nicht glauben." Aber Sir Charles sah, daß sie es doch glaubte. Selbst ihre Lippen wurden weiß. Er bereitete sich innerlich darauf vor, daß sie in Ohnmacht fallen würde. Sie legte die ineinander verklammerten Hände, Symbol der Einheit, auf den Tisch, beugte sich vor und legte die Stirn darauf.

„Gott! Gott, ich kann es nicht ertragen. Er ist mein Leben. Ich kann ohne ihn nicht leben." Sie begann zu weinen, mit tiefen Schluchzern. Sir Charles saß still da und wartete; ein solcher Schmerz mußte schließlich zur Erschöpfung führen. Aber dann konnte er es nicht mehr länger aushalten. Er legte eine Hand auf ihre bebende Schulter.

„Nicht, Liebe!"

Sie hob den Kopf und kämpfte um Selbstbeherrschung. „Wie

kann er so etwas tun?“ Der Schock hatte ihre Pupillen derartig erweitert, daß ihre Augen nicht mehr blau, sondern schwarz waren.

Sir Charles hätte gern gesagt, daß sein Vetter keine Tränen wert und ein herzloser, eigensüchtiger Schuft sei. Statt dessen ertappte er sich dabei, daß er genau das Gegenteil sagte. „Er war rücksichtsvoll, was den Zeitpunkt betrifft, Hebe. Er wußte, daß Sie bei mir gut aufgehoben sind. Ich werde für Sie sorgen. Ich werde es mir angelegen sein lassen, Sie glücklich zu sehen. Es ist jetzt ein schrecklicher Schlag für Sie, aber Sie sind jung...“

„Jung. Glücklich. Nie wieder werde ich das sein. Das ist für mich vorbei.“

„Sagen Sie das nicht. Die Zeit heilt wirklich, das wissen Sie. Und Sie haben noch Ihr ganzes Leben vor sich.“ Er wußte, das klang alles abgedroschen, aber was sonst sollte er sagen?

Daisy behielt ihre Selbstbeherrschung. Eine Weile brütete sie vor sich hin, dann fragte sie in normalem Ton: „Hat er Ihnen gesagt, daß er gehen wollte, oder einen Brief hinterlassen?“

„Er hat einen Zettel geschrieben.“

„Und darin nicht angegeben, wohin er geht?“

„Nein, nur, daß er nicht nach London fährt.“

„Kann ich in sehen?“

Er hätte das Papier mit heruntergebracht, um es ihr zu zeigen, falls sie ihm nicht glaubte; dann hätte er es ihr gezeigt, trotz der verletzenden Sätze. Aber sie hatte ihm geglaubt.

„Tut mir leid, ich war im Augenblick so aufgeregt, daß ich den Brief in Stücke gerissen habe. Mein Papierkorb wird inzwischen geleert worden sein. Tatsächlich stand nichts darin, woraus irgend etwas zu entnehmen gewesen wäre. Er schrieb einfach, er verlasse Wichmore, fahre jedoch nicht nach London; und er bat mich, Ihnen das mitzuteilen.“

„Es könnte Ägypten sein“, sagte sie. „Bei Wade hat er einen Mann kennengelernt, der... Sie kennen das Wort sicher... der alte Sachen ausgräbt...“

„Ein Archäologe.“

„Ja. Er wollte einen Maler bei seiner Gruppe dabeihaben. Wissen Sie, das hätte mich warnen sollen. Obwohl das eigentlich gar nicht seine Arbeit ist. Aber er... na, das, was er in letzter Zeit getan hat, war es schließlich auch nicht. Ich meine, immer nur mich malen. Ich habe schon gemerkt, daß er kribblig wurde. Aber er hätte ja auch jemand anderen malen können, ich hätte nichts dagegen gehabt."

Sie hatte etwas unbeschreiblich Rührendes an sich. So viel Schönheit — und solche Demut. Und das hat Jack weggeworfen wie einen abgetragenen Handschuh. Ich werde es wiedergutmachen, dachte Sir Charles. Ich werde, ja, ich werde sie heiraten!

Das war ursprünglich seine Absicht gewesen. Er hatte sie als Geliebte haben wollen, als verhätscheltes Schoßhündchen. Nun empfand er seltsamerweise etwas wie Scham, daß er sie so gering eingeschätzt hatte; er wollte ihr alles geben, was er zu geben hatte, und das schloß einen Titel ein. Für Frauen, das wußte er, hatte das großen Wert — all die Bemühungen, ihn in eine Ehe zu locken, bewiesen das. Es würde natürlich einiges Gerede geben, aber da Lady Fenstanton bereits so sehr auf Hebes Seite stand, würden ihr alle anderen letzten Endes folgen.

„Ich glaube, meine Liebe, Sie sollten jetzt zu Bett gehen. Ein guter Schlaf wirkt beruhigend. Morgen wird alles anders aussehen. Ich habe ein paar Pillen, die gut wirken und harmlos sind. Am besten nehmen Sie sie mit einem Glas warmer Milch. Ich werde Mrs. Warren Bescheid sagen."

Die Pillen wirkten für einige Zeit, aber als Daisy aufwachte, war ihr Kissen feucht von Tränen. Wieder begannen ihre Tränen zu fließen, und etwas von ihrer Jugend, ihrer Widerstandskraft und ihrem Lebensmut wurde mit den Tränen weggeschwemmt. Während draußen der Morgen dämmerte, sah sie der Wahrheit ins Gesicht. Jack Skelton hatte sie nie so geliebt wie sie ihn. Er hatte sie gern gehabt, sich um sie gekümmert, sie als Modell nützlich gefunden und es genossen, ihr Liebhaber zu sein, aber nur kurz. Er war nicht der Typ, der sich lange mit einer Sache aufhielt. Er war ihrer überdrüssig geworden, als Geliebter wie als Modell, und war einfach fortgegangen. Stimmt, dachte sie, er hat mir nie etwas versprochen, nie etwas vorgemacht, und er war, wie Sir Charles sagte, rücksichtsvoll gewesen, was den Zeitpunkt betraf. Er hatte sie hier gelassen... Und abgesehen von einem Punkt wäre das ein sehr angenehmes Arrangement gewesen. Sie ahnte, was Sir Charles für sie empfand; Freundlichkeit — wahrscheinlich ein bißchen Lüsternheit, ein so alter Mann würde sich mit einem Tätscheln, einem Kuß, einem Lächeln, hin und wieder vielleicht mit ein paar Liebkosungen zufriedengeben. Und da sie sich jetzt älter als Eva fühlte, mit der Liebe fertig war und für jedes bißchen Güte dankbar, würden er und sie zweifellos gut miteinander auskommen, wenn das eine nicht gewesen wäre...

Sir Charles war erleichtert, als er am nächsten Morgen sah, daß sie sich wieder gefaßt hatte, und er freute sich, als sie ihn fragte, ob sie beide nicht ausreiten könnten.

„Wir können nach Barsham hineinreiten und im Priory Garten Kaffee trinken."

Es handelte sich um einen Garten hinter einem Gasthaus, das früher einmal zu einem Kloster gehört hatte. Daisy aß ihre Eiscreme so langsam, daß sie auf dem Glasteller halb schmolz.

„Wie wäre es mit einem Glas Wein?" fragte Sir Charles.

„Jetzt nicht, danke. Vielleicht wenn ich... ich muß Ihnen etwas sagen." Sie blickte ihm ins Gesicht, und er sah, daß ihre Augen zwar wieder blau waren, aber nicht mehr funkelten.

„Was ist?" fragte er freundlich.

„Jack schien anzunehmen — und Sie sprachen auch so —, daß ich bei Ihnen bleiben würde."

„Das war ganz bestimmt seine Absicht. Und ich selbst wäre sehr glücklich darüber."

„Ich werde ein Baby bekommen."

„Oh!" Er sah erschrocken drein. „Wußte Jack das?"

„Nein. Ich wollte es ihm sagen, sobald ich ganz sicher war, aber es war wie mit dem Geld, ich habe es einfach nicht über mich gebracht... Er mag Kinder nicht. Niemals hätte er eines gemalt."

Sie war so sicher gewesen, daß ihm ein Kind nicht willkommen sein würde, daß sie versucht hatte, es loszuwerden. Sie hatte Mrs. Paske zum Schweigen verpflichtet und sie um Rat gefragt. „Sagen Sie's ihm, Schätzchen", sagte Mrs. Paske. „Wenn sich's um eigene Kinder dreht, sind Männer anders. Und nun sollte er Sie auch heiraten, das habe ich schon die ganze Zeit gesagt." Dann, nachdem dieser Gedankengang keine Wirkung hatte, schlug sie eine praktischere Lösung vor — aber nichts Gefährliches. Sie mochte Daisy sehr gern und fand, daß allzu viele Hebammen sich auf riskante Praktiken einließen. Aber ihre Mittelchen waren zu harmlos. Als dann die Einladung nach Wichfield kam, hatte Mrs. Paske einen sehr vernünftigen Ratschlag in petto gehabt. „Sagen Sie's Mr. Skelton, solange Sie dort sind. Sir Charles ist ein Gentleman. Er wird Ihnen beistehen, und Sie werden verheiratet zurückkommen."

Nun wußte Sir Charles Bescheid. Sein Gesicht war fleckig geworden, und er sah bedrückt drein. Er drehte sich in seinem Stuhl um und winkte dem Kellner, um Portwein für Daisy und Brandy für sich selbst zu bestellen. Die Gedanken wirbelten ihm durch den Kopf. Eines mußte er wissen.

„Wann?"

„Mrs. Paske meint, Ende Dezember."

Sechs Monate! Zu wenig Zeit, um den ersten Plan auszuführen, der ihm durch den Kopf geschossen war — Hebe sofort zu heiraten und das Kind als das seine auszugeben. Notfalls war es dann eben eine Frühgeburt. Selbst das wäre schon schwierig gewesen; wenn ein Mann über sechzig war, waren die Leute nur allzu bereit, die Vaterschaft des Kindes anzuzweifeln; aber hätte er acht, ja sogar noch sieben Monate gehabt, so hätte er das Risiko auf sich genommen.

„Sie haben es Mrs. Paske erzählt? Wem sonst noch?"

„Keiner Menschenseele. Sie hat geschworen, es nicht weiterzusagen, und ich vertraue ihr. Jetzt spielt es sowieso keine Rolle mehr."

„Natürlich spielt es eine Rolle." Seine Stimme klang ziemlich barsch, denn aus seinem Gefühlschaos war ganz unerwartet die Empfindung an die Oberfläche geschwemmt worden — eine Abneigung gegen Schwangerschaft und alles, was damit zusammenhing. Schließlich hatten seine zwei glücklichen Ehen durch das Kindbett ein Ende genommen.

Sie spürte sein Zögern. „Machen Sie sich keine Sorgen", sagte sie. „Ich kehre nach London zurück und besorge mir eine Arbeit." Sie richtete sich in dem kleinen weißgestrichenen Korbstuhl auf und legte die Hände auf die noch immer schlanke Taille. „Man wird es noch lange nicht sehen. Und wenn es so weit ist, na ja, dann kann ich vielleicht eine Rolle als dicke Frau in einer Pantomime kriegen."

„Das ist dummes Gerede. Nein. Wir werden uns etwas Besseres einfallen lassen." Abgesehen von allem anderen, dachte er,wird dieses Kind ein Skelton sein. „Ich glaube, wir sollten jetzt gehen." Als er im Hof Daisy in den Sattel half, fiel ihm etwas ein, und als sie auf der Straße waren, sagte er: „Ich glaube, reiten ist bei Ladies... in diesem Zustand nicht ratsam." Verlegenheit ließ seine Stimme steif und gewichtig klingen; Daisy warf ihm einen Seitenblick zu und fand, daß er mürrisch dreinsah.

„Ich habe mir diesen Zustand nicht gewünscht", erwiderte sie. „Ganz und gar nicht. Aber wie meine Stiefmutter zu sagen pflegte: ‚Kinder warten mit dem Kommen nicht, bis sie aufgefordert werden'. Ich wußte, Jack würde zornig sein, aber ich verstehe nicht, warum Sie es sind. Wie gesagt, ich werde weggehen. Sie können die Sache vergessen."

„Das wäre unmöglich. Und ich bin nicht zornig. Ich überlege nur, was am besten zu tun ist." Trotzdem, der liebevolle Blick fehlte, und er sagte auch nicht ‚Hebe' oder ‚meine Liebe' wie sonst. Nach einer kleinen Weile ließ ihre düstere Stimmung nach, und sie sagte etwas, das auf Sir Charles eine große Wirkung hatte.

„Eines möchte ich nicht: daß Sie mich behandeln, als wäre ich ein Taschendieb. Alles, was ich getan habe, ist, daß ich mich verliebt habe. Ich schwöre es Ihnen, ich war nicht auf einen Ehering aus — den hätte ich nie gekriegt, und das wußte ich auch. Jetzt muß ich also die Suppe auslöffeln, und ich will es lieber auf meine Weise tun als... na ja, als behandelt zu werden, als ob ich etwas Unrechtes getan und man mir so halb und halb verziehen hätte."

Mut war eine Eigenschaft, die er von jeher bewundert hatte. Daß sie in ihrer Situation — sitzengelassen, mittellos, schwanger — genügend davon aufbrachte, um einen gewissen Trotz zu bieten, ließ ihn plötzlich vergessen, wie unerwünscht ihm ihr Zustand war.

„Niemand wird Sie so behandeln, verlassen Sie sich auf mich. Alles wird gut werden, wenn wir sehr vorsichtig sind, Liebes." In seiner Stimme lag wieder Güte, seine Augen blickten liebevoll wie früher.

Was nicht so schnell zurückkehrte, war seine Entschlossenheit, sie zu heiraten, und gelegentlich überlegte er, ob der Gedanke nicht allzusehr ein Spontanentschluß gewesen war. Aber was im Augenblick vordringlich schien, war ein Plan für die nächsten sechs Monate. Ob danach Hebe seine Geliebte oder Ehefrau wurde, in jedem Fall mußte die Tatsache, daß sie Mutter geworden war, geheim bleiben. Allzu leicht konnte er als alberner alter Dummkopf dastehen, der die schwangere und sitzengelassene Geliebte seines Freundes übernommen hatte.

Eine Person kannte das Geheimnis bereits — Mrs. Paske. Er versuchte, sich an sie zu erinnern, und hatte vage eine stämmige Frau mittleren Alters im Gedächtnis, das, was er als ‚Arbeiterfrau mit Klassenbewußtsein' bezeichnete.

Er spielte mit dem Gedanken, Hebe nach Well House Close zurückzuschicken und in Mrs. Paskes Obhut zu geben, aber eine vorsichtige Erkundigung durch seinen Londoner Anwalt ergab, daß Jack Skelton die Wohnung Hals über Kopf verlassen und von Dover aus ein Kündigungsschreiben geschickt hatte. Das Atelier war bereits neu vermietet.

Zu dem Zeitpunkt, als Sir Charles diese Information erhielt, hatte seine Stimmung einen neuen Umschwung erfahren, und er war zu dem Schluß gekommen, daß er nicht länger als unbedingt nötig auf Hebes Gesellschaft verzichten wollte. Seine Gedanken begannen erneut um Mrs. Paske zu kreisen, die einzige Person, die das Geheimnis kannte.

„Ich glaube nicht, daß sie kommen wird", sagte Daisy, als er ihr seinen Plan enthüllte. „Sie hängt sehr an ihrem Bruder, der eine hübsche und ganz nutzlose Frau hat. Martha meint, daß sie die Familie zusammenhält, und damit hat sie recht."

„Wie wäre es, wenn Sie ihr schrieben und sie einlüden — nur für einen Urlaub? Dann könnten wir weiter sehen."

Daisys Brief erreichte Mrs. Paske ein paar Tage, nachdem sie einen kleinen Schock erlitten hatte. Sie hatte versprochen, ein Auge auf die Wohnung zu haben, und hatte ihren eigenen Schlüssel. Als sie am Freitag hinging, um die Wohnung vor der Ankunft der beiden auf Hochglanz zu bringen, waren da zwei fremde Männer gewesen, die ihr erklärten, sie seien die neuen Mieter. Was aus den Leuten geworden sei, die vorher hier gewohnt hatten, wüßten sie nicht, außer, daß Mr. Skelton ins Ausland gereist sei.

Mrs. Paske war wie vom Donner gerührt. Seit jenem heißen Tag im vergangenen Sommer hatten sich ihre Aufmerksamkeit, ihr Interesse und ihre Zuneigung auf diese Wohnung hier konzentriert. Sie bewunderte zwar Mr. Skelton weniger als am Anfang, aber Daisy war ihr noch mehr ans Herz gewachsen. Sie hatte alle ihre anderen Arbeiten eingeschränkt und Dr. Burgess so oft abgesagt, daß er sie in den letzten Monaten gar nicht mehr aufgesucht hatte.

Dazu kam noch die Undankbarkeit Effies, ihrer Schwägerin, und Jims unverzeihliche Illoyalität. Sie hatte nun viele Jahre die Wohnung mit ihnen geteilt, zur Deckung der Unkosten beigetragen und alles in Ordnung gehalten. Aber jetzt wollte Effies Schwester, frisch verwitwet und ohne Bleibe, dort einziehen. Effie hatte sich natürlich für Flora entschieden, und Jim — Jim! — hatte sich auf ihre Seite gestellt, wobei er darauf hinwies, daß sie, Martha, ja immer eine mit Unterkunft und Verpflegung verbundene Arbeit finden könne. Mrs. Paske hatte vorgehabt, Miß Hebe, sobald sie zurückgekehrt war, zu fragen, ob sie bei ihnen wohnen könne. Und nun das! Natürlich hatte Jim recht — sie konnte überall Arbeit bei einer alten, leidenden Person finden, aber genau das hatte sie bisher vermieden, weil sie sich um Jim hatte kümmern müssen, den undankbaren Kerl!

Und was war mit Miß Hebe? Mrs. Paskes Vorstellungen von ‚Ausland' waren äußerst vage. Und in keinem Fall konnte man dort irgend jemandem trauen. Miß Hebe erwartete ein Baby. Wer kümmerte sich um sie? Es bestand wenig Hoffnung, daß die arme Kleine noch in England war. Wo Mr. Skelton auch hinfuhr, sie würde ihm folgen, und wenn's auf Händen und Knien war. Sie war so verrückt nach ihm wie eh und je, trotz seines merkwürdigen Verhaltens.

Drei Tage lang war Mrs. Paske so mit ihren Gedanken an das bezaubernde Mädchen beschäftigt, daß sie sich nicht aufraffen konnte, sich eine Arbeit zu suchen, obwohl es nun endgültig abgemacht war, daß Flora kommen würde.

Dann traf Daisys Brief ein, und alle Himmelsglocken läuteten. Mrs. Paske las ihn zweimal durch, nur um sicher zu sein, daß es sich nicht um einen Traum handelte.

„*Kommen Sie so balt wie möglich*", hatte Daisy geschrieben. „*Ich kan gar nicht erwarten Sie zu sehen.*" Ein Blick auf die Uhr, die sie an einer Kette trug, überzeugte Mrs. Paske, daß sie gerade noch packen, den Strand entlang zu dem Wirtshaus gehen konnte, wo die Kutschen hielten, und um die Mittagszeit in Surrey sein würde.

Mrs. Paskes Ankunft, ihre Entscheidung, alles, was mit ihr zusammenhing, trug zu den allgemeinen Mutmaßungen im Dienerschaftsquartier bei. James, der Lakai, war der erste gewesen, der sie gesehen hatte.

„Sie ist an die vordere Haustür gekommen, und als ich aufmachte, hat sie gesagt: ‚Miß Waywood erwartet mich.' Man hatte mir nichts davon gesagt, und so habe ich sie ins Vorzimmer geführt, Miß Waywood geholt, die im Garten war. Sie war offenbar überrascht, aber sie hat sich gefreut, und als sie ins Vorzimmer kam, waren die beiden nahe am Weinen. Mrs. Paske hat gesagt: ‚Meine Liebe, Sie ahnen ja gar nicht, was ich durchgemacht habe!', und Miß Waywood hat gesagt: ‚O Martha, wie gut, daß Sie sofort gekommen sind!‘ Ich war schon halb wieder über den Flur gegangen, da hat Miß Waywood mich noch mal gerufen und gesagt, sie würden beim Mittagessen zu zweit sein, und Mrs. Paske sollte das Zimmer neben dem ihren in der Park Suite bekommen.“

„Sir Charles hat keinen Gast erwähnt, als er zu mir sagte, er würde zum Mittagessen nicht da sein“, erklärte Mrs. Warren. „Aber in letzter Zeit war er ein bißchen geistesabwesend.“ Die Vorstellung, daß Sir Charles allmählich senil wurde, war Mrs. Warren nicht unangenehm. Er hatte aufgehört, an ihr als Bettpartnerin interessiert zu sein, und nun konnte das durchaus an ihm und nicht an ihr liegen. Und obwohl es vielleicht so aussah, als sei sie durch das Mädchen verdrängt worden, sprach aller Anschein dagegen. Miß Waywood war viel allein — sehr allein seit Mr. Skeltons Abreise - und schlief in der Park Suite, während Sir Charles sein Zimmer am anderen Ende des Hauses beibehielt. Niemand, nicht einmal Mrs. Warren mit ihren Luchsohren, die in der Nähe schlief, hatte jemals einen Laut in der Nacht gehört, kein Kommen, kein Gehen; und es gab auch keine anderen Anzeichen, Mrs. Warren wären sie gewiß nicht entgangen. Daß Sir Charles das hübsche Mädchen gern hatte, war offensichtlich — aber offenbar mehr in der Art, wie alte Männer ihre hübschen Töchter liebten.

7

Mrs. Paske gewöhnte sich schnell ein. Sie nahm in Wichfield sofort einen ganz besonderen Platz ein, für den sie dank ihrer ausgeprägten Persönlichkeit fast prädestiniert schien. Zu Daisy war sie freundlich, aber niemals — nach der ersten stürmischen Begrüßung — familiär. Gegen Sir Charles war sie respektvoll, aber nicht devot, und sie hatte das richtige Verhalten gegenüber den Bediensteten, mit denen sie in Berührung kam — liebenswürdig, unpersönlich, zurückhaltend. Binnen kurzem hatte sie sich völlig eingefügt.

Sir Charles fand es tröstlich, jemanden dazuhaben, der Bescheid wußte und mit dem er über die Zukunft sprechen konnte, zumindest soweit es Hebes Schwangerschaft anging. Darüber hinaus hatte er selbst keine klaren Vorstellungen. Er war und blieb unschlüssig.

Mrs. Paske hatte volles Verständnis dafür, daß Sir Charles Diskretion wünschte; er war ein Gentleman, der einen Ruf zu verlieren hatte. Und wenn sich Mrs. Paskes geheimste Hoffnungen je verwirklichen sollten, war es unerläßlich, daß Hebes Ansehen makellos blieb. Das beste für die Kleine war, Lady Overton zu werden. Mrs. Paske weigerte sich, schlicht zuzugeben, daß Daisy ihrem verlorenen Liebhaber nachtrauerte. Ihre Melancholie, ihre Appetitlosigkeit, selbst der traurige Ausdruck in ihren Augen — alles schob sie auf ihren Zustand.

Und so schmiedeten Sir Charles und Mrs. Paske einen Plan, der einigermaßen durchführbar schien. Sobald man Daisy die Schwangerschaft ansehen würde, sollten sie und Hebe als Mutter und Tochter — beide verwitwet — in eine behagliche Wohnung in Margate ziehen. In einer Stadt, in die viele Besucher kamen, würden sie wenig Aufmerksamkeit erregen. Sie würden beide andere Namen annehmen. Sobald das Kind geboren war, sollte Mrs. Paske unter ihrem eigenen Namen das Baby zu einer zuverlässigen Pflegemutter bringen.

Aber trotz des anscheinend günstigen Verlaufs der Dinge kehrte im Herbst Sir Charles' Gicht zurück. Vielleicht war seine halb mystische Überzeugung, Hebes Vitalität habe ihn geheilt, doch nicht unbegründet gewesen, denn nun schien eben jene Vitalität geschwächt. Vielleicht war seine etwas realistischere Meinung, sein Ärger mit Plenrerith habe ihm die Gicht beschert, ebenfalls zutreffend; nun war er von der Sorge um Hebe verdrängt worden. Sie war jung, sie war gesund, sie würde einen kleinen Skelton, keinen Overton, zur Welt bringen, sie würde beste Pflege erfahren. Aber sein Horror vor Geburten wurde durch solche Gedanken nicht gemildert, und Mitte September schlug nun also die Gicht wieder zu.

Ganz instinktiv, aber keineswegs taktvoll, wandte er sich an Mrs. Paske, die schließlich Krankenschwester war. Mrs. Warren, die Mrs. Paskes Anwesenheit als ein Zugeständnis an die Konvention hingenommen hatte — ein junges, hübsches Mädchen brauchte schließlich so etwas wie eine Anstandsdame — , war zutiefst verletzt, zumal einige der Methoden und Theorien des Eindringlings nicht mit den ihren übereinstimmten.

„Diese Frau mischt sich einfach in alles ein, Mr. Bridges", sagte sie zu dem Butler. „Ich habe mich immer an Dr. McGibbons Anweisungen gehalten, und sie hat doch die Unverschämtheit zu behaupten, sie seien altmodisch! Ich weiß nicht, wie's Ihnen geht, aber ich habe allmählich genug von dem neuen Besen."

„Es steht mir ja nicht zu, mich einzumischen", sagte Mr. Bridges. „Aber was ich verdrießlich finde, ist, Leute dieses Standes bedienen zu müssen. Was das Mädchen betrifft, so war die Sache ja noch verständlich. Ich meine, Sir Charles' Freunde haben es verstanden. Aber nun auch noch die alte Frau hereinzubringen und sie beide wie zur Familie gehörig zu behandeln, sie sogar zusammen mit anderen Gästen am Tisch sitzen zu lassen, das finde ich unmöglich. Und ich glaube, ich weiß, wohin das führen wird."

„Zur Ehe?" Dieser Verdacht bedrückte Mrs. Warren schon seit langem.

Die beiden tauschten einen bedeutungsvollen Blick aus. Was ihre eigenen Zukunftspläne betraf, so hatten sie beide angenommen, daß ein älterer, leidender Mann sie in seinem Testament großzügig bedenken würde, zumal er keine Frau und keine Kinder hatte. Aber wenn er jetzt wirklich vorhatte zu heiraten...

„Manchmal", sagte Mr. Bridges bedächtig, „denke ich, man sollte weggehen, bevor man zu gebrechlich wird."

„Genau meine Meinung."

„Es muß ja kein böses Blut machen. Ich bin vor dreiundzwanzig Jahren als zweiter Diener hierhergekommen. Und Sie waren in Ihrem Dienst, wenngleich Sie nicht so lange hier waren, ebenfalls sehr ergeben. Ich nehme an, daß uns Sir Charles, wenn wir ihm das klarmachen, vielleicht ein großzügiges Abschiedsgeschenk machen wird."

Normalerweise hätte Sir Charles dies auch sicher getan, aber besorgt um Daisy und geplagt von seinem alten Leiden, reagierte er völlig untypisch und betrachtete die Kündigung der beiden als eine Art Fahnenflucht. „Gehen Sie schon morgen, wenn Sie wollen", sagte er in einer Weise, die Mr. Bridges als übellaunig und Mrs. Warren als undankbar bezeichnete.

Mr. Bridges zu ersetzen, war kein Problem; James war schon mehrfach für ihn eingesprungen. Eine gute Haushälterin war schwerer zu finden, vor allem in dieser Jahreszeit, aber Mrs. Paske sagte: „Keine Sorge, Sir Charles, lassen Sie sich Zeit mit einem Ersatz. Ich kann das ebensogut machen."

„Aber Sie haben nicht mehr viel Zeit."

„Mindestens einen Monat." Sie hatte Daisys Taille nicht aus den Augen gelassen.

Allerheiligen und Allerseelen vergingen, der St. Hubertustag kam. Sir Charles, der es mit der alten Tradition sehr genau nahm, konnte dieses Jahr nur auf den Balkon hinaushumpeln und auf die Mitglieder der Jagdgesellschaft hinabblicken, die sich an seinem Cherry Brandy labten. Dank Mrs. Paskes Erfindungsgeist konnte er das Gesicht wahren, indem er ein Glas harmlosen Himbeersirups in die Höhe hielt; aber er fühlte sich niedergeschlagen. Hebe begann allmählich doch rundlich zu werden, und die Abreise nach Margate konnte nicht mehr lange hinausgeschoben werden. Sir Charles' linker Fuß war geschwollen und schmerzte heftig, der rechte wirkte verdächtig gedunsen. Für Mrs. Warren hatte sich noch kein angemessener Ersatz gefunden, und bald würde er allein sein... und auf Nachrichten von Hebe aus Margate warten.

Dann ereignete sich etwas, das ihn ablenkte. Von seinem Sessel auf dem Balkon hatte er nur einen beschränkten Ausblick, aber Hebe, eingehüllt in einen Zobelumhang, und Mrs. Paske, eingemummt und die Hände im Muff, standen neben ihm und stießen plötzlich kleine Schreie aus. Von unten drangen nun auch laute Stimmen herauf, und jemand rief laut: „McGibbon! McGibbon!"

„Was ist los?" fragte Sir Charles und reckte den Hals.

„Ein kleiner Unfall", erwiderte Mrs. Paske.

„Ein Pferd ist gstürzt. Es strampelt. Oh, so was kann ich nicht sehen..." Daisy schlug die Hände vor das Gesicht.

„Seien Sie nicht albern", sagte Mrs. Paske. „Es ist alles in Ordnung, es steht ja schon wieder. Aber der Reiter... Hebe, meine Liebe, helfen Sie Sir Charles ins Zimmer zurück. Vielleicht werde ich gebraucht."

Sie wurde an drei Stellen zugleich gebraucht: im Zimmer, wo der junge Mann, der ein nervöses, untrainiertes Pferd geritten hatte, mit einer, wie Dr. McGibbon sagte, leichten Gehirnerschütterung lag; in Sir Charles' Zimmer, wo sich durch die Aufregung die Entzündung des rechten Fußes so verstärkt hatte, daß er fast so schlimm aussah wie der linke; und in Hebes Zimmer, wo vorzeitige — ja, ganz gewiß vorzeitige — Wehen eingesetzt hatten.

Mrs. Paske, die zu delegieren verstand, war dem gewachsen. James kümmerte sich um Sir Charles, Richard, nunmehr zum ersten Diener ernannt, um den Fremden und dessen Mutter, die hysterisch die Hände rang und behauptete, sie hätte Frank schon ein dutzendmal gewarnt, und erst gestern nacht habe sie einen prophetischen Traum gehabt...

In all dem Durcheinander blieb Mrs. Paske gelassen und konzentrierte sich auf das einzige, das von Wichtigkeit war — auf die Entbindung ihres Lieblings. Mrs. Paske hatte vorgehabt, in Margate ernsthaft mit Hebe zu sprechen und ihr zu erklären, eine Geburt sei ein mit Schmerzen verbundener, aber natürlicher Vorgang, der bald vorübergehe; man müsse dabei nachgeben, sich nicht dagegen zur Wehr setzen. Aber nun war das arme Kind völlig unvorbereitet.

„Liebes, Sie müssen sich selbst helfen", sagte Mrs. Paske. „Nein, zerdrücken Sie mir nicht die Hände, die brauche ich noch. Ziehen Sie daran!" Sie schob das Ende eines Badetuchs in Daisys Hände, nachdem sie das andere Ende am Unterteil des Bettes befestigt hatte. „Ziehen Sie und entspannen Sie sich dann innerlich."

Es wurde acht Uhr, neun, zehn Uhr. Die Uhr über den Ställen schlug nun elf, und die Wehen dauerten bereits zwölf Stunden. Hebe wurde immer schwächer, und Mrs. Paske begann zu verzweifeln und wandte schließlich einen ihrer ältesten Tricks an. Kurz nach elf lief sie hinaus und holte einen Pfefferstreuer. Zwei Minuten später mußte Daisy heftig niesen, und das wirkte: Das kleine Mädchen, winzig, aber keinesweg eine Frühgeburt, schoß förmlich in die Welt hinaus, geradewegs in Mrs. Paskes Hände.

Obwohl die ganze Zeit so beschäftigt, hatte Mrs. Paske es geschafft, mit Hilfe einer Kerze einen Krug mit Wein leidlich warm zu halten. Sie goß eine Tasse voll und sagte: „Trinken Sie das, Liebes. Und dann versuchen Sie zu schlafen." Das Baby hatte sie bereits in ihr eigenes Zimmer getragen. Neugeborene, das wußte sie, pflegten ein paar Stunden lang still zu sein, so als ob sie, ebenso wie ihre Mütter, von der Geburt erschöpft seien. Danach hatten sie sich im allgemeinen erholt und bekamen Hunger. Sie hatte also nur wenig Zeit.

Mrs. Paske ging zurück und packte alles zusammen, was Verdacht erregen konnte. Die beschmutzte Wäsche konnte in dem Feuerloch unter dem Kessel in der Waschküche verbrannt werden. Das Bündel in der einen, eine Kerze in der anderen Hand, wollte sie eben gehen, als Hebe mit schwacher Stimme bat: „Kann ich sie sehen?"

„Besser nicht." Mrs. Paske wußte alles über mütterliche Instinkte. Da sich Hebe von dem Kind trennen mußte, war es besser, wenn sie es nicht zu Gesicht bekam. „Schlafen Sie und denken Sie nicht mehr daran."

Um in die Waschküche zu gelangen, mußte sie durch die Küche gehen. Zu ihrem Schrecken fand sie dort jemanden vor. Es war die

Mutter des jungen Mannes, der mit dem Pferd gestürzt war: Sie briet am Herd Eier mit Speck.

,,Frank ist zu sich gekommen und wollte etwas essen. Ich wollte zu dieser Nachtzeit niemanden stören.“ Das Dröhnen der Stalluhr, die zwölf schlug, unterstrich ihr begreifliches Zögern. ,,Habe ich Sie geweckt? Das würde mir leid tun.“

,,Ich habe mich nur gewundert“, sagte Mrs. Paske. ,,Freut mich, daß Ihr Sohn sich wieder erholt hat.“ Sie kehrte um, wobei sie ihr Bündel unauffällig versteckt hielt. Das konnte sie später noch loswerden. Mit dem Neugeborenen stand es anders.

Mrs. Paske war strikt gegen jedes Betäubungsmittel für Babys. Manche Leute glaubten, ein bißchen Gin könne nicht schaden und brächte dem Kleinen den Schlaf, der anderen Ruhe verschaffte. Andere versetzten sogar Sirup mit Opium. Trotzdem braute sie jetzt einen beruhigenden Trank zusammen, bestehend aus warmer Milch und ein paar Tropfen von Sir Charles' schmerzstillenden Mitteln. Sie war eben damit fertig, als das Kind einen ersten Jammerlaut des Hungers von sich gab.

Die meisten Neugeborenen waren nicht sehr hübsch anzusehen — außer für ihre Mütter — , aber dieses hier war eine Ausnahme. Es war weder rot noch verrunzelt, sondern hatte einen dunklen Flaum auf dem Kopf, und die schieferblauen Augen waren größer und schöner geschnitten als die der meisten Babys. Es sah ganz so aus, als hätte das kleine Wurm die Schönheit seiner Mutter geerbt, der diese Eigenschaft bisher wenig Glück gebracht hatte.

Sehr früh am Morgen ging Mrs. Paske in Sir Charles' Zimmer und weckte ihn. Niemand hatte ihm erzählt, was mit Hebe tatsächlich geschehen war, und er brauchte ein paar Sekunden, um zu begreifen, was Mrs. Paske ihm mitteilte, als sie sagte: ,,Es ist alles vorbei, Sir Charles. Hebe und dem Kind geht es gut. Ich werde es nach London bringen, sobald es hell wird. Als Erklärung werde ich sagen, daß ich einen Arzt zu Rate ziehen möchte, der eine Menge über Gicht weiß und Ihnen eine andere Medizin verschreiben wird.“

,,Ah ja, natürlich. Ein Junge oder ein Mädchen?“

,,Ein Mädchen.“

,,Und Hebe ist wohlauf?“

,,Alles in bester Ordnung. Wie geht es Ihnen?“

,,Ich habe gar nicht... Besser. Ja, entschieden besser.“

„Hebe muß natürlich im Bett bleiben."
„Ich werde gleich nach ihr schauen."
„Das wäre nett. Ich komme so schnell zurück wie möglich."
Noch bevor er wach genug war, um sie zu fragen, wie sie das Kind unbemerkt aus dem Haus schaffen wollte, war sie fort.

8

„Setzen Sie mich an der nächsten Ecke ab", befahl Mrs. Paske. „Fahren Sie zum ‚White Heart' und warten Sie dort auf mich. Es wird nicht länger als eine Stunde dauern."

Sie stieg aus — eine gut angezogene, überaus respektable Frau, gegen die Kühle des Novembermorgens mit einer Pelerine aus Seehundfell und einem riesigen Muff versehen.

In der St. Luke's Street Nummer 8 wohnte eine Witwe, Mrs. Shillitoe, mit der sich Mrs. Paske, hätte sie ausreichend Zeit dazu gehabt, in Verbindung gesetzt hätte, um sich zu vergewissern, daß sie Platz für ein weiteres Baby habe. Sollte dies nicht der Fall sein, so kannte Mrs. Paske weitere Frauen, die Kinder in Pflege nahmen, aber Mrs. Shillitoe wäre ihr die liebste gewesen.

Mrs. Shillitoe öffnete die Tür und erkannte im ersten Augenblick ihre alte Bekannte nicht wieder. Monate eines Lebens im Überfluß hatten Mrs. Paskes Gesicht füllig gemacht, und in dem Pelz — ein Geschenk Sir Charles' — wirkte sie wie eine Lady.

„Na, so was, das ist ja Mrs. Paske! Ich habe Sie lange nicht mehr gesehen. Kommen Sie rein."

„Ich bin einige Zeit nicht in London gewesen." Mrs. Paske trat in ein gemütliches Zimmer, wo auf einem Teppich vor dem Kaminfeuer zwei kleine Kinder spielten. Ein wesentlich älteres Mädchen staubte soeben sorgfältig das Büffet ab. Es war Mrs. Shillitoes eigene Tochter, die körperlich und geistig zurückgeblieben war.

„Setzen Sie sich", sagte Mrs. Shillitoe und rückte Mrs. Paske einen Stuhl zurecht. Dann wandte sie sich an ihre Tochter. „Hattie, nimm Peter und Margery mit in die Küche. Und brühe eine Kanne Tee. Ruf mich, wenn du damit fertig bist."

„Es handelt sich darum", sagte Mrs. Paske, als die drei Kinder verschwunden waren, und zog aus dem geräumigen Muff — ebenfalls ein Geschenk von Sir Charles — Hebes Kind, das in einen kleinen Schal gewickelt war.

„Schläft es?“

„Ich habe ihm ein ganz leichtes Mittel gegeben.“ Erklärungen waren nicht erforderlich, denn schon bei zwei früheren Gelegenheiten hatte Mrs. Paske Mrs. Shillitoe eine hieb- und stichfeste Geschichte geboten — die, wie alle wirklich guten Erfindungen, der Wahrheit so nah wie möglich kamen.

„Eine junge Lady von Stand“, sagte sie. „Sie soll an Weihnachten einen respektablen Mann heiraten, der sie natürlich in diesem Fall verstoßen hätte. Sie und ich haben die letzten Monate in völliger Abgeschiedenheit verbracht. Und ich habe — “

„Ich verstehe schon. Ich möchte mir das Kind ansehen, wenn Sie nichts dagegen haben.“

„Nicht das geringste. Es ist ein schönes, gesundes Baby.“

Mrs. Shillitoe hätte ein anderes auch niemals in Pflege genommen. Von ihrer Umgebung wurde sie ohnehin voller Mißtrauen beobachtet, und sie konnte sich nicht leisten, daß eines ihrer Pflegekinder starb. Zwei ihrer Schützlinge hatten nun ihre eigenen Familien. Ein Mädchen war formell von ihrer Mutter adoptiert worden, als sich deren Ehe als unfruchtbar erwies. Ein Junge war von seinem Vater weggeholt worden, als seine Frau gestorben war. Andere kamen im Alter von sechs Jahren auf teuere Schulen. Mrs. Shillitoe betreute nie mehr als drei Kinder gleichzeitig — deshalb waren ihre Forderungen auch so hoch — , und sie behielt nie eines über das Alter von sechs Jahren hinaus; dann hörten sie auf, kleine Kinder zu sein, brauchten eine richtige Erziehung, Unterricht und weiß Gott was.

Sie begutachtete dieses Kind einer einseitigen Liebe, fand nichts an ihm auszusetzen, äußerte sogar ein Wort des Lobes. „Gut entwickelt. Und hübsch. Wann ist es geboren?“

„Gestern nacht.“

„Sie sind schnell gekommen.“ Mrs. Shillitoe stellte selten eine direkte Frage, schätzte es jedoch, so viel wie möglich in Erfahrung zu bringen.

„Es ist ganz hier in der Nähe geboren“, sagte Mrs. Paske, womit sie bewußt eine falsche Spur legte.

Mrs. Shillitoe wurde von Hattie gerufen und verschwand in der Küche. Im Geist ging sie bereits die möglichen Ammen durch. Sie nahm nie eine, die trank, schwindsüchtig war oder nicht genug Milch hatte.

Dann kehrte sie mit dem Tablett in das Wohnzimmer zurück. „Hat das Kind einen Namen?"

„Sie soll Margaret heißen. Margaret Walpole. Die Mutter heißt Elizabeth, der Vater John. Kaufmann in Indien."

Diesen Worten entnahm Mrs. Shillitoe, daß das Kind in St. Luke's getauft werden sollte. In diesem Punkt waren die Leute heikel. Die meisten waren zwar bereit, ein Kind wegzugeben und es niemals wiederzusehen, aber sie wollten, daß alles seine Ordnung hatte, und waren bereit, dafür zu zahlen.

„Ich bin genötigt, meine Forderungen zu erhöhen, Mrs. Paske. Es wird alles teurer. Fünfundzwanzig Shilling pro Woche, im voraus zu bezahlen. Und die Kleidung muß gestellt werden."

Mrs. Shillitoe war nicht unbedingt habgierig, aber sie mußte an die Zukunft denken — vor allem an die Hatties, die ihr große Sorgen machte.

Mrs. Paske händigte ihr Geld für zwei Monate ihm voraus aus. „Ich werde wahrscheinlich von Zeit zu Zeit selbst hier hereinschauen", sagte sie. „Wenn nicht — das Geld wird in jedem Fall bezahlt."

„Das weiß ich. Und ich versichere Ihnen, für das Kind wird gut gesorgt."

Mrs. Paske blickte auf den schlafenden Säugling hinab, und Rührung erfaßte sie. „Ich hoffe, Margaret wird später einmal adoptiert — so wie die kleine Adelaide."

9

Daisy konnte natürlich nicht die übliche Zeit, die nach einer Geburt allen Müttern außer den Arbeiterfrauen zugestanden wurde, im Bett verbringen. Zwei Tage konnte sie sich von dem Schock erholen, dann mußte sie unten zum Mittagessen erscheinen. Danach konnte sie ein bißchen ruhen, bis sie wieder am Dinner teilnehmen mußte. An milden Tagen Spaziergänge im Garten. Sachte versuchte Mrs. Paske, sie wieder in den Alltag zurückzuführen, und gelegentlich machte sie ihr — weniger sachte — klar, wo ihre eigentliche Verpflichtung lag.

„Sir Charles ist sehr gut zu Ihnen gewesen, Hebe. Sie lohnen es ihm schlecht, wenn Sie herumlaufen wie lauter verregnete Sonnentage."

„Ich weiß. Ich verstehe mich selbst nicht. Irgend etwas ist mit mir passiert. Erst wollte ich das Baby nicht haben, aber jetzt doch. Und jetzt habe ich es verloren."

Sie vermied es, Skeltons Namen zu nennen, da sie wußte, daß Martha ihn nun völlig ablehnte.

„Die Kleine ist gut untergebracht", sagte Mrs. Paske. „Dafür habe ich gesorgt. Und sie kostet Sir Charles fünfundzwanzig Shilling pro Woche. Dafür verdient er zumindest ein Lächeln."

Das Erstaunliche war, daß Hebe nach der Geburt des Kindes noch schöner geworden war.

„Hören Sie zu, mein Liebes", sagte Mrs. Paske energisch. „Er ist alt, und er hat im Lauf der Zeit viel Trauriges erlebt. Er ist gut, freundlich und großzügig. Hin und wieder ein Lächeln und ein bißchen Interesse an dem, was er für Weihnachten plant, würde Sie gar nichts kosten und ihn sicher sehr freuen."

„Na schön", sagte Daisy resigniert. „Ich werde es versuchen. Auch um Ihretwillen. Sie sind sehr gut zu mir gewesen, Martha."

Ebenso offen sprach Mrs. Paske mit Sir Charles. Er selbst hatte das Gefühl, alles mit ihr bereden zu können — selbst das, was sie bereits wußte.

„Ich liebe Hebe. Wenn ich zurückschaue, habe ich das Gefühl, daß ich mich auf den ersten Blick in sie verliebt habe. Lächerlich in meinem Alter."

„Fünfundsechzig ist überhaupt kein Alter. Es hat nichts mit der Anzahl der Lebensjahre zu tun, Sir Charles. Ich habe Männer gekannt, die mit vierzig alt waren, und welche, die noch mit achtzig jung wirkten."

Nun ja, das gab es. Aber ob er noch in der Lage war, ein Kind zu zeugen? Oder würde er in diesem Fall auch Hebes Leben in Gefahr bringen?

Selbst darüber konnte er mit dieser vernünftigen Frau sprechen.

„Unsinn", sagte Mrs. Paske. „Was dieses Thema betrifft, Sir Charles, reagieren Sie einfach krankhaft — wenn ich so sagen darf. Das ist nach Ihren schlimmen Erfahrungen verständlich. Aber Ihre beiden Ehefrauen sind im ersten Kindbett gestorben. Hebe hat ihr erstes Baby bereits geboren. Zweitgeburten pflegen leichter und ungefährlicher zu sein.“ Sie machte eine Pause, um ihren nächsten Worten Nachdruck zu verleihen. „Und wäre es nicht wunderbar, noch einen eigenen Sohn zu bekommen?“

„Natürlich, Mrs. Paske. Aber ich habe mich schon seit langem damit abgefunden, daß...“

„Es gibt natürlich Ausnahmen.“ Mrs. Paske wollte das Eisen schmieden, solange es heiß war. „Aber wenn eine Frau eine Tochter gehabt hat, bestehen gute Aussichten, daß das zweite Kind ein Sohn sein wird.“

Damit verließ sie ihn.

Echte Liebe erwartete keine Dankbarkeit, aber Mrs. Paske war doch enttäuscht über Hebes Reaktion, als sie ihr von dem Gespräch mit Sir Charles berichtete.

„Vermutlich wäre es das beste“, sagte Daisy. „Aber ich will weder ihn noch sonst jemanden heiraten. Ich weiß, Sie finden das albern, aber ich liebe Jack noch immer. Oh, ich weiß, er war selbstsüchtig und herzlos und hat mich nie geliebt — aber ich habe ihn eben geliebt und scheine damit einfach nicht fertig zu werden. Und dann das Kind — sein Kind. Sieht es ihm ähnlich?“

„Nicht im geringsten. Und dafür sollten Sie dankbar sein. Mädchen, die ihrem Vater ähneln, sind im allgemeinen häßlich. Margaret sieht Ihnen gleich, meine Liebe.“

„Ich wollte, ich könnte sie sehen.“

„Nun, wer weiß? Wenn Sie sich richtig verhalten, Sir Charles einen Sohn schenken, dann wird er aller Wahrscheinlichkeit nach erlauben, daß Sie sie zu sich nehmen. Wir könnten dann sagen, es handle sich um eine Waise, an der ich interessiert bin.“

Also verhielt sich Daisy auf lustlose Art „richtig“. Sir Charles, von der Gicht erlöst, fühlte sich erneut aufs wunderbarste verjüngt, gab seine gewohnte große Weihnachtsgesellschaft und verkündete dabei seine Verlobung.

Es gab großes Gerede, auch bösartiges, aber eigentlich doch mehr freundliches, denn Sir Charles war beliebt. Da man kaum etwas über Hebe wußte, sprach gegen sie nur, daß sie Tänzerin gewesen war. Und nachdem Lady Fenstanton, die wichtigste Frau weit und breit, sie spontan umarmt und mit ihrer lauten, tragenden Stimme: „Liebe, ich freue mich so — ich wünsche Ihnen alles Glück!“ gesagt hatte, was sollten dann weit geringere Sterbliche noch dagegen einzuwenden haben?

Lord Fenstanton, der nicht mehr ausging und nur noch sehr selten richtig wach wurde, kam bei der Nachricht schlagartig zu sich und sagte: „Das wird nun das dritte Mal, daß ich Charlie Overton etwas zur Hochzeit schenken muß."

„Darling, ich glaube, du bist eifersüchtig", sagte Lady Fenstanton.

Daisy war natürlich eine bildschöne Braut. Hätte Skelton sie gesehen, so wäre er zu einem weiteren Bild inspiriert worden — „die Braut". Aber er war nicht da, außer in den Gedanken der Braut — ziemlich bitteren Gedanken übrigens.

Immer hatte sie das Gefühl gehabt, gleich hinter der nächsten Ecke warte etwas Wundervolles auf sie. So war es auch gewesen. Aber diese Ecke gehörte jetzt der Vergangenheit an. Und wenn die Gänseblümchen auf den Wiesen zu blühen begannen, würde sie erst siebzehn sein.

10

Allmählich, von Rückschlägen unterbrochen, resignierte Daisy. Sie nahm sich gewissenhaft vor, Sir Charles glücklich zu machen. Ihre schauspielerischen Fähigkeiten kamen ihr dabei zugute, und glücklich dreinzublicken und sich unbefangen, ja gelegentlich eine Spur frivol zu benehmen, wurde ihr fast zur zweiten Natur. In den drei Jahren, die ihrer Hochzeit folgten, blieb Sir Charles ihr gegenüber nur in einer Sache unerbittlich — Margaret durfte nicht auf Wichfield leben.

„Wirklich, Liebe", sagte Mrs. Paske. „Sie sollten ihn nicht drängen. Vergessen Sie nicht, er ist alt, allein die Erwähnung des Kindes regt ihn auf, und das bekommt ihm nicht. Ich sehe die Kleine einmal im Monat, ich kann Ihnen versichern, sie hat die beste Pflege." Mrs. Paske hätte noch hinzusetzen können — was sie nicht tat — , daß Ehen mit jungen Frauen schon viele ältere Gentleman dahingerafft hatten. Nicht, daß ihrer Ansicht nach Hebe in sexueller Hinsicht große Anforderungen stellte, im Gegenteil.

,,Es ist mir absolut zuwider. Sehen Sie nicht so schockiert drein. Schließlich waren Sie verheiratet, Martha. Wie hätten Sie das gefunden, wenn gleich nach dem Tod Ihres Mannes irgendein anderer... na ja, an Ihnen herumgefingert hätte?''

Mrs. Paskes Ehe war kurz und freudlos gewesen, und Daisys Worte blieben wirkungslos. ,,Es scheint mir ein geringer Preis für all das hier zu sein'', erwiderte sie gelassen.

Denn außerhalb des Bettes stellte Hebe durchaus Forderungen. Sie wollte so oft wie nur möglich Gesellschaften geben oder Einladungen folgen. Sie gab einen Maskenball, was eine neue Variante in das schwerfällige, ländliche Gesellschaftsleben brachte.

Dann waren da Daisys eigene Vorführungen. Eigentlich kamen sie eher zufällig zustande. Eines Tages wachte Lord Fenstanton flüchtig aus seinem Dauerschlummer auf und sagte: ,,Stimmt es, daß Charlie Overton dieses Mädchen, das tanzen kann, geheiratet hat? Haben wir ihnen nicht zwei Kandelaber geschenkt?''

,,Doch.''

,,Warum tanzt sie dann nicht für uns? Und singt?'' Danach schlief er wieder ein, aber er hatte seine Frau auf eine Idee gebracht, wie sie eine originelle Gesellschaft geben könnte.

Und so vergingen die Jahre.

Aber das erhoffte Kind kam nicht. In gewisser Weise fing Sir Charles an, Daisy als seine Tochter zu betrachten, verzärtelt, eigenwillig, reizend. Und das ließ ihm den Gedanken an ihre Tochter, die in London aufwuchs, nur noch widerwärtiger erscheinen.

In den drei Jahren sah Daisy Margaret zweimal. Das erstemal kurz vor Weihnachten, als das Kind ungefähr dreizehn Monate alt war. Mrs. Paske hatte es zwar für unklug gehalten, schließlich aber nachgegeben, und unter dem Vorwand, Einkäufe zu machen, waren beide nach London gefahren.

Was dann geschah, war ein kleines Drama gewesen. Das kleine Mädchen, für sein Alter recht weit entwickelt, war auf Hebe, die sie nie zuvor gesehen hatte, zugelaufen und hatte sich an ihre Röcke geklammert in der Erwartung, auf den Arm genommen zu werden. Margaret war bezaubernd, rosig, blond und blauäugig — genau die Art von Kind, über deren Porträts sich Jack Skelton immer lustig gemacht hatte. Aber der Abschied war schmerzlich gewesen, und Daisy hatte während der ganzen Heimfahrt geweint.

Mrs. Shillitoe hatte gleich darauf an Mrs. Paske geschrieben, daß

Margaret geschluchzt und sich geweigert habe, ihr Essen zu sich zu nehmen, und nun leichtes Fieber habe. *,,Sie ist ein sehr eigenwilliges kleines Mädchen, und ich würde es vorziehen, wenn Sie sie in Zukunft allein besuchten. Fremde regen sie auf.*" Selbst in Briefen pflegte Mrs. Shillitoe diskret zu sein.

Daisy sah ihr Kind erst in dem Sommer wieder, als Margaret zwei Jahre und neun Monate alt war, und diesmal verlief alles ganz anders.

Mrs. Paske, Sir Charles und Dr. McGibbon — in dieser Reihenfolge — fingen an, sich über Daisys Gesundheitszustand Sorgen zu machen. Sie nahm ab, hustete gelegentlich, war abwechselnd hektisch ausgelassen und grundlos niedergeschlagen. Ihre Schönheit wurde immer durchscheinender. Dr. McGibbon mißtraute dem Apfelblütenteint, denn er wies nur allzuoft auf Schwindsucht hin. Er empfahl einen Monat Aufenthalt in Margate, keine Aufregungen, früh zu Bett, Nachmittagsschlaf und natürlich Seebäder. Das Ganze erwies sich dann als ein sehr aufregender Urlaub, und ihren Nachmittagsschlaf hielt Daisy nur selten.

,,Sie erschweren sich alles nur", hatte Mrs. Paske eingewandt, als Daisy ihr ihren Plan unterbreitete. ,,Und es ist ein Risiko. Weiß der Himmel, wer zu dieser Jahreszeit alles in Margate ist. Und wenn Sie einmal mit ihr zusammen gesehen werden —"

,,Das ist es ja gerade, wenn wir zusammen gesehen werden mit Mrs. Shillitoe und Hattie und Peter und Margery, dann werde ich sagen, die Ähnlichkeit hätte mich so frappiert."

Mrs. Paske konnte Hebe nichts abschlagen, was innerhalb ihrer Möglichkeiten lag. Während nun die Overtons samt Mrs. Paske ins beste Hotel von Margate zogen, kam Mrs. Shillitoe in einem bescheideneren, aber trotzdem noch bequemen Quartier im landeinwärts liegenden Viertel der Stadt unter. Es war nicht nur das erstemal, daß Mrs. Shillitoe das Meer zu Gesicht bekam, es war auch das erstemal in ihrem Erwachsenendasein, daß sie Mahlzeiten zu sich nahm, die andere gekocht hatten. Sie begann Daisy, die sie als Mrs. Johnson kannte, als gute Fee zu betrachten.

Das Wetter war freundlich. Daisy widmete die Vormittage Sir Charles, wobei sie ihn lediglich allein ließ, wenn Sie zum Baden ging. Sie machten Spaziergänge, unterhielten sich mit anderen Gästen, tranken Kaffee im Freien und beobachteten, was sich am Strand abspielte. Wenn Sir Charles seinen üblichen Mittagsschlaf abhielt, ging Daisy in ihr Zimmer, schlüpfte dann zu einem Seitenausgang des

Hotels hinaus und eilte zum Strand an eine abgelegene Stelle, wo die feineren Gäste nicht hinkamen. Dort wurde sie von den Kindern begeistert empfangen — die arme Hattie war noch immer ein Kind —, denn sie brachte stets Süßigkeiten und Spielzeug mit, das sie bei fliegenden Händlern erstanden hatte. Eine Weile spielte sie mit allen Kindern, dann schlug Mrs. Shillitoe ein Spiel vor, mit dem sie die älteren Kinder ablenkte, so daß Mrs. Johnson sich mit ihrem kleinen Mädchen beschäftigen konnte.

Dann, später, eilte Daisy ins Hotel zurück und tat so, als hätte sie sich den ganzen Nachmittag ausgeruht. War Sand in ihrem Haar? Ihr Rock war noch feucht vom Spiel am Rand des Wassers.

Zu den Gästen, mit denen Daisy und Sir Charles manchmal Whist spielten, gehörte eine Witwe, Mrs. Hamilton-Hope. Trotz ihrer vierzig Jahre war sie recht lebhaft und von einem Benehmen gegenüber Männern, gleich ob jung oder alt, das Sir Charles als ,,kindisch" bezeichnete. Er war zu altmodisch, um nicht daran Anstoß zu nehmen, daß sie allein in einem Hotel wohnte; jede anständige Frau hätte eine Verwandte oder Dienerin mitgenommen. ,,Wahrscheinlich kann sie es sich nicht leisten", meinte Daisy. ,,Ihre Kleider sind auch nicht gerade von guter Qualität."

,,Dann hätte sie ins Hotel ziehen und eine Begleiterin in einem billigeren Quartier unterbringen sollen." Sir Charles war zudem überzeugt, daß sie sich das Haar färbte — und daß sie auf der Suche nach einem Ehemann war. Dagegen war an sich nichts einzuwenden, aber so offen sollte man das nicht tun. Er war deshalb keineswegs begeistert, als sich herausstellte, daß sie eine entfernte Verwandte von ihm war. Mrs. Hamilton-Hopes Großmutter war eine Skelton gewesen, Cousine ersten Grades von Sir Charles' Mutter.

Daraufhin fühlte er sich verpflichtet, etwas für die Lady zu tun, lud sie an seinen Tisch ein, gelegentlich auch zu Fahrten am späteren Nachmittag. Da sein Verhalten ohnehin mehr von Pflichtgefühl als von Zuneigung diktiert war, geriet er in Zorn, als Mrs. Hamilton-Hope eines Tages im Verfolg der verwickelten Familienbeziehungen auch Jack Skelton erwähnte.

,,Ich habe ihn selbst nie kennengelernt, aber Cousine Agatha sagte einmal, ihr Onkel Thomas habe ihr so leid getan, als Jack seine militärische Karriere an den Nagel hängte und sich dem — war's nicht Malen? — zuwandte."

,,Stimmt. Und je weniger man von ihm spricht, desto besser."

Er hatte gesehen, wie Hebe zusammengezuckt war und dann traurig dreinblickte. Sir Charles hatte ihr gegenüber Jacks Namen nie mehr erwähnt und nahm an, daß Mrs. Paske, vernünftig wie sie war, ebenso zurückhaltend gewesen war. Er hatte gehofft, Hebe hätte ihn vergessen; aber ihr Gesichtsausdruck verriet ihm, daß dies nicht so war. Das verletzte ihn, machte in jedoch zugleich ungeduldig. Wirklich, er hatte sein Bestes getan, jeder ihrer Launen nachgegeben, ihr jeden Wunsch erfüllt. Allein diese Ferien hier — ausgerechnet jetzt während der Erntezeit, in der er viel lieber auf seinem Besitz umhergeritten wäre!

Zwei Abende später saß man nach dem Abendessen beim Whist: Sir Charles, Hebe, Mrs. Hamilton-Hope — man nannte sich der Verwandtschaft wegen nun beim Vornamen — und ein gewisser Colonel Spencer, auf den Frances ein Auge geworfen hatte. Mrs. Paske konnte auch sehr gut Whist spielen, zog sich jedoch jeweils taktvoll zurück, wenn ein vierter Spieler zur Verfügung stand.

Während Sir Charles mischte, erkundigte sich Frances unschuldig: ,,Hebe, Liebe, wer ist dieses entzückende Kind?"

Daisy war nicht ganz so sehr überrascht wie bei der beiläufigen Erwähnung Skeltons, denn sie war sich bei ihren geheimen Treffen immer des Risikos bewußt gewesen.

,,Was für ein Kind, Frances? Leider weiß ich nicht, worauf..."

,,Aber die anderen sind so gewöhnlich, und die Kleine ist so schön."

,,Wer denn?"

,,Das kleine Mädchen, mit dem Sie heute nachmittag gespielt haben — am anderen Ende des Strandes."

,,Ich? Sie müssen sich getäuscht haben, Frances. Ich gehe nie dorthin. Und am Nachmittag ruhe ich immer."

,,Anordnung des Arztes", sagte Sir Charles und reichte die Karten Colonel Spencer, dem es völlig gleichgültig war, wer mit welchen Kindern spielte, solange ihm das nicht zugemutet wurde.

Das Spiel nahm seinen gewohnten Verlauf, dauerte jedoch nur kurz. Sir Charles äußerte etwas über die schlaffördernde Wirkung der Luft in Margate und erklärte, er wolle sich zurückziehen. Frances kam diese Absicht gelegen, somit blieb sie mit Colonel Spencer allein zurück, und obwohl diesem das nicht unbedingt willkommen war, so war er doch froh, Lady Overton als Partnerin loszuwerden. Sie spielte nie gut, und an diesem Abend war es ganz schlimm gewesen. Schön wie ein Engel, natürlich...

„Nun sage mir die Wahrheit." In seiner Stimme lag ein drohender Unterton.

„Du weißt es bereits. Ich habe Margaret jeden Nachmittag getroffen. Sie ist mein Kind. Ich liebe Sie und sie liebt mich. Das schadet niemandem."

„Du hast mich getäuscht."

„Das mußte ich tun. Sonst hätte ich sie niemals kennengelernt."

„Und du hast dir selbst geschadet. Diese schreckliche Frau hat ihr Aussehen erwähnt. Sie zählt jetzt zwei und zwei zusammen. Wenn du dir nicht vorstellen kannst, was für Gerüchte sie nun in die Welt setzen wird — ich kann es! Es hat mich erhebliche Mühe und viel Geld gekostet, deinen Ruf zu schützen, und nun hast du durch dein unglaubliches Verhalten alles zunichte gemacht."

So hatte er noch nie mit ihr gesprochen. Etwas von ihrem alten Temperament regte sich, und am liebsten hätte sie gesagt: „Das ist mir völlig egal!" Aber sie durfte ihn nicht noch mehr aufbringen.

„Wenn du sie nur sehen könntest, Charles. Sie ist so bezaubernd. Nicht nur hübsch, sondern auch liebenswürdig und intelligent. Ich weiß, du würdest sie lieben."

„Ganz gewiß nicht! Und in keinem Fall werde ich die Probe aufs Exempel machen. Ich kann nicht verstehen, wie du so gedankenlos sein konntest, Hebe. Weiß Mrs. Paske, wie du die Nachmittage verbringst?"

„Nein. Ich bin allein daran schuld."

„Ich hätte mir gleich denken können, daß sie zu vernünftig ist." Der Gedanke, daß die zwei Frauen gemeinsam irgendwelche Ränke gegen ihn spinnen könnten, behagte ihm nicht. Trotzdem erwähnte er die Angelegenheit gegenüber Mrs. Paske, der diesmal ein Fehler unterlief.

„Wie lächerlich! Aber Ihnen ist sicher nicht aufgefallen, Sir Charles, daß Lady Overton von Anfang an kopiert worden ist — ihre Kleider, ihre Frisur... Ganz gewiß hat Mrs. Hamilton-Hope sie mit jemand anderem verwechselt."

Sir Charles ließ Mrs. Paske einen langen, kalten Blick zukommen. „Zufällig hat Lady Overton alles zugegeben."

Mrs. Paske errötete. ,,Ich finde, man sollte es ihr nicht zu übel nehmen. Es war unklug. Aber weder Sie noch ich können die Gefühle einer Mutter verstehen.''

Diese Bemerkung trug nicht dazu bei, Sir Charles zu beruhigen. Die beiden hatten ihn tatsächlich getäuscht!

,,Wir fahren in einer Stunde nach Hause'', sagte er.

Die Unterhaltung hatte am Frühstückstisch stattgefunden, an dem Daisy bis jetzt noch nicht aufgetaucht war. Mrs. Paske erhob sich. ,,Dann fange ich jetzt besser an zu packen.'' Sie verschwand.

Seine Gicht war über Nacht schlechter geworden; aber die Freude darüber, nach Hause zu kommen, war groß. Und etwas, das Mrs. Paske gesagt hatte, hatte ihm Eindruck gemacht. ‚Ich hatte ja nie ein Kind', dachte er. ‚Ich kann es tatsächlich nicht nachempfinden.'

Aber durch Daisys Verhalten verhärtete er sich innerlich wieder.

,,Nein, ich kann nicht. Nicht heute. Sie erwartet mich, ich habe ihr versprochen, daß ich komme. Strafe mich, wenn du willst, aber nicht sie. Bitte, Charles — bitte! Morgen. Morgen werde ich mitfahren.''

,,Du wirst heute mitkommen.''

Sie wurde hysterisch und verlor den Kopf. ,,Nein. Und du kannst mich nicht zwingen. Ich werde mich mit Margaret treffen und ihr auf Wiedersehen sagen. Ich bin selbst schon von jemandem im Stich gelassen worden, dem ich vertraut habe, ich weiß, was man dabei empfindet. Los, fahr nach Hause, wenn du willst, ich werde hierbleiben. Ich werde Geschirr spülen — oder nein, ich werde am Strand singen und tanzen.''

Sie hatte zwei gefährliche Dinge getan: Sie hatte einen eitlen alten Mann zutiefst in seiner Selbstachtung getroffen, indem sie sich so schnell bereit erklärte, die gesellschaftliche Stellung aufzugeben, die sie ihm verdankte. Lady Overton, die Geschirr spülte! Und sie hatte den Stolz eines zähen alten Mannes herausgefordert. Er zweifelte nicht daran, daß sie im Ernstfall ihre Drohung wahr machen und sich zu den Vergnügungskünstlern am Strand gesellen würde.

Sein Fuß schmerzte, als steckten tausend rotglühende Nadeln darin. Er mußte der Tatsache ins Gesicht sehen, daß sowohl seine schöne Hebe als auch die vernünftige Mrs. Paske einem Stand angehörten, dem Ehre nichts bedeutete.

Trotzdem, erzürnt und enttäuscht wie er war, mußte er einen Kompromiß schließen.

,,Gut. Ich werde unsere Abreise um eine Stunde aufschieben. Geh zu dem Kind und verabschiede dich."

Für dieses Zugeständnis war sie in keiner Weise dankbar. Der wilde Plan, einfach in Margate zu bleiben, in das Quartier im landeinwärts gelegenen Teil der Stadt zu ziehen und Margaret den ganzen Tag für sich zu haben, reizte sie nach wie vor. Sie erwog sogar, Sir Charles überhaupt zu verlassen. Sie würde nach London zurückkehren.

Mrs. Paske brachte sie wieder zur Vernunft. ,,Manchmal hat es den Anschein, Hebe, als könnten Sie nicht über Ihre Nasenspitze hinaussehen. Wollen Sie nicht das Beste für Ihr kleines Mädchen? Was könnten Sie ihr schon bieten, wie hart Sie auch immer arbeiten, mit dem verglichen, was Sir Charles für die Kleine tun kann? Bald kommt sie in die Schule..."

,,Ich denke an jetzt."

,,Das nenne ich ja eben kurzsichtig. Sir Charles ist bald siebzig, und niemand lebt ewig. Und der Tag wird kommen, an dem Sie Margaret nach Wichfield holen können. Warten Sie noch ein bißchen."

Mrs. Hamilton-Hope bedauerte es sehr, daß ihr Verwandter abreiste. Die Verbindung war ihrem Status nützlich gewesen. Daß sie nun alle wegfuhren, obwohl ihre Hotelsuite für einen Monat reserviert gewesen war, erregte ihre Neugier.

Am Nachmittag wanderte sie erneut an das andere Ende des Strands, und da war auch wieder diese unscheinbare Frau, das häßliche Kind und die beiden anderen Kindern, die durch nichts auffielen — und dann die kleine Schönheit. Mrs. Hamilton-Hope hob ihre Röcke an und näherte sich Mrs. Shillitoe, die von ihrem Strickzeug aufblickte.

,,Guten Tag. Ich dachte, ich würde vielleicht Lady Overton hier vorfinden. Gestern war sie doch hier?"

,,Wer soll das sein? Von der habe ich nie gehört. Tut mir leid."

Das schöne kleine Mädchen, das eine offensichtlich teure Puppe liebkoste, mußte mit Hebe blutsverwandt sein. Es war ihr Ebenbild.

Hattie, bei der hin und wieder Intelligenz aufflackerte, sagte: ,,Mama — die hübsche Lady!"

,,Ja, Liebes. Aber das war keine Lady Overton. Das war Mrs.

Johnson.“ Sie wandte sich fast schroff an Mrs. Hamilton-Hope. „Das ist eine Lady, die etwas für Kinder übrig hat.“

Peter, der — wäre er auf der richtigen Seite des Zauns geboren worden — Erbe eines Herzogtums gewesen wäre, sagte: „Mrs. Johnson hat mir das hier geschenkt.“ Es war das Modell einer Lokomotive, die aber auf dem Sand nicht richtig fahren konnte.

Mrs. Hamilton-Hope sagte: „Wie nett! Wie freundlich von ihr! Sie haben hier wirklich eine glückliche kleine Familie beisammen, Mrs. ...?“

„Das Gefühl habe ich auch.“ Mrs. Shillitoe hatte sich von ihrem leichten Schrecken erholt, und ihr fiel ein, daß Diskretion zu ihrem Geschäft gehörte. „Hattie, ihr könnt jetzt im Wasser plantschen. Aber nur am Rand, und haltet euch an den Händen fest.“ Die Kinder rannten bereitwillig davon.

„Ihre Jüngste ist ein sehr schönes Kind.“

Mrs. Shillitoe machte eine beschwichtigende Geste. „Nicht so laut. Ich möchte nicht, daß sie eitel wird. Ihr Papa neigt sowieso dazu, sie zu verwöhnen.“ Mrs. Shillitoe war bemüht, das Bild einer ganz gewöhnlichen Familie zu entwerfen. Sie witterte Unrat. „Ja, es stimmt. Merkwürdig, wenn man mich anschaut. Aber es liegt in der Familie. Ich hatte eine Tante und habe eine Schwester, die sehr schön waren — oder sind. Hattie, geh nicht zu weit hinaus!“

3. Teil

1

Zwei Jahre vergingen, Monate, die sich gleichförmig aneinanderreihten und in denen sich jedes unvorhergesehene Ereignis abhob wie ein Maulwurfshügel auf einem gepflegten Rasen. Sir Charles' Gicht war fast chronisch geworden, die Erholungspausen wurden immer kürzer; beide Füße, beide Hände und schließlich auch die Augen waren in Mitleidenschaft gezogen. Mrs. Paske stand durch ihre gute Pflege erneut in seiner Gunst; Daisy las ihm bei abgeschirmter Lampe vor, Freunde besuchten ihn. Aber es war ein melancholisches Dasein, und das Leiden verbesserte seine Stimmung nicht eben. Und zum erstenmal seit dem Tod seiner zweiten Frau malte er sich häufig aus, was geschehen würde, wenn er tot wäre.

Im Grunde hatte er immer gewußt, daß mit ihm der Baronetstitel enden würde. Seltsamerweise berührte ihn dies kaum. Ein Teil des Besitzes würde an die Krone zurückfallen. Aber nicht das Haus. Außerdem gehörten Sir Charles vier ertragreiche Bauernhöfe, mehrere kleine Landgüter, ein Dutzend Mietshäuser, und er verfügte über eine beachtliche Summe gut angelegten Geldes. All das hätte Jack Skelton zufallen können; Sir Charles hatte immer eher an ihn als an die Skelton-Jungen gedacht, und ihre Unfähigkeit Plenrerith in den Griff zu bekommen, hatte sie vollends aus dem Rennen geworfen. Es gab auch noch andere Skeltons, sogar eine ganze Anzahl, denn im Gegensatz zu den Overtons waren sie fruchtbar. Unter ihnen war einer, den Sir Charles nicht kannte und den er deshalb nicht mißbilligen konnte.

Die ersten Auskünfte, die Sir Charles einholte, klangen verheißungsvoll. Es handelte sich um einen Vetter ersten Grades von Max und Algie, aber er schien von ganz anderem Schlag zu sein. Als Sproß eines verarmten Zweigs der Familie war er nichts weiter als ein schwer arbeitender Landwirt. Er war zweiunddreißig Jahre alt, verheiratet und hatte zwei Söhne. Jedenfalls wollte Sir Charles diesen George Skelton kennenlernen.

Aus dem Antwortbrief auf die Einladung zu schließen, schien

George ein gebildeter Mann zu sein. Er bedankte sich bei Sir Charles, die Aufforderung käme ihm gelegen, da die letzten Kartoffeln bereits eingebracht seien. Seine Frau werde ihn begleiten, ein Vergnügen für sie, denn sie sei niemals weiter südlich als bis nach Cambrigde gekommen.

Mrs. Paske verfolgte die Entwicklung mit Unbehagen. Wenn doch nur Hebe ihm einen Sohn hätte schenken können! Aber dafür gab es jetzt keine Hoffnung mehr. Die ehelichen Beziehungen der beiden waren seit Daisys Vertrauensbruch praktisch nicht mehr existent. Aber warum hinterließ er ihr nicht alles? Das Gesetz des Fideikommisses — die Unteilbarkeit eines Familienvermögens — hatte durchaus seine Berechtigung, aber ringsumher gab es nichts als Witwen, die ihren Besitz verwalteten. Auch wenn Hebe dessen nicht fähig wäre — Mrs. Paske war es durchaus!

Sie hatte versucht, Sir Charles diesen Gedanken nahezubringen, aber es war derzeit schwierig, mit ihm zu diskutieren. Er regte sich leicht auf, was wiederum seine Gicht verstärkte.

„Na schön, sollen der Kartoffelbauer und seine Frau doch kommen“, sagte Mrs. Paske fast bösartig zu Daisy. „Sir Charles hat schließlich noch seinen Verstand beisammen und wird schon merken, daß sein Plan undurchführbar ist.“

„Ich möchte kein Vermögen haben“, sagte Daisy. „Nur so viel, daß ich mir ein kleines Haus kaufen kann, in dem Sie, ich und Margaret in Frieden leben können.“

„Das denken Sie vielleicht jetzt, meine Liebe. Aber dann werden Sie Ihre Gewohnheiten ändern müssen.“

Das stimmte. Daisy war zunehmend extravaganter geworden. Sie gab viel Geld für Kleider und Vergnügungen aus. Es war jetzt bei den meisten Gesellschaften auf Wichfield üblich geworden, daß sie eine Darbietung gab, und die Ausstattung war oft kostspielig. Außerdem sandte Daisy auch Geld an die Familie in Talbot St. Agnes. Und da sie nie in die St. Luke's Street ging, ohne allen Kindern teure Geschenke mitzubringen und zudem immer ein paar Sovereigns für Mrs. Shillitoe hinterließ, überzog sie eigentlich ständig das, was ihr zustand, und mußte sich dann an Sir Charles wenden.

Dieser verhielt sich nach wie vor großzügig, zum Teil, weil das sein Charakter war, und dann auch, weil er wegen seiner veränderten Gefühle ihr gegenüber leichte Gewissensbisse empfand. Er hatte ihr kein Kind geschenkt, um das zu ersetzen, das sie so zärtlich liebte und das er nicht akzeptieren konnte. Er hatte ihr seit Margate nicht mehr die bedingungslose Zuneigung entgegengebracht, die eine schöne junge Frau von ihrem greisen Gatten erwarten konnte.

George Skelton, ein in jeder Hinsicht schwerfälliger, aber liebenswerter Hüne, gutaussehend wie alle Skeltons und ebenso weltfremd wie sie, traf spät an einem Novembernachmittag in einem Fahrzeug ein, das normalerweise eher dem Transport von ein paar Säcken Kartoffeln, einem Schwein oder einem Kalb dienen mochte. Im übrigen lag hinter dem ungepolsteren Sitz auch tatsächlich ein Sack Kartoffeln. Fast die ersten Worte nach der Begrüßung waren auch: „Ich habe dir ein paar ‚Champion'-Kartoffeln mitgebracht. Eigenbau."

Seine Frau hatte er ebenfalls mitgebracht.

Lucy Skelton tauchte aus dem mit Lehm bespritzen Wagen auf, adrett und gepflegt wie eine Wespe. Vor ihrer Heirat war sie Gouvernante gewesen, gefürchtet nicht nur von ihren Schülern, sondern auch von deren Eltern — und das zu einer Zeit, in der Gouvernanten zu der Kategorie der demütigen und weitgehend verachteten Frauen gehörten. Irgendwo in ihrer Ahnenreihe mußte eine Zigeunerin vertreten gewesen sein, darauf wiesen ihr schwarzes Haar, die schwarzen Augen und der dunkle Teint hin, und ebenso ihre Haltung — wenn ich dir nicht zusage, dann adieu und der Kuckuck soll dich holen. Keiner ihrer Schüler bewahrte ihr ein freundliches Andenken, aber alle hatten im Alter von vier Jahren lesen können. Sie war durch vier oder fünf Haushalte hindurchgefegt, bevor sie George Skelton kennenlernte und ihr klar geworden war, daß man aus ihm etwas machen konnte.

Aus schierem Trotz, nur um den Kartoffelbauern als den Tölpel hinzustellen, der er war, hatte Mrs. Paske ein ausgeklügeltes Dinner vorgesehen, das eine verwirrende Vielfalt von Bestecken erforderlich machte. Aber George Skelton, mit einem flüchtigen Blick auf den gedeckten Tisch, sagte nur leichthin: „Bei so was muß ich ein Auge auf Lucy haben."

Lucy, ebenso wenig befangen, fügte hinzu: „Wir leben sehr einfach. Bei nur einem Hausmädchen und einer vierköpfigen Familie ist es nötig, das Abwaschen einzuschränken. Das Kochen besorge ich selbst."

„Lucy ist ein Weltwunder", sagte ihr Mann.

„Keineswegs", erklärte sie sachlich. „Jeder, der ein bißchen Verstand hat und lesen kann, kann auch kochen. Als ich auf Windlemoor war, bekam die Köchin am Abend einer Essenseinladung einen Schlaganfall. Also habe ich gekocht. Seine Exzellenz sagte, es sei eines der besten Menüs geworden, die er je gegessen habe. Er schenkte mir diese Brosche hier zum Andenken.“ Sie wies ohne Stolz oder Bescheidenheit auf das Schmuckstück, einen großen Amethyst, der von winzigen Diamanten umgeben war.

Dann sprach sie von ihren Söhnen. George war bereits im College in Oundle, und Richard sollte ihm im nächsten September dorthin folgen.

„Es sind nur ein Jahr und eine Woche Altersunterschied zwischen den beiden. Kinder sind für eine vielbeschäftige Frau solch ein Hemmschuh. Ich fand es das beste, damit Schluß zu machen.“

„Ich dachte immer, solche Angelegenheiten würden von der Vorsehung geregelt“, sagte Mrs. Paske.

Lucy warf ihr einen Blick zu, der sie ob ihres mangelnden Zartgefühls tadelte, und erkundigte sich, ob sie Familie habe.

Das Paar war schlicht unangreifbar, weil es ohne jeden Dünkel war. Sir Charles mochte seinen Verwandten, und er hatte das Gefühl, daß Wichfield in seinen Händen gut aufgehoben wäre. Lucy war ihm nicht gerade sympathisch, aber sie war bewundernswert. Neben all ihren Aktivitäten schien sie auch noch Zeit zum Lesen und Klavierspielen zu finden.

Am nächsten Tag nahm Sir Charles George auf eine Rundfahrt durch seinen Besitz mit. George schien beeindruckt, nicht von der Größe, sondern von der Tatsache, daß Sir Charles ein so guter Landwirt war. „Im Norden oben sind die meisten Gutsbesitzer oft gar nicht da, sondern bringen in London das Geld durch, das sie aus ihren Pächtern herauspressen.“

„Gehst du auf Jagd?“ fragte Sir Charles.

„Hin und wieder. Meistens schieße ich nur Raubzeug ab. Und im Frühjahr gibt es ein paar Tage lang Entenjagd.“

„Ich werde für Donnerstag einige Freunde zur Jagd einladen“, sagte Sir Charles. Er wäre gern mit von der Partie gewesen, aber obwohl er den Hut tief ins Gesicht gezogen und den Wagen, statt ein Pferd genommen hatte, brannten seine Augen bereits wieder.

„Oh, ich muß am Donnerstag schon zu Hause sein“, sagte der mutmaßliche Erbe mit freundlichem Lächeln. „Ich habe zwar einen Knecht, aber der ist nicht besonders helle.“

Ein sehr verantwortungsbewußter Mann, dachte Sir Charles zufrieden. Nicht zu vergleichen mit Max und Algie.

Später am Tag mußte er auch seine Meinung über Lucy revidieren. Von Gicht verstehe sie gar nichts, gab sie zu, aber gegen schmerzende Augen habe sie ein gutes Rezept. „Haben Sie es je mit einer Lösung aus Salz und doppeltkohlensaurem Natron versucht?“

„Sir Charles' Augen sind bereits wund“, bemerkte Mrs. Paske. „Salz macht das doch wohl nur noch schlimmer?“

„Tränen enthalten ja Salz“, bemerkte Mrs. Skelton. „Und Weinen hat noch keinen Augen geschadet.“

Das Mittel, von Lucy persönlich zubereitet, erwies sich als wirkungslos, aber ihre Besorgnis rührte ihn.

„Ohne Zweifel haben Sie gute Bedienstete“, erklärte Lucy in einem Ton, der das Gegenteil ausdrückte. „Aber ich habe in großen Häusern gelebt und weiß, daß gewisse Arbeiten den niedersten Küchenmädchen überlassen werden.“

In derselben Nacht führten George und Lucy Skelton in ihrem Schlafzimmer ein Gespräch, das sowohl Sir Charles als auch Mrs. Paske erstaunt hätte.

„Nun?“ fragte Lucy, während sie aus ihrem Taftunterrock stieg.

„Ein guter Besitz; ungefähr achthundert Morgen — abgesehen von dem Teil, der unter Fideikommiß fällt. Natürlich wird viel Land verschwendet, vor allem um das Haus herum.“

„Das würden wir schnell ändern. Ein schönes Haus ist das übrigens. Es gibt da noch Schlafzimmer, die besser sind als das hier. Ich habe die junge Frau dazu gebracht, mir alles zu zeigen. Drei Familien könnten ganz leicht untergebracht werden.“

„Es wäre hübsch zusammenzuwohnen, ohne so nah aufeinander zu sein.“ George schlüpfte in sein Nachthemd. „Und ich habe über diesen Fideikommißanteil nachgedacht. Du sagst, er fiele an die Krone zurück. Dann wird dort ein Pächter nötig sein. Warum nicht Richard, wenn es soweit ist?“

Wie so oft zuvor, gaben sie sich ihrem gemeinsamen Wunschtraum hin. Alle unter einem Dach, aber in getrennten Quartieren — und Lucy als Herrscherin über dem Ganzen. Ein Matriarchat.

„Trotzdem, wir dürfen diese Frau nicht vergessen. Sie hat noch kein Kind, und ich würde sagen, er ist jenseits von Gut und Böse. Aber...“

„Aber was?“

„Sie ist sehr ruhig, und die Ruhigsten sind die Raffiniertesten. Und unbestreitbar ist sie hübsch. Ich glaube, ihr größter Wunsch ist ein Kind. Du hast es nicht bemerkt, aber ich. Wann immer eine Bemerkung über unsere Jungen fiel, bekam sie so einen Ausdruck im Gesicht, wie... wie einer, der hungrig ist und jemand spricht vom Essen."

Die Jahre seiner Ehe hatten George gelehrt, daß Lucy eine schnellere Auffassung und mehr Weitblick hatte als er. Oft hatte er schon gedacht, daß man sie, wäre sie in früheren Zeiten geboren worden, wahrscheinlich als Hexe verbrannt hätte.

„Sie wird nicht viel daran ändern können", sagte er.

„Nein? Ich weiß jedenfalls, was ich an ihrer Stelle tun würde. Ich würde mir ein Kind von einem anderen Mann besorgen. Sir Charles könnte da nicht viel Wirbel machen, ohne als Dummkopf dazustehen, und wenn er nicht abstreitet, daß es sein Kind ist, würde es als legal gelten. Und wo würden wir dann bleiben?"

„Nun ja, wir wären auch nicht schlimmer dran als vorher", sagte George ungerührt.

„Mich würde es schon ärgern, nachdem ich all das hier gesehen habe. Ich denke auch an die Jungen." Sie begann sich das glatte schwarze Haar zu bürsten.

„Sie kommt mir aber gar nicht leichtfertig vor."

„Frauen, die so hübsch sind wie sie, kommen immer mit heiler Haut davon. Ich behaupte ja gar nicht, daß sie leichtfertig ist. Ich sage nur, ich könnte sie verstehen. Sie möchte ein Kind haben, und Sir Charles braucht einen Erben. Und dafür gäbe es eine ganz einfache Lösung."

„Wenn ich dich nicht genau kennen würde, hätte ich jetzt ernsthafte Bedenken", neckte er.

„In der Beziehung habe ich alles, was ich brauche."

Das stimmte. George war noch immer ein zärtlicher Liebhaber, und sie hatte ihre Söhne.

Lucy Skelton, die in der Beziehung alles hatte, war weitgehend für Daisys Insichgekehrtsein verantwortlich. Jedesmal wenn George seine Frau mit ergebenem Hundeblick ansah oder sie in den höchsten Tönen lobte, gab es ihr einen Stich. Diese keinesweg hübsche und so sachliche Frau schien alles zu haben, woran ihr, Daisy, lag — und bald würde sie auch noch auf Margaret verzichten müssen, denn Mrs. Shillitoe hatte entschieden, daß die Kleine reif für die Schule sei. Sie dachte dabei an die Schwestern Reade, die eine sehr gute Schule leiteten und sich auf Kinder spezialisiert hatten, deren Herkunft im dunkeln lag und die während der Ferien nicht nach Hause fahren konnten. Die Kosten waren hoch — hundertzwanzig Pfund im Jahr — , aber die Mädchen wurden gut ernährt, waren gut untergebracht und erhielten guten Unterricht. Wie es der Zufall wollte, hatte übrigens Lucy Skelton ebenfalls diese Schule absolviert.

Die Sache hatte nur einen Haken: Die Schule lag in Manchester. Ein Tagesbesuch war also unmöglich, und Sir Charles, der immer egozentrischer wurde, würde einer längeren Abwesenheit kaum zustimmen. Daisy hatte also durchaus Grund, Lucy Skelton zu beneiden und melancholisch dreinzublicken, wenn sie von ihren Söhnen sprach.

2

Das nächste Ereignis in Daisys Leben, das mehr und mehr von den Sir Charles' Gichtanfällen und seinen daraus resultierenden Launen bestimmt wurde, war das Eintreffen eines Briefes von Mrs. Hamilton-Hope. Durch eine Verkettung unglücklicher Umstände war sie in die Lage versetzt worden, an Weihnachten nirgendwohin fahren zu können; alle ihre Pläne hatten sich zerschlagen. Ob sie wohl von Charles' mehrfach wiederholter Einladung, ihn in Wichfield zu besuchen, Gebrauch machen könne? Natürlich nur, wenn dies keinerlei Unannehmlichkeiten mit sich bringe. Sonst würde sie eben einem einsamen Weihnachten in London entgegensehen — niemand von ihren Freunden war während der Festtage da.

„Ich habe sie überhaupt nie eingeladen", knurrte Sir Charles. „Aber vermutlich müssen wir sie kommen lassen." Offensichtlich hatte sie keinen zweiten Ehemann gefunden. Frauen in dieser Situation neigten dazu, zu kommen und für ewige Zeiten zu bleiben — er kannte da mehrere Beispiele. Dies gedachte er jedoch nicht zuzulassen. Er wollte ihr schreiben, daß sie bis zu Neujahr auf dem Gut willkommen sei. Nun mußte er auch noch einen zusätzlichen Mann für seine Abendessengesellschaft am Siebenundzwanzigsten finden. Vielleicht würde er Roger Stokes bitten, einen Nachbarn, dessen Frau vor kurzem gestorben und der deshalb theorethisch noch in

Trauer war; aber möglicherweise, um einem alten Freund zu Gefallen zu sein, würde er die Konvention durchbrechen.

„Sorgen Sie dafür, daß das rote Zimmer für sie gerichtet wird", wies er Mrs. Paske an. „Es ist klein, liegt aber im wärmeren Teil des Hauses."

Daisy hatte nichts weiter im Kopf als ihren Weihnachtsbesuch in der St. Luke's Street. Margaret sollte am 1. Januar nach Manchester auf die Schule kommen. Daisy plante also eine Einkaufsorgie mit ihrer Tochter bei Hawksley's, einem Kaufhaus, in dem es praktisch alles gab — angefangen von Nadeln bis zu einem Elefanten, wie behauptet wurde.

Sir Charles hatte Daisy so viel Geld gegeben, wie eine Frau vor Weihnachten sich nur wünschen konnte. Um drei Uhr sollte der Wagen auf Lady Overton und Mrs. Hamilton-Hope vor dem Clark's Hotel am Piccadilly warten, wo Mrs. Hamilton-Hope wohnte.

Daß sie sich schon früher trafen, nämlich in dem Restaurant, das Hawksley's — der Konkurrenz weit voraus — für seine weiblichen Kunden eingerichtet hatte, war nahezu unvermeidlich. Zwei ausgesprochen magere Jahre hatten Mrs. Hamilton-Hopes Garderobe, von jeher eher auffallend als solide, erheblich reduziert, und sie wollte Cousin Charles Ehre angedeihen lassen. Ein neues Abendkleid war unerläßlich, und auch ein Teil der Unterwäsche mußte ersetzt werden. Anschließend ging sie zum Mittagessen.

Daisy hatte Margaret drei hübsche Kleider und einen Pelzmantel gekauft. Dann gingen sie zum Mittagessen.

Das Restaurant war gedrängt voll, und die abgehetzte Kellnerin sagte: „Wenn Madam nichts dagegen haben, einen Tisch mit jemandem zu teilen..." und führte Daisy und Margaret zum einzigen, nur teilweise besetzten Tisch. Nein, so was! Ausgerechnet hier! Wie reizend!

„Ich habe einen neuen Mantel", sagte Margaret und streichelte ihn. „Mrs. Johnson, meine hübsche Lady, hat ihn mir gerade gekauft. Ist er nicht schön?"

Margaret war in Hochstimmung und redselig. Mrs. Hamilton-Hope war aufmerksam und ermunterte sie hier und dort durch Fragen. Das zufällige Zusammentreffen paßte Daisy, die ihr Kind gern für sich allein gehabt hätte, durchaus nicht. Aber sie sah keinerlei Gefahr darin. Charles wußte, wo sie war. Totzdem beeilte sie sich mit der Mahlzeit, so sehr sie konnte. ,,Wir müssen noch in die Spielzeugabteilung, Margaret.''

,,Ich möchte eine Puppe haben. Margery hat die andere kaputtgemacht.''

,,Du kriegst auch eine. Sag Mrs. Hamilton-Hope auf Wiedersehen, Liebes!'' Dann wandte sie sich an Frances. ,,Wir treffen uns um drei Uhr. Watson ist immer sehr pünktlich.''

Watson war tatsächlich Punkt drei Uhr da. Mrs. Hamilton-Hopes Gepäck — es enthielt alles, was sie besaß — wurde verstaut. Daisys Nerven waren noch von der Abschiedsszene mit Margaret mitgenommen. Das Kind hatte sich an sie geklammert und sie nicht weggehen lassen wollen.

Sie fuhren eine Weile schweigend durch die vollen Straßen. Erst als sie die Stadt hinter sich gelassen hatten und Watson die Pferde zu schnellerer Gangart antrieb, sagte Frances Hamilton-Hope: ,,Ich wußte gar nicht, Hebe, daß Sie früher schon verheiratet waren.''

,,Ich war auch nicht verheiratet.''

,,Das Kind hat Sie doch Mrs. Johnson genannt.''

,,Die Kleine kennt mich unter diesem Namen. Sie ist eine Waise, um die sich Mrs. Paske — Sie erinnern sich an Martha — gekümmert hat, aber für meinen Geschmack nicht genug. Ich kann es ihr nicht verdenken, sie hat genug zu tun als Haushälterin und Pflegerin. Also habe ich in letzter Zeit die Besuche übernommen. Und Tatsache ist, daß jemand mit einem Titel immer mehr bezahlen muß als andere. Also habe ich mich einfach Mrs. Johnson genannt.''

Ja, aber nicht erst jetzt! Schon vor über zwei Jahren!

,,Sie ist ein bildschönes Kind, wie ich schon einmal gesagt habe. Ohne Ihnen schmeicheln zu wollen, sie sieht Ihnen erstaunlich ähnlich.''

,,Sie schmeicheln mir aber doch. Ich finde sie schön. Ich bin bestenfalls hübsch. Sie hat ein bezauberndes Wesen, und das erklärt wahrscheinlich auch, daß ich sie sozusagen von Mrs. Paske übernommen habe. Kleine Einladungen, kleine Geschenke. Ich habe versucht, das arme Ding dafür zu entschädigen, daß es keine Eltern hat.''

,,Wie bewundernswert! Sie sprechen so gefühlvoll — waren Sie selbst Waise?''

,,Keineswegs. Zumindest hatte ich eine Mutter, bis ich fünf Jahre alt war. Sie starb, und ich habe sie sehr vermißt. Mein Vater lebt noch, hat sich wieder verheiratet.“

Und du lieber Gott — wenn ich das tun würde, was ich vorhin vorhatte, als Margaret weinte, nämlich nach Manchester zu gehen und Boden zu schrubben, bis ich etwas Besseres gefunden habe —, was würde dann aus meinen Halbgeschwistern werden? Selbst mein Vater hat sich daran gewöhnt, ein bißchen mehr zu haben als das, was er verdient.

3

Mrs. Hamilton-Hope begann damit, daß sie sich Kleinigkeiten auslieh.

„Hebe, Liebe, ich wußte nicht, daß das Wetter im Süden so kalt sein kann. Könnten Sie mir ein Cape borgen?“ — „Hebe, ich habe mir dummerweise ein karminrotes Kleid gekauft, zu dem meine Granate wunderbar gepaßt hätten. Aber ich habe sie nicht mitgenommen. Haben Sie was, das auf Karminrot gut aussehen würde?“

„Diamanten passen zu jeder Farbe“, sagte Daisy und lieh ihr eine Brosche.

„Wenn Sie mich fragen“, sagte Mrs. Paske hinterher, „so hat sie in ihrem ganzen Leben keine Granate besessen. Und wenn ja, dann hat sie sie verkauft. Sehen Sie zu, daß Sie Ihre Sachen zurückbekommen.“

Sir Charles wußte nichts von den Leihgaben; was ihm jedoch mißfiel, war Frances' Versuch, mit dem armen Stokes zu flirten. Und das, nachdem er sie ausdrücklich darauf aufmerksam gemacht hatte, daß der Mann noch in Trauer sei. Sie benahm sich wie ein alberner Backfisch und angelte überdeutlich nach einer Einladung.

„Ich habe gehört, daß Sie ein wunderbares historisches Heim haben, Mr. Stokes. Ashfield Abbey, nicht wahr? Alte Gebäude haben mich immer schon fasziniert. Lieber Charles, ich möchte Wichfield wirklich nicht herabsetzen, es ist sehr schön, aber es hat natürlich nicht die Patina, die nur das Alter verleiht.“

Mr. Stokes, wohl wissend, was von ihm erwartet wurde, aber abgeneigt, die Einladung auszusprechen, blickte unbehaglich drein und wurde von Lady Fenstanton gerettet. Lord Fenstanton hatte sich schließlich zu Tode geschlafen, was vorauszusehen gewesen war. Seine Frau hatte angemessen um ihn getrauert und war keinen Augenblick lang für ihre Umgebung etwas gesellschaftlich so Peinliches wie eine überflüssige Frau gewesen, denn ihr Sohn, zweiundzwanzig Jahre alt und sehr gutaussehend, war sofort von einer seiner geheimnisvollen Reisen zurückgekehrt, als er erfahren hatten, daß sein Vater tot war. Mehr oder weniger in seine Mutter verliebt, war er mit ihm ohnehin nie gut ausgekommen. Dieser Sohn würde jetzt ihr Begleiter sein, bis er sich dem Alter von dreißig näherte, dann hatte sie vor, ihm nahezulegen, nunmehr Daphne, Alexandra, Rosalind oder wen sonst sie für ihn ausgesucht hatte, zu heiraten.

„Wenn Sie alte Gebäude so anziehend finden, Mrs. Hamilton-Hope, so sollten Sie nach Wichmore kommen. Unser Schloß war schon alt, als Ashfield Abbey eben erst erbaut wurde. Kommen Sie doch morgen zum Tee."

Beide Frauen, welterfahren wie sie waren, wußten, was eine Einladung zum Tee bedeutete: eine Konzession, also eine Abfuhr. Fast gleichrangige Personen wurden zum Mittagessen eingeladen, gleichrangige zum Dinner.

Mrs. Hamilton-Hope gab die richtige Antwort. „Ach, wie schade! Ich bin morgen nachmittag schon verabredet."

Mrs. Paske hatte völlig recht gehabt, als sie behauptete, Fances Hamilton-Hope habe alles verkauft, was von ihrem Eigentum von Wert gewesen war. Jetzt hatte sie nichts mehr und war verzweifelt.

An Sir Charles prallten ihre Winke mit dem Zaunpfahl ab. Er hatte seine Pflicht getan, sie aufgefordert bis zu Neujahr zu bleiben, und keinen Zweifel darüber gelassen, daß er ihre Abreise am zweiten Januar erwartete. Frances mußte also etwas Druck ausüben.

Sie ging mit dem gleichen Mangel an Fingerspitzengefühl vor, den sie bei ihren Bemühungen um Männer an den Tag legte. Sie ertappte Daisy, als diese an Margaret schrieb. Das Kind konnte zwar noch nicht lesen, aber irgend jemand würde sich wohl finden, der ihm den Brief vorlas. *„Libstes Kind, hofentlich bist du glüklich und weißt jetzt, was für einen Namen du der Pupe gibst..."*

Schreiben war für Daisy nach wie vor eine Konzentrationsübung, und sie blickte etwas verärgert auf, als sie dabei gestört wurde.

„Ich schreibe gerade an diese kleine Waise. Sie kommt übermorgen in die Schule."

,,Ich habe mich schon gewundert, daß Sie sie nicht zu Weihnachten hierher eingeladen haben.“

,,Charles ist zu alt, um Kinder um sich zu haben.“

,,Ich hätte gedacht, ihre Ähnlichkeit mit Ihnen hätte ihn für sie eingenommen.“

,,Er hat sie nie gesehen.“

,,Aber er weiß doch über sie Bescheid?“

,,Natürlich. Sie ist sein Schützling — so gut wie meiner und der Mrs. Paskes. Er kommt für ihren Unterhalt auf.“

,,Oh, wirklich großzügig. Das hätte man bei ihm kaum für möglich gehalten.“

Offen gestanden glaubte sie kein Wort. Sie erinnerte sich an Margate.

,,Ich muß ihm unbedingt erzählen, was für ein bildschönes kleines Mädchen sie ist.“

,,Frances, es wäre mir lieber, Sie würden sie ihm gegenüber nicht erwähnen. Es regt ihn auf, und das verschlimmert seine Gicht.“

Mrs. Hamilton-Hope gab ein kleines Lachen von sich, eher spöttisch als amüsiert. ,,Wie seltsam! Ist es ihm peinlich, wenn seine Wohltätigkeit anerkannt wird?“

,,Das ist es nicht. Ich glaube, das Kind hängt mit etwas... aus der Vergangenheit zusammen. Etwas, woran er nicht erinnert werden möchte.“

An *deine* Vergangenheit, meine Liebe!

,,Vermutlich müssen Männer ihre kleinen Grillen haben. Wissen Sie, Liebe, eigentlich hatte ich gehofft, noch ein bißchen zum Bleiben aufgefordert zu werden. Ich habe versucht, ihm meine mißliche Lage zu erklären. So ohne gemütliches Heim, vor allem im Winter...“

,,Charles, könnte Frances nicht noch ein bißchen bleiben? Sie würde das sicher gern tun.“

,,Ich weiß, ihre Andeutungen haben die Wucht von Felsbrocken. Ich kann sie einfach nicht ertragen. Ich habe ihr deutlich erklärt, sie könne über Weihnachten und Neujahr hierbleiben. Schließlich ist es ja nicht so, daß sie heimatlos ist.“

,,Hebe, meine Liebe, würden Sie mir aushelfen? Ich kann nicht gut in ein Haus zurückkehren, in dem noch die Grippe herrscht. Aber ich könnte in ein Hotel in der Nähe ziehen und dort warten. Nur brauchte ich dann fünfzig Pfund. Geborgt natürlich. Können Sie mir helfen?“

„Ich denke schon. Ja, sicher.“

Daisys Einfalt in bezug auf Geld, die auf die Zeit zurückging, da sie keines gehabt hatte oder sich mit einem Shilling in der Hand reich vorgekommen war, hatte sich während der Jahre des Überflusses nicht geändert. Nach wie vor war sie leichtsinning. Sir Charles war großzügig, aber das Geld schlüpfte ihr einfach zwischen den Fingern durch.

„Martha, Liebe, können Sie mir vielleicht dreißig Pfund leihen? Ich habe so viel ausgegeben. Jetzt habe ich alle meine Retikuls und Taschen durchsucht, und ich kriege höchstens zwanzig Pfund zusammen. Sie braucht fünfzig.“

„Nichts weiter als Erpressung! Inwiefern hat sie Sie in der Hand?“

„Ach, ich weiß nicht recht. Ich hatte sie nur gebeten, nicht über Margaret zu sprechen, nichts davon zu sagen, daß ich mit ihr bei Hawksley's war. Ich weiß schon, was *er* dann sagen würde — ich hätte irgendwo hingehen sollen, wo man Leute wie Frances nicht trifft. Das mag schon stimmen, aber es hat Margaret solchen Spaß gemacht. Und dann wurden wir geradewegs an Frances' Tisch geführt. Und sie würde auf der Ähnlichkeit herumreiten... Ich habe solche Angst, daß sie irgendwas zu ihm sagt, das ihn aufregt.“

„Lassen Sie's darauf ankommen. Hebe, Liebes, wenn Sie nachgeben, dann werden die fünfzig Pfund von heute das nächstemal hundert sein. Geben Sie ihr nichts. Sagen Sie ihr, sie soll tun, was sie mag, und verschwinden. Und vergessen Sie nicht die Sachen, die Sie ihr geliehen haben.“

„O Martha, ich kann nicht. Ich habe das Gefühl, daß sie reden und herumtuscheln wird, wenn ich nicht tue, was sie will. Ich glaube, Sie weiß, daß Margaret mein Kind ist. Charles wird wieder irgendwas zu Ohren kommen und... oh, es ist alles so widerlich!“

„Ich kann Ihnen nur noch einmal raten: Lassen Sie sich nicht erpressen. Welche Garantie haben Sie denn dafür, daß sie nicht redet, auch wenn Sie ihr Geld geben?“

Daisy dachte einen Augenblick darüber nach und machte dann eine ihrer erstaunlich scharfsinnigen Bemerkungen.

„Das wird sie nicht tun, wenn sie sich noch einmal Geld borgen möchte, wie Sie sagen. Bitte, Martha, geben Sie mir die dreißig Pfund."

„Damit binden Sie sich einen Klotz ans Bein, so lange Sir Charles lebt."

„So lange er lebt, kann ich zahlen, um meinen Frieden zu haben. Und wenn er... ich meine, der Tag wird schließlich kommen, an dem ich das Kind an der Hand nehmen und sagen kann: ‚Das ist meine Tochter. Ist sie nicht schön?' Und das werde ich dann tun."

Unwillig, weil sie das Ganze für eine schlechte Taktik hielt, lieh Mrs. Paske Hebe die dreißig Pfund, in ihren Augen eine große Summe. Es hatte einiger Zeit und Mühe bedurft, das Geld zusammenzukratzen, denn Sir Charles war nie in den Sinn gekommen, Mrs. Paske einen regulären Lohn zu zahlen. Sie lebte gut, erhielt Geschenke, gehörte praktisch mit zur Familie, hatte alles, was sie brauchte — aber er betrachtete sie als eine Art Schwiegermutter. Das Geld, das sie zusammengescharrt hatte, stammte aus besagten Geschenken und sparsamem Umgang mit dem, was sie für den Haushalt bekam.

Mrs. Hamilton-Hope, die nunmehr ihre Milchkuh gefunden hatte, fuhr vergnügt nach Bath, wo jetzt, mitten im Winter, die Unterkünfte billig waren. Das Hermelincape, die Diamantenbrosche und ein paar andere Kleinigkeiten nahm sie mit.

4

„Hebe, meine Liebe", sagte Lady Fenstanton eines Tages im April — Margaret war nun seit vierzehn Monaten in Manchester — „ich plane eine große Gesellschaft, um dreierlei zu feiern: Freddies Geburtstag — es ist sein zweiundzwanzigster und möglicherweise verlobt er sich dabei —, den Geburtstag der Königin und Hugos Rückkehr."

„Wer ist Hugo?"

„Ein Cousin. Wäre mir nicht Freddie über den Weg gelaufen, hätte er alles geerbt — und höchstwahrscheinlich sehr schnell durchgebracht. Er ist gerade aus der Antarktis zurückgekommen — mit zwei erfrorenen Fingern, wie er behauptet. Sie würden mir doch sicher den Gefallen tun und bei uns auftreten, oder nicht?"

„Für *Sie* würde ich auch in einer Scheune tanzen."

Lady Fenstanton lachte. Daß Daisy sich geweigert hatte, in anderen Häusern aufzutreten, hatte verschiedene Gastgeberinnen verärgert, und ihre Entschuldigung hatte sie nicht besänftigt: nur Wichfield, wo Sir Charles das ,,Musikzimmer" eingerichtet hatte, und das Schloß mit der großen Halle seien zu einer Darbietung geeignet. Mrs. Ackroyd hatte schroff verkündet, das sei absoluter Unsinn; jemand, der auftreten wolle, könne dies überall tun, auch in einer Scheune.

Die beiden Frauen steckten die Köpfe zusammen, um einen wirklichen spektakulären Auftritt zu entwerfen. Lady Fenstanton hatte von Inseln gehört, auf denen Mädchen Röcke aus Gras und Blumenketten um den Hals trugen; Daisy, sobald sie ein paar Dinge über die Antarktis erfahren hatte, sah sich als Schneejungfrau — ein Kompliment für Captain Hugo Stirling und seine Expedition, die ihn ein kleines Vermögen gekostet hatte.

Die Ironie der Situation lag darin, daß sie sich scheute, ihn kennenzulernen. Körperliche Mißbildungen oder Verstümmelungen waren ihr immer zuwider gewesen. Der Gedanke, jemand die Hand zu reichen, dem zwei Finger fehlten...

,,Hebe, meine Liebe, das ist Captain Stirling. Hugo, ich möchte dich mit meiner liebsten, wenn auch nicht allernächsten Nachbarin, Lady Overton, bekannt machen."

Und wenn ihm ein Arm gefehlt oder wenn er ein Holzbein gehabt hätte, es wäre gleichgültig gewesen. Ihre Hände begegneten sich, ebenso wie ihre Blicke, und eine Explosion ereignete sich. Lautlos, unterirdisch, verheerend.

Hugo Stirling war zweiundvierzig. Als zweiter Sohn war er der Familientradition gefolgt — zweite Söhne gingen zur Marine. Mit achtundzwanzig war er Erster Offizier, mit dreißig Kapitän gewesen. Dann war sein älterer Bruder gestorben, Hugo hatte den Dienst quittiert und ohne Erfolg versucht, einen armseligen und zudem vernachlässigten Besitz in die Höhe zu bringen. Schließlich hatte er den größten Teil verkauft, und da dies zu einem Zeitpunkt geschah, als kaum jemand Land hergab, sogar gut verkauft. Sein Geld hatte er dann zusammen mit ein paar kleineren Erbschaften für das ausgegeben, was Lady Fenstanton als ,,Verrücktheit" bezeichnete; sie alle hingen mit der See und mit den Helden seiner Jugend zusammen. Die letzte war eine weitgehend erfolglose Antarktisexpedition auf den Spuren Captain Cooks im

Jahre 1772 gewesen, bei der er besagte zwei Finger eingebüßt hatte.

Danach war er zurück nach Warwickshire gereist, um noch einmal hundert Morgen Land zu verkaufen, war nahe daran, das Familiengut zu verkaufen, konnte sich jedoch nicht dazu entschließen. Es gehörte jetzt schon fast zu einem Vorort von Birmingham, das sich in den letzten Jahren immens ausgebreitet hatte. Er hoffte, während seines Aufenthalts in Wichmore aus Lady Fenstanton oder Freddie — oder allen beiden — eine Anleihe herauszuschmeicheln. Da es sich bei seinem nächsten Abenteuer um eine Schatzsuche handelte, konnte das eine gute Anlage sein.

Captain Stirling begleitete Lady Overton zum Dinner und saß neben ihr am Tisch, der von Gold und Silber blitzte. Sie sah nichts davon, hätte hinterher nicht sagen können, wer auf der anderen Seite neben ihr oder gegenüber gesessen hatte. Die beiden hätten allein auf einer Insel sein können.

„Ist Ihr Mann hier?"

„Nein. Er ist ziemlich alt — und nicht sehr gesund." Ihr Herz klopfte bis in die Fingerspitzen.

„Darf ich Sie nach Hause bringen?"

„Mein Wagen ist hier."

„Schicken Sie ihn weg. Nehmen Sie Rücksicht auf Ihren Kutscher. Sagen Sie ihm, es führe später ein anderer Wagen in derselben Richtung... Sagen Sie irgend etwas."

„Watson wird froh darüber sein. Er ist alt und haßt es, lang aufbleiben zu müssen. Könnten Sie... ihm Bescheid sagen? Nach dem Essen werde ich sehr beschäftigt sein."

„Womit?"

„Lassen Sie sich überraschen." Aber wie sie singen, geschweige denn tanzen sollte, während ihr ganzer Körper in Aufruhr war und ihr Geist derart verwirrt — das wußte sie nicht.

Natürlich gelang es ihr dennoch, denn sie war die geborene Schauspielerin. Seltsamerweise hatte sie sich, während sie sich auf den Abend vorbereitete, alt gefühlt — zu alt für Weiß oder Blau, das ihr so gut stand. Sie hatte ein Kleid aus gedämpftem Silber gewählt, in der Farbe einem Taubenhals ähnlich, silbergrau oder violett, je nachdem, wie das Licht darauf fiel. Nun glitten die Jahre von ihr ab, und sie war wieder jung. Ihre Leidenschaft abrupt abgedämmt, durchbrach plötzlich, was sie gehemmt hatte, und schwemmte alles hinweg, selbst die Gedanken an das Kind in Manchester, dem sie — auf Empfehlung einer der Schwestern Reades — nicht mehr allzu oft schreiben durfte.

Alle waren sich darüber einig, daß Lady Overton sich an diesem Abend selbst übertraf. Lord Fenstanton, dessen Geburtstag gefeiert wurde — er verkündete nicht seine Verlobung —, zog aus seiner Position Vorteile und küßte sie eine Spur zu herzhaft — zum leichten Mißfallen seiner Mutter. Laut sagte er, ihre Darbietung sei die Krönung seines Fests gewesen. Weniger laut fügte er hinzu: „Kommen Sie und trinken Sie ein Glas mit mir."

„Ich muß mich erst umziehen", sagte sie und entschlüpfte ihm. Sie kehrte nicht zu den anderen im Salon zurück. Ihre Abwesenheit hätte Lady Fenstanton beunruhigt, wäre Freddie nicht so offensichtlich dagewesen. Wer sonst fehlte, wußte ihre Ladyschaft nicht, und es kümmerte sie auch wenig.

Das Fahrzeug, das vor einem der Seiteneingänge wartete, war alt und wurde nur von einem Pferd gezogen. Ein Vehikel für einen Mann, in das sich keine respektable Lady gesetzt hätte außer mit ihrem Ehemann oder einem sehr nahen Verwandten.

Hugo zog sie auf den schmalen Sitz neben sich. „O Gott — ich dachte schon, Sie hätten Ihre Absicht geändert. Wohin jetzt?"

„Lassen Sie mich überlegen", sagte Daisy atemlos. „Oh, diese Allee führt zum South Gate. Danach links, ein kurzes Stück die Straße entlang, dann wieder links und in den Wald."

Er hielt die Zügel mit der heilen Rechten, seine Linke, die ihr kein Grauen mehr einjagte, hatte sie gegen sich gepreßt. Sie spürte, daß sein Herz ebenso heftig klopfte wie das ihre. Zwei Herzen, die wie ein einziges schlugen. Es stimmte, so etwas konnte geschehen. Es geschah nun. „Ich habe es immer gewünscht", sagte sie leise.

„Ich auch. Aber eigentlich hatte ich die Hoffnung verloren. Und dann warst du da. Ein Traum, der wahr wird."

Dies hier, inmitten der Sternhyazinthen, war das Schlimmste, was eine Frau tun konnte: Ehebruch. Ein Wort ohne jede Bedeutung.

Es war spät, als sie zu Hause ankam, wo ein verschlafener Diener und ein besorgter Watson sie erwarteten. Letzterer hatte nicht schlafen können. Der Gentleman, der ihm gesagt hatte, er könne heimfahren, war ihm fremd gewesen; was für einen Kutscher hatte er wohl? Als er feststellen mußte, daß es ein Uhr nachts vorbei war, zog er sich wieder an, ging in den Hof und um die Ecke des Hauses zum Haupteingang. Dort war Licht, und Robert stand wartend innen.

„Ihre Ladyschaft kommt spät, sehr spät", sagte der Diener.

„Ich weiß. Ich habe mir schon Sorgen gemacht. Aber..."

Räderrollen, Hufschlag.

„Das ist ja ein Einspänner!" sagte Watson fassungslos.

Robert öffnete die Tür, und Daisy trat ein; sie brachte den Duft der Nacht, von grünen Pflanzen, von Blumen mit sich. Vom Licht geblendet, blieb sie stehen; die vergrößerten Pupillen ließen ihre Augen in dem papierweißen Gesicht schwarz erscheinen.

„Ich bin spät."

„Mylady, was ist geschehen? Doch... kein Unfall?"

„Was für ein Angsthase Sie sind! Nein, kein Unfall. Nur eine kleine Konfusion. Die Gesellschaft nahm und nahm kein Ende. Aber Captain Stirling hat mich sicher nach Hause gebracht." Es machte sie glücklich, allein seinen Namen zu sagen, wenn auch nur zu zwei Bediensteten, der eine besorgt, der andere verärgert.

5

„Ich muß dich morgen sehen", hatte er gesagt.

„Natürlich. Komm zum Mittagessen."

Die Einladung war leicht zu erklären. „Charles, ich habe Captain Stirling zum Mittagessen gebeten; ich dachte, es würde dich freuen. Er ist gerade aus der Antarktis zurückgekommen."

„Stirling? Ah ja, natürlich. Cousin zweiten Grades des alten Hector. Nett von dir, meine Liebe. Ich habe etwas über ihn gelesen."

Mrs. Paske wußte sofort Bescheid. Sie liebte Hebe und hatte sie schon früher in dieser Verfassung gesehen. „Wer ist dieser Captain Stirling?" fragte sie, als ihr mitgeteilt wurde, daß ein Gast zum Mittagessen käme.

„Ein entfernter Verwandter der Fenstantons. Ein Naturforscher oder so etwas Ähnliches. Ich dachte, Charles würde sich gern mit ihm unterhalten." Nicht das, was sie sagte, verriet sie, es lag an ihrer Ausstrahlung, am Vibrieren ihrer Stimme.

Weder Sir Charles noch Mrs. Paske konnte an Hugo Stirlings Äußerem etwas besonders Anziehendes entdecken. Er war groß und wirkte ein wenig schwerfällig. Sein sandfarbenes Haar, sehr kurz geschnitten, wurde an den Schläfen grau. Seine Augen, blaugrau, waren verblüffend hell in dem von Wind und Wetter gegerbten Gesicht. Mrs. Paske hätte ihn, wären ihr nicht seine Familienbeziehungen bekannt gewesen, als ,,nicht ganz Gentleman" bezeichnet.

Er sprach gut und eigentlich bescheiden, aber Sir Charles war bereits über das Stadium hinaus, in dem er sich intensiv für außerhalb seiner Sphäre liegende Dinge interessierte.

,,... und so werde ich wohl für rund zwei Jahre weg sein."

Daisys Herz sank. Dank ihrer gewohnten seelischen Kurzsichtigkeit hatte sie nicht über den heutigen Tag hinausgesehen — oder, genau genommen, über diesen Nachmittag. Ihre Gabel beladen mit einer der besonderen Köstlichkeiten der Köchin, sank auf den Teller zurück. Sie konnte weder schlucken noch sprechen.

Es blieb Mrs. Paske überlassen, die Stille zu überbrücken. ,,Zwei Jahre! Und was hält Ihre Familie von solch einer langen Abwesenheit, Captain Stirling?"

,,Meine Familie, Ma'am? Abgesehen von der auf Wichmore habe ich keine. Ich habe allerdings eine Frau. Sie lebt in Jamaika. Vor vierzehn oder fünfzehn Jahren versuchte sie es mit England, aber ihre Gesundheit war zu zart für das Klima hier. Außerdem empfand sie, da sie an Sklaven gewöhnt war, englische Bedienstete als vorlaut und unzivilisiert."

,,Sie leben also getrennt?"

,,Wie sonst? Sie ist glücklich, wo sie ist, und ich... ich fühle mich überall wohl. Ein gut funktionierendes Arrangement."

Da siehst du es, mein Liebstes, daß du mir mehr bedeutest als eine Tochter — hier ist keine Zukunft für dich, selbst wenn der arme Sir Charles morgen tot umfällt! Und ausgerechnet ich mußte auch noch diese Neuigkeit aus ihm herausholen!

Sir Charles entschuldigte sich und schlurfte davon zu seiner Mittagsruhe, zu wenigstens zeitweiligem Vergessen, ins Vorzimmer des Todes. Er war zudem leicht verdrossen, daß Martha, sonst immer so aufmerksam, weiterhin bei ihrer Tasse Kaffee sitzen blieb. Er rief in ziemlich scharfem Ton nach ihr. Sie hatte gerade noch Zeit zu hören, wie Captain Stirling sagte, nun, da er schon hier sei, wolle er gern die Reste der alten Siedlung sehen.

„Wie Sie wahrscheinlich schon bemerkt haben, Lady Overton, bin ich ein eingefleischter Romantiker. Meine Tante hat irgendwelche Ruinen erwähnt. Ich würde sie mir gern anschauen."

„Genaugenommen ist da nur sehr wenig zu sehen, Captain Stirling. Aber ich will Ihnen das, was noch da ist, gern zeigen. Es ist heute zu warm, um zu Fuß dorthin zu gehen. Wir werden hinfahren. Ich werde mich nur schnell umkleiden."

Von der alten Siedlung war tatsächlich nur noch wenig zu sehen. Die kleine Sachsenkirche war bereits vor der Eroberung durch die Normannen aufgegeben worden. Was an Häusern dagewesen war, bildete heute Buckel, die das Pflügen erschwerten. Nur von der Ostseite der Kirche stand noch ein massiver Mauerrest, und auf einer Säulenplatte war ein stark verwittertes keltisches Kreuz erhalten geblieben.

Es war ein verlassener und abgelegener Ort, nicht einmal Schafe weideten mehr dort, seit die Importe aus Australien die Zucht unrentabel gemacht hatten. Zudem galt die alte Siedlung als ein Ort, an dem es spukte und der besser gemieden werden sollte.

Außer ein paar gemurmelten Zärtlichkeiten sprachen die beiden kaum etwas. Worte waren nicht notwendig. Es war das erstemal, daß Daisy einer Leidenschaft begegnete, die der ihren gleich war. Sie hatte Jack Skelton weit mehr geliebt als er sie; Sir Charles war liebevoll und auf seine Art temperamentvoll gewesen, aber sie hatte seine Umarmungen nur eben ertragen. Und nun dies. Es war über alle Vorstellungen hinaus herrlich und drohte nur allzu schnell zu enden.

„Ich fürchte, du mußt gehen", sagte Daisy, als sie beide erschöpft in dem nach Thymian duftenden Gras lagen.

Er war kein Mann ernsthaften Nachdenkens oder, soweit es Menschen betraf, tiefen Empfindens. Kommen und Gehen wog nicht schwer — aber auch für ihn hatte diese Begegnung etwas von einer Sturmflut an sich gehabt.

„Ich habe gestern nacht wach gelegen. Mein Gott, wie habe ich mein Leben vergeudet! Und meine Substanz. Aber wie konnte ich das vorher wissen?"

„Daß wir uns begegnen würden?"

„Daß es dich gibt."

„Ich fühle genauso. Wenn ich es nur gewußt hätte — oh, dann hätte ich alles anders gemacht. Aber in dem Fall hätten wir uns ja gar nicht kennengelernt. Ist das Leben nicht ein schreckliches Durcheinander?“

Für sie stimmte das. Hugo Stirling hatte sein Leben mehr in der Hand; er hatte immer eine aktive, keine passive Rolle gespielt. Trotzdem — auch bei ihm war nicht alles nach Plan gelaufen. Verheiratet mit einer hübschen, launenhaften Kreolin, die ihn praktisch verlassen hatte und die er trotzdem unterstützte. Selbst jetzt verdroß ihn das nicht weiter. Ein Mann sollte für seine Frau aufkommen, und er hatte sie schließlich einmal geliebt. Er hatte auch andere Frauen geliebt — die alberne Redensart vom Seemann, der in jedem Hafen eine Braut hat, traf bei ihm nicht weit daneben.

Aber etwas wie dies hier hatte er noch nie erlebt.

Zum hundertstenmal in weniger als vierundzwanzig Stunden überlegte er, was er zu bieten hatte. Die „Seejungfrau“, nun überholt und repariert, lag in Plymouth — ein alter Kasten, der in keiner Weise den heutigen Anforderungen an ein Schiff entsprach; ein verfallenes altes Haus und rund hundert Morgen Land, das verpachtet war und sicher einen gewissen Wert darstellte, wenn es als Bauland verkauft würde; aber wie lange würde das vorhalten? Er verfügte über ein Talent: Er konnte jedes Schiff navigieren, das einigermaßen seetüchtig war, aber was für ein Leben konnte er Hebe auf der „Seejungfrau“ bieten? Obwohl ein geübter Verführer, hatte er doch nie einem anderen Mann die Frau weggenommen, und er hatte das Gefühl, daß er in diesem Fall ihr wenigstens das bieten müßte, was sie aufgegeben hatte. Um so mehr, als er ihr keine Heirat vorschlagen konnte. Eugenie weigerte sich zwar, in England zu leben, aber sie war eine strenggläubige Katholikin, die sich niemals von ihm scheiden lassen würde.

„Hör zu“, sagte er schließlich. „Ich muß es mit diesem letzten Versuch wagen. Bei dieser Schatzsuche handelt es sich nicht um irgendeine verrückte, romantische Schuljungensehnsucht, sondern um kalte, logische Überlegungen. Natürlich ist ein Risiko damit verbunden... Liebling, ich habe ‚zwei Jahre‘ gesagt. Ich werde es in einem Jahr schaffen, und wenn es mich den Kopf kostet. Wenn ich recht habe — und ich weiß, daß ich recht habe —, dann werden wir wenigstens ein Dach über dem Kopf haben. Ich werde Fasanen oder Schweine züchten.“

Sie legte leicht die Hand auf seinen Mund. „Schscht! Wir wollen nicht alles mit Reden über die Zukunft verderben. Vielleicht haben wir gar keine.“

,,Was meinst du damit?" fragte er, war jedoch an der Antwort nicht interessiert; denn bei der Berührung regte sich erneut heftiges Verlangen in ihm.

Als sie wieder erschöpft dalagen, sagte er: ,,Ich muß morgen nach London fahren. Finde irgendeine Ausrede und komm. Wir könnten dort eine Nacht miteinander verbringen."

Ihr wurde schwindlig bei der Vorstellung. ,,Ich kann nicht. Er haßt es, wenn ich weg bin. Wenn ich früher einmal dort etwas zu besorgen hatte, machte er immer einen schrecklichen Wirbel."

,,Es ist einen kleinen Wirbel wert, findest du nicht?" Seine Stimme klang belegt und eindringlich.

,,Ich werde es versuchen, Liebling." Es war ihr unmöglich, klar zu denken, sie hatte lediglich die vage Hoffnung, daß Martha ihr helfen würde.

6

Martha war keineswegs hilfsbereit. ,,Wenn Sie sich einbilden, ich helfe Ihnen dabei, sich zu ruinieren, dann täuschen Sie sich. Ein einziges Mal, Hebe, denken Sie ein bißchen weiter. Angenommen, Sie werden wieder schwanger — und Charles in seinem Zustand! Denken Sie an den Skandal... Na schön, Sie sind verliebt. Das waren Sie auch in Mr. Skelton, und hat Ihnen das vielleicht gut getan? Liebes, warten Sie dieses eine Mal ab!"

,,Er wird ein Jahr lang weg sein, und alles, woran mir liegt, ist diese Nacht."

,,Was ist schon ein Jahr — in Ihrem Alter? Und wenn er's ernst meinte, würde er seiner jungen Frau wegen etwas unternehmen. Ich habe einen Mann gekannt, dessen Frau zu ihren Eltern zurückgelaufen ist, und er ließ sich von ihr scheiden. Es dauerte ein bißchen, aber er hat es geschafft. Hören Sie auf mich und warten Sie erst ab, wie der Hase läuft. Sir Charles kann nicht mehr lange auf dieser Welt bleiben."

,,Ich will ja gar nicht, daß er tot ist. Armer alter Mann. Ich möchte nur nach London — einen Tag und eine Nacht völlig frei sein. Ist das zuviel verlangt?"

,,Ich will nichts damit zu tun haben."

,,Na gut. Ich fahre trotzdem. Wenn Charles dahinterkommt und Scherereien macht, gehe ich für immer weg.“

Fürs Abendessen war in der Bibliothek gedeckt worden, womit man Sir Charles die Anstrengung ersparen wollte, zweimal am Tag ins Speisezimmer gehen zu müssen. Es wurde eine trübselige Mahlzeit trotz Sir Charles' Bemühungen, Konversation zu machen. Er sprach vor allem über den Mittagsgast und machte sich über ihn lustig. ,,Er hätte für seine Schatzsuche gern etwas aus mir herausgeholt, aber er hat da nicht mehr Glück gehabt als vermutlich in Wichmore.“ Dann, nach einer kleinen Pause des Nachdenkens: ,,Junge Männer fliegen nun einmal auf solche verrückten Abenteuer. Aber so jung ist er eigentlich gar nicht mehr. Es wird euch beide vielleicht überraschen, aber ich war auch einmal ein bißchen närrisch. Ich wollte Archäologe werden.“

Wen interessierte das?

Mrs. Paske sagte: ,,Sir Charles, ich muß Sie etwas fragen — und bitte, antworten Sie ganz offen. Wen von uns, Hebe oder mich, könnten Sie für vierundzwanzig Stunden leichter entbehren?“

Welch eine Frage!

,,Ich brauche euch beide. Wovon sprechen Sie eigentlich?“

,,Mein armer Bruder — es ist alles so kompliziert.“ Tatsächlich war es sehr kompliziert. Jim hatte einen Unfall gehabt, es war nicht seine Schuld gewesen, aber man drohte ihm mit Entlassung. Und nicht nur damit, auch mit dem Verlust seines Heims. Es gab nur eine Chance. Jims Arbeitgeber war lediglich Pächter, und der eigentliche Besitzer war anscheinend bereit, ein Wort für ihn einzulegen, wenn man sich in der richtigen Weise an ihn wandte.

,,Jim ist so ungeschickt, wenn es ums Schreiben geht. Und noch schlimmer, wenn er reden muß. Da kommt nichts als Gestammel und Gestotter heraus. Er braucht wirklich jemanden, der seine Sache in die Hand nimmt.“

Sir Charles, verwirrt, so wie es beabsichtigt war, versuchte alles mit einer Frage zu klären. ,,Aber warum einen Tag und eine Nacht, Martha? Das Ganze könnte doch in einer Stunde erledigt sein?“

Wenn man Jims mangelnde Geschicklichkeit mit der Schreibfeder in Betracht zog, so hatte er eine erstaunliche Menge an Informationen übermittelt. Der Gentleman, der eventuell bereit war, ein Wort für ihn einzulegen, war ein Pferdesportliebhaber, den man erst spät abends bei sich zu Hause antreffen konnte. Schließlich wiederholte Martha ihre Frage.

„Persönlich verstehe ich nicht, was jemand von euch beiden da erreichen will, aber —" Er enthielt sich hinzuzufügen, daß Martha nun zu seinem Wohlbefinden da war, während Hebe einfach einen hübschen Anblick bot. „Hebe wird die Sache vielleicht besser vertreten, da sie keine Verwandte ist."

„Und der Titel spielt auch eine Rolle", sagte Mrs. Paske zufrieden.

„Martha, Sie waren wundervoll! Wie kann ich Ihnen je danken? Wieso haben Sie plötzlich Ihre Meinung geändert?"

„Habe ich gar nicht. Ich finde das Ganze nach wie vor dumm und falsch, aber Sie sagten, Sie würden so oder so fahren. Dafür tun Sie mir jetzt einen Gefallen. Sowohl beim Mittag- wie beim Abendessen haben Sie gegessen wie ein Spatz. Ich bringe Ihnen ein geschlagenes Ei mit einem Schluck Brandy verrührt."

Am nächsten Tag gegen ein Uhr nachmittags wurde Mrs. Paske unruhig. Sie hatte verhindern wollen, daß Hebe dieses gefährliche Rendezvous mit Stirling einhielt und sich, wie verabredet, mit ihm um zwölf Uhr im „White Heart" in London traf. Vielleicht war die Dosis des Schlafmittels zu hoch gewesen? Mrs. Paske hatte Sir Charles erzählt, Hebe sei erschöpft von der langen Nacht auf Schloß Wichmor und sie selbst, Martha, sei von der Idee abgekommen, die junge Frau nach London fahren zu lassen. Es sei auch nicht in Ordnung, sie mit ihren, Mrs. Paskes, Familienangelegenheiten zu behelligen.

Mit beträchtlicher Mühe gelang es ihr schließlich, Daisy zu sich zu bringen. „Liebe", sagte Mrs. Paske in entschuldigendem Ton, „ich mußte Sie wecken. Wissen Sie, wie spät es ist? Fast eins. Sie haben vierzehn Stunden lang geschlafen."

„Was?" Daisy fuhr im Bett hoch, und ihre im Lauf der Jahre mühsam angelegte kultivierte Ausdrucksweise war schlagartig vergessen. „Warum, zum Teufel, haben Sie mich nicht geweckt?"

„Ich habe es ja versucht."

„Eine Nadel hätten Sie mir in den Arm stechen sollen, verdammt! Und das hätten Sie auch getan — wenn Sie meine Freundin wären. Raus! Kommen Sie mir nicht mehr vor die Augen! Sie haben mein Leben verpfuscht."

„Wir werden uns doch jetzt nicht streiten. Sie waren zutiefst erschöpft. Ich bezweifle, daß ein Nadelstich Sie geweckt hätte — obwohl ich es getan hätte, wenn es mir eingefallen wäre."

Daisy brach zusammen. „Ich weiß. Es tut mir leid, Martha. Aber wenn Sie nur wüßten, was das für mich bedeutet. Nun wird er glauben, ich machte mir nicht genug aus ihm. Oder ich hätte es nicht gewagt. Und ich... ich weiß nicht einmal, wo er ist."

„Schon gut, schon gut", sagte Mrs. Paske. „Es wird uns schon was einfallen."

Als Daisy sich angezogen hatte, fuhr sie hinüber ins Schloß. Nur Lady Fenstanton konnte ihr jetzt helfen. Aber natürlich durfte sie nicht geradewegs nach ihm fragen, und zudem mangelte es ihr völlig an jener Raffinesse, ein Gespräch in eine bestimmte Richtung zu lenken. Also mußte sie wohl oder übel darauf warten, bis Lady Fenstanton endlich Hugos Namen erwähnte. Sie tat es in einem unangenehmen Zusammenhang.

„Hoffentlich, meine Liebe, hat Hugo Charles nicht überredet, sich finanziell an seinen neuesten wilden Plänen zu beteiligen."

Es war schrecklich, daß sie sich so wenig in der Gewalt hatte. Sie spürte, wie ihr die Röte ins Gesicht schoß.

„O nein", brachte sie heraus. „Er hat eigentlich kaum etwas davon erwähnt. Er hat Charles mit Erzählungen von früheren Abenteuern unterhalten." Lady Fenstanton bemerkte das Erröten und dachte: Aha!, fuhr jedoch munter fort.

„Ich habe schon befürchtet, er könne es bei Charles oder sonstwo versuchen, nachdem es bei Freddie und mir nicht geklappt hat. Er ist ein richtiger Filou."

„Ist er das wirklich?" Daisys Stimme klang betont desinteressiert.

„Aber ja, ganz entschieden", sagte Lady Fenstanton, die das Wort in voller Absicht benutzt hatte. „Ich meine damit nicht, daß er bewußt unehrlich ist. Ich nehme an, er glaubt wirklich an seine hoffnungslosen Unternehmungen. Und ich weiß, daß er bereit ist, sein eigenes Geld dafür hinauszufeuern — ebenso wie das anderer Leute. Nein, ich habe mehr an seine Leichtsinnigkeit ganz allgemein gedacht, als ich die Bezeichnung benutzt habe. Vor allem, wenn es sich um Frauen handelt. Er hat sich scheußlich gegen das arme Mädchen benommen, das er geheiratet hat."

„Nun, zumindest hat er ihr erlaubt, zu leben, wo sie mag."

Lady Fenstanton blickte leicht überrascht drein. „Er hat mit Ihnen darüber gesprochen? Wie sonderbar! Normalerweise erinnert er sich nur an die Existenz seiner Frau, wenn das seinen Zwecken dient. Es ist allgemein bekannt, daß der alte Herzog von Sudbury sich von seiner Frau hätte scheiden lassen, wäre Hugo in der Lage gewesen, sie zu heiraten. Der Alte war ihr so ergeben, daß er sie nur glücklich sehen wollte. Aber natürlich, Hugo hatte sein Alibi."

Für die meisten Frauen wäre dies eine sehr desillusionierende Unterhaltung gewesen, aber Daisy dachte: Wir alle machen Fehler. Und wir alle ändern uns. Wenn ich an Jack Skelton denke!

„Das ist alles sehr interessant", sagte sie, „aber für mich unerheblich. Haben Sie bemerkt, daß ich gerade feuerrot geworden bin, als Sie von verrückten Abenteuern gesprochen haben? Das liegt daran, daß ich ein schlechtes Gewissen habe, Veronica. Ich falle Charles sozusagen in den Rücken. Ich glaube, niemand weiß, daß Charles, als er jung war, Interesse an alten Büchern und Schriftstücken hatte. Er sammelte Land- und Seekarten. Alle sind in der Bibliothek aufgehoben. Für ihn völlig nutzlos, aber mir kam der Gedanke, daß einige von ihnen Captain Stirling vielleicht nützlich sein könnten — leider zu spät. Natürlich kann ich Charles gegenüber nichts davon erwähnen, niemand mag an alte Träume erinnert werden, die auf einem Regal verstauben. Aber ich dachte, ich könnte sie ihm zumindest nachschicken, nicht wahr? Wenn ich wüßte, wohin... Charles muß nicht unbedingt etwas davon erfahren."

Eine plausible Geschichte, und für Lady Fenstanton um so einfacher hinzunehmen, als sie Hebe Overton immer als ein ziemlich schlichtes Gemüt betrachtet hatte — im besten Sinn des Wortes — offen, geradeheraus, ohne Dünkel. Sie übersah dabei die Tatsache, daß es eine andere Hebe gab, die über Schauspielertalent verfügte. Zugegeben, sie hatte das Erröten bemerkt, und daß die liebe Hebe auf staubigen Regalen nachforschte, verriet ihr Interesse für Hugo; aber jede Frau, der er auch nur die geringste Beachtung schenkte, schien in ungewöhnlicher Weise zu reagieren.

„Sein Schiff ist die ‚Seejungfrau', und sie liegt irgendwo im Hafen von Plymouth. Ein Päckchen würde sicher bei ihm ankommen. Erwarten Sie keinen Dank, Liebe. Hugo schreibt niemals, es sei denn, er will etwas haben. Hören Sie, wollen Sie nicht zum Essen bleiben?"

„Sehr gern. Nur muß ich hinterher sofort heimfahren. Charles mag es nicht, wenn ich zu lange weg bin."

7

Wichfield lag in nachmittäglicher Stille da. Der Herr des Hauses hielt seine Siesta, und Mrs. Paske, wenngleich hellwach, ruhte auf dem Sofa. Die Tür zu Sir Charles' Zimmer war offen, die zwischen seinem Raum und Daisys Schlafzimmer geschlossen, da es sonst Durchzug gegeben hätte. Daisy schlich sich in ihr Zimmer wie eine Diebin, packte ein Minimum an Kleidung ein und alle Schmuckstücke, die sie zusammenraffen konnte. Die wirklich wertvollen Dinge lagen im Safe. Sie schlich wieder hinaus, nachdem sie für Martha einen Zettel auf dem Toilettentisch hinterlassen hatte.

Im Hof vor dem Stall stand der Einspänner, den sie bestellt hatte, als sie vom Schloß zurückgekehrt war. Der Mann, der das Pferd hielt, war erstaunt, Lady Overton eine Reisetasche tragen zu sehen, aber es stand ihm nicht zu, etwas zu sagen. Er nahm sie ihr ab und erinnerte ihre Ladyschaft daran, daß dieses Pferd dazu neigte, vor Dampfwalzen zu scheuen. Es war die Jahreszeit, in der die Straßen ausgebessert wurden.

„Danke Harry. Ich werde aufpassen." Sie schenkte ihm ihr bezauberndes Lächeln und fuhr davon.

Wie gewohnt, wachte Sir Charles mit Schmerzen auf, genau wie am Morgen. Er beschwerte sich, und Mrs. Paske sagte wie immer: „Sie werden sich besser fühlen, wenn Sie eine Tasse Tee getrunken haben." Es war inzwischen zum Ritual geworden, daß sie gegen fünf Uhr zu dritt Tee tranken, und zwar in Sir Charles' Schlafzimmer. Es war ein schöner Nachmittag, und nach dem Tee pflegte Mrs. Paske einen Spaziergang zu machen, während Hebe Sir Charles vorlas.

Das Teetablett wurde gebracht. Mrs. Paske ging zur Tür von Hebes Zimmer und rief ihren Namen. Danach öffnete sie die Tür und sah den gefalteten Zettel, der gegen eine Parfümflasche gelehnt war.

Zwei Tage lang war sie sehr mit sich zufrieden gewesen: Sie hatte Hebe gerettet. Sie ging zum Toilettentisch und entfaltete das Papier. Der Inhalt war bündig: *„Martha, Liebe, ich muß gehen. Tut mir leid. Lassen Sie sich's gutgehen."*

Mrs. Paske wurde schwindlig, und sie mußte sich am Rand des Toilettentisches festhalten. Dann faßte sie sich, steckte den Zettel in die Tasche und ging zurück, um den Tee einzuschenken. Sie mußte Zeit gewinnen.

„Sie ist noch nicht zurück", sagte sie. „Vermutlich hat Lady Fenstanton sie gebeten, noch länger zu bleiben."

Aber wie lange würde diese alberne Ausrede wirken? O Gott, weshalb hatte sie sich auf all das eingelassen? Was sollte sie sagen? Tun?

Sir Charles begann zu quengeln: Selbst wenn Hebe im Schloß zum Mittagessen geblieben sei, sollte sie inzwischen doch zu Hause sein. Was trieb sie dort bloß? Selbst wenn sie zum Essen geblieben war... etc.

Schließlich sagte Mrs. Paske: „Sir Charles, ich muß Ihnen etwas sagen. Es wird Sie verärgern, aber um Ihrer selbst willen bitte ich Sie, sich nicht aufzuregen. Hebe ist nach Manchester gefahren, um Margaret zu besuchen. Das Kind ist krank gewesen, und Hebe hat sich große Sorgen gemacht."

„Sie hat sich nicht einmal verabschiedet."

Mrs. Paske machte ihrer inneren Erregung ein wenig Luft. „Natürlich nicht. Und, verzeihen Sie mir bitte, das ist Ihre eigene Schuld. Sie haben niemals Zugeständnisse an ihre mütterlichen Gefühle gemacht." Mrs. Paske sprach mit Nachdruck, denn sie kannte mütterliche Gefühle; es waren die, die sie Hebe gegenüber empfand!

„Woher wissen Sie das?"

„Von Margarets Krankheit? Oh, Hebe hat es mir anvertraut. Ich wußte, daß sie hinfahren wollte, und auch, daß Sie dagegen sein würden, wenn sie es Ihnen vorschlüge. Also ist sie einfach gefahren. Hier ist ihr Zettel."

Das Schreiben war zum Glück völlig vage gehalten. Sie konnte es ruhig vorzeigen. Aber wie lange würde dieses Alibi vorhalten? Ein paar Tage? Eine Woche? Zwei Wochen?

„Hoffentlich hat die Kleine weder Cholera noch Typhus. Beides ist sehr ansteckend."

Das lenkte seine Aufmerksamkeit für ein paar Minuten ab.

„O Gott, hoffentlich nicht." Aber bald kehrte sein Groll zurück. Hebe hatte sich gegen ihn gestellt; Hebe war gegangen, ohne auf Wiedersehen zu sagen; für Hebe hatte das Kind immer an erster Stelle gestanden. Er brauchte sich bloß an Margate zu erinnern.

Und als Sir Charles an Margate dachte, fiel ihm auch ein, daß diese freundliche, tüchtige Frau, auf die er sich so verließ, ebenfalls gegen ihn konspiriert hatte.

Mrs. Paske wartete. Hebe war verzweifelt gewesen, weil sie nicht einmal wußte, wo Captain Stirling nun war. Aber offensichtlich hatte sie das inzwischen in Erfahrung gebracht, wahrscheinlich im Schloß. Dort konnte man keine Fragen stellen, weil die Gefahr des Geredes zu groß war. Aber im Stall...

„Sir Charles weiß nicht genau, welches Pferd und welchen Wagen ihre Ladyschaft benutzt hat."

„Sie hat den Einspänner genommen und Dodger, Ma'am."

„Ihre Ladyschaft wurde plötzlich... zu einer kranken Verwandten gerufen."

Sir Charles' Mißtrauen war weniger leicht zu beruhigen. „Was ist mit Geld? Sie hatte Ende des Monats nie welches. Vermutlich haben Sie ihr etwas geliehen?"

„Nein! Ich habe Mitleid mit ihr gehabt — so wie ich es mit jeder Frau gehabt hätte. Aber ich habe ihr abgeraten, hinzufahren und sich womöglich zu infizieren."

„Seit wann ist das Kind krank?"

„Ich weiß nicht genau. Hebe hat es erst vor fünf oder sechs Tagen erfahren."

„Ich habe schon oft gedacht, daß es Hebe an Vernunft fehlt. Einfach so loszukutschieren! Und Manchester kann sie gar nicht an einem Tag erreichen. Wo wird sie über Nacht bleiben? Wenn man sich das vorstellt — Lady Overton übernachtet in irgendeinem Wirtshaus am Weg, ganz allein. Noch nicht einmal ein Mädchen bei sich! Wieviel Gepäck hat sie mitgenommen?"

„Das weiß ich nicht. Sie sprechen, als ob ich mit ihr unter einer Decke steckte."

„Es wäre nicht das erstemal, oder?"

Mrs. Paske ignorierte die Spitze. „Was das Gepäck betrifft, so kann ich das herausfinden."

Sie ging in Hebes Zimmer und untersuchte alles. Nur eine kleine Reisetasche, ein paar Kleider, Wäsche und alle ihre hübschen, weniger wertvollen Schmuckstücke fehlten.

Mrs. Paske kehrte zurück. „Sie hat so wenig mitgenommen, daß sie offenbar vorhat, nur sehr kurz wegzubleiben."

Das war eine, die einzige Hoffnung. Hebe hatte sie nur um eine Nacht angefleht. Aber warum hatte sie dann ihren gesamten Schmuck mitgenommen? Mrs. Paske war bezüglich Hebes Vernunft der gleichen Ansicht wie Sir Charles, aber wie groß auch ihre Vernarrtheit sein mochte, sie würde bestimmt nicht auf die Idee kommen, mit einem verheirateten Mann durchzubrennen.

Sir Charles, beruhigt durch Opiumtropfen, schlief, aber Mrs. Paske lag wach und machte sich Sorgen.

Am nächsten Morgen begann Sir Charles mit dem, was sein Thema für die nächsten Tage sein sollte. „Ist ein Brief da?"

„Das ist kaum möglich. Sie ist erst gestern weggefahren."

Aber auch mit der zweiten Post kam keine Nachricht, und ebensowenig am darauffolgenden Tag.

Mrs. Paske, noch immer loyal, sagte: „Wahrscheinlich ist sie sehr beschäftigt. Ein krankes Kind braucht viel Pflege." Sie wußte jetzt, daß es nicht nur für eine Nacht gewesen war.

In Wichfield trafen ohnehin nur selten Briefe ein. Bis dahin war es üblich gewesen, die Post auf den Tisch in der Halle zu legen, aber Sir Charles hatte jetzt Anweisung gegeben, daß alles sofort zu ihm gebracht werden sollte. Am dritten Tag war ein an Hebe gerichtetes Schreiben darunter, und Sir Charles, die ungeschriebene Regel ignorierend, daß an andere Leute adressierte Briefe sakrosankt waren, sagte: „Den werde ich aufmachen."

Mrs. Paskes Eingeweide rebellierten, und sie eilte davon. Als sie zurückkam, sagte Sir Charles: „Was halten Sie davon?"

Es handelte sich um einen Brief von Frances Hamilton-Hope, und er unterschied sich wenig von denen, die Daisy in der Vergangenheit erhalten hatte. Sie waren nicht regelmäßig gekommen, aber immerhin häufig genug, um verständlich zu machen, weshalb Hebe meist knapp an Geld war. In Mrs. Hamilton-Hopes Briefen stand immer, es gäbe etwas, das sie tun, oder einen Ort, an den sie gehen könne, wenn sie nur zehn, zwanzig oder fünfzig Pfund hätte — und immer schlossen sich irgendwelche verhüllten Drohungen im Zusammenhang mit dem Kind an. Diesmal war Mrs. Hamilton-Hope aufgefordert worden, zu mehreren alten Freunden in ein Haus in Brittany zu fahren, das diese den Sommer über gemietet hatten, aber da war die Fahrt dorthin, Kleider und Trinkgelder mußten bedacht werden, sie brauchte mindestens fünfzig Pfund und dann: *„Ich hoffe um Ihretwillen, daß die zauberhaft Kleine jeden Tag ihrer Mutter mehr gleicht!"*

Verglichen mit dem, was vorgefallen war, schien dies hier belanglos.Es war einfach zu sagen: „Sir Charles, auch das haben Sie sich nur selbst zuzuschreiben. Diese Frau hat herausgefunden, wer Margaret ist, und da Sie sich so auf Geheimhaltung versteift haben, ist die arme Hebe seither erpreßt worden. Und das ausschließlich deshalb, weil sie Sie nicht aufregen wollte. Ich habe ihr von vornherein geraten, keinesfalls nachzugeben, aber sie wollte Rücksicht auf Sie nehmen.“

„Aber verdammt, begreifen Sie denn nicht, daß Geheimhaltung um ihretwillen notwendig war? Es war ihr Ruf, den ich schützen wollte, nicht meiner. Wenn ich einen Bastard in die Welt gesetzt hätte, so könnte er hier herumtollen und würde alles erben, was nicht unter den Fideikommiß fällt. Bei einer Frau ist das anders. Ich habe sie geschützt, und wie dankt sie mir das? Sie verschwindet, ohne auch nur Lebewohl zu sagen. Einfach unmöglich. Das hier hat nichts zu bedeuten; soll das Luder doch hinter ihren fünfzig Pfund herpfeifen.“ Er zerriß den Brief, ziemlich ungeschickt, weil seine Finger so geschwollen waren, und er wußte, daß er unfähig sein würde, den Antwortbrief zu schreiben, den er gern verfaßt hätte. „Hören Sie zu, Martha, wir müssen wissen, ob sie sicher nach Manchester gekommen ist und ob es ihr gut geht. Ich bin nicht in der Verfassung, länger in Ungewißheit zu leben.“

„Ich ebensowenig“, sagte Mrs. Paske und eilte davon. Sie war buchstäblich am Ende ihrer Weisheit. Nach wie vor wünschte sie inbrünstig, Hebe vor den Konsequenzen ihrer Torheit zu schützen, aber sie wußte nicht wie. Es hatte etwas Gespenstisches an sich, dazusitzen und sich von Sir Charles einen teils besorgten, im wesentlichen aber verdrossenen Brief diktieren zu lassen, den Hebe niemals erhalten würde.

8

Daisy erreichte Plymouth am frühen Abend des zweiten Tages, nachdem sie Wichfield verlassen hatte. Sie hatte ihr Pferd gut ausgesucht, und in Yeovil, wo sie übernachtete, hatte Dogder mehr Nahrung zu sich genommen als sie und war um sechs Uhr früh springlebendig und bereit gewesen, den hochrädrigen Einspänner wie ein Spielzeug hinter sich herzuziehen.

In Plymouth fand sie einen Gasthof, an dem ein Schild ‚Gute Unterkunft für Pferde‘ angebracht war, und da sie sich bewußt war, was sie Dogder schuldete, fuhr sie dort unter dem Torbogen durch. Der Stallknecht respektierte sie sofort, sie verstand offensichtlich was von Pferden, denn sie sagte: „Reiben Sie ihn zuerst ab, dann lassen Sie ihn trinken. Danach Hafer." Sie gab ihm eine halbe Krone. „Hören Sie, ich suche hier im Hafen ein Schiff, das ‚Seejungfrau' heißt. Können Sie mir zeigen, wo es liegt?" Das war, als ob er, der Stallknecht, nach London gefahren wäre — er war einmal dort gewesen — und hätte die erste Person, die er dort traf, nach einem Haus gefragt, dessen Besitzer er zwar kannte, aber nicht, in welcher Straße es stand. Ob dieses Schiff Ihrer Majestät gehörte? Nein, es war ein Privatschiff und gehörte einem Captain Stirling. Na ja, dann konnte er ihr wenigstens sagen, in welcher Richtung sie es suchen müsse. „Und dann fragen Sie weiter." Jeder würde ihr helfen, dessen war er sich gewiß.

So war es auch. Sie wurde von einem zum anderen geschickt, aber plötzlich stand sie am Fuß der Gangway, und ihr letzter Helfer sagte: „Hier ist's, Lady. Das dort ist Captain Stirling." Er wies auf eine Gruppe von Männern, die etwas durch ein Loch hinabzulassen schienen. „Der mit der Mütze."

Daisy trat an Bord der „Seejungfrau" und lief über das unordentliche Deck. Zaghaft rief sie: „Captain Stirling!", aber der Ruf ging unter. Dann richtete sich einer der Männer auf, rieb sich die Hände, als er sie erblickte, und tippte Hugo auf die Schulter. Der drehte sich um und sah sie.

An diesen Augenblick erinnerte sie sich ihr Leben lang. An diesen Ausdruck der Bestürzung, des Erstaunens ohne jede Freude. Dann kam er in langen Schritten auf sie zu, um ein Lächeln bemüht — aber selbst dieses Lächeln war nicht echt.

„Hebe! Was, um alles auf der Welt, tust du hier?"

„Ich mußte einfach kommen." Sie ließ die Reisetasche fallen und streckte die Arme aus, aber er ergriff sie schlicht beim Handgelenk und zog sie an einigen Ballen und Fässern vorbei, eine sehr steile Treppe hinab in einen kleinen Raum, wo es nach Teer und Fisch stank. Dann kehrte etwas von dem alten Zauber zurück, er umarmte und küßte sie. Sie empfand plötzlich ein Gefühl völliger Schwäche, schien aus seinen Armen zu gleiten und saß dann benommen auf einer Art Regal, das an der Kabinenwand befestigt und mit einer grauen Decke verhüllt war. Sein Bett?

„Ich konnte an dem Tag nicht nach London kommen", sagte sie, sobald sie wieder richtig atmen konnte. „Alles war arrangiert. Ich dachte, Martha sei meine Freundin, aber nun glaube ich, daß sie mir was in das Getränk geschüttet hat, das sie mich trinken ließ. Ich schlief den ganzen Tag und wußte dann, daß du weg warst. Hugo, ich konnte es nicht ertragen. Ich dachte, du würdest annehmen, ich machte mir nichts aus dir. Aber Liebster, ich liebe dich so sehr. Ich kann ohne dich nicht leben."

Er ignorierte die letzten Worte; Frauen hatten schon früher dergleichen zu ihm gesagt. Und sie hatten alles überlebt.

,,Also hattest du das Gefühl, du müßtest kommen und alles erklären. Liebling, das war reizend von dir; aber mir war klar, daß es schwierig für dich sein könnte. Wir hatten zwölf Uhr ausgemacht, ich habe bis eins gewartet. Dann mußte ich hierher zurück. Es gab so viel zu tun."

,,Ich weiß. Das war ein Glück. Ich hatte Todesangst, du könntest weg sein, bevor ich dich finden würde."

,,Wie ist dir das gelungen?"

,,Ich bin zum Schloß gefahren, und Veronica sagte: ‚Seejungfrau' und ‚Plymouth!' Daraufhin habe ich das beste Pferd und den Einspänner genommen und bin sofort hierher gefahren. Liebling, freu dich doch!"

Sie war die hübscheste, verführerischste und anziehendste Frau, der er je begegnet war, und es war ihr gelungen, was bisher keine erreicht hatte — sie hatte ihn dazu gebracht, an die Zukunft zu denken. Während ihres kurzen Zusammenseins hatte er tatsächlich erwogen, ob er sich nicht irgendwo niederlassen sollte, nachdem er das, was von Amblebury und der armen alten ,,Seejungfrau" kommerziell auswertbar war, zu Geld gemacht hatte. Aber bald hatte er eingesehen, daß sein Vorhaben undurchführbar war, und als Hebe nicht zum Rendezvous im ,,White Heart" erschien, hatte er dies, obwohl enttäuscht, mit Erleichterung hingenommen. Aber nun war sie hier, und obwohl das Verlangen erneut auflebte, war Vorsicht geboten.

,,Bist du allein?"

,,Natürlich. Ich konnte doch schlecht jemanden mitbringen, oder?" Entschlossen verdrängte sie die Erinnerung an den bestürzten Blick, mit dem er sie empfangen hatte. Das war eben die Überraschung gewesen. ,,Ich bin hier. Ich bin allein. Ich bin frei." Sie griff nach seiner Hand und preßte sie gegen ihr Gesicht.

,,Wo bist du untergekommen?" In seinem Schrecken hatte er völlig übersehen, daß sie eine Reisetasche trug.

„Untergekommen? Nirgends. Ich bin gleich zu dir gegangen, nachdem ich das Pferd untergestellt hatte."

„Und wo ist das?"

„Oh!" Ihre Augen weiteten sich. „Das habe ich mir gar nicht gemerkt. Dort stand nur ‚Gute Unterkunft für Pferde', und Dodger hat es verdient. Ich finde den Gasthof schon wieder. Das muß ich, denn ich muß ja Dodger und den Einspänner verkaufen, nicht wahr? Und meinen Schmuck habe ich auch mitgebracht. Veronica sagte, du wolltest die Leute immer dazu bewegen, deine verrückten Abenteuer zu finanzieren, und das kann ich nun. Liebling, ist es nicht herrlich? Nun bleiben wir zwei für alle Zeiten zusammen."

„Komm, gehen wir", sagte er und zog sie hoch.

Oben an der Treppe sagte er: „Warte hier!" und ging zu den anderen Männern hinüber, um mit ihnen zu sprechen. Dann, als er sich ihr wieder zuwandte, bemerkte er die Reisetasche neben der Gangway und hob sie auf. Daisy klammerte sich an seinen Arm.

„Wohin gehen wir?"

„In einen Gasthof, den ich kenne."

Er hatte ihr nicht widersprochen, als sie „für alle Zeiten" gesagt hatte; er liebte sie nach wie vor, dessen war sie gewiß. Eine solche Ekstase beim Liebesakt konnte man nur erleben, wenn man die gleiche Leidenschaft empfand. Den bestürzten Blick hatte sie vorübergehend vergessen. Der Schock kam, als sie beide mit dem Abendessen fast fertig waren.

„Wie ist es dir gelungen, wegzukommen?"

„Ich bin einfach gefahren."

„Hast du keinen Grund angegeben?"

„Nein. Ich habe Martha einen Zettel hinterlassen, auf dem ich geschrieben habe, daß ich weg muß. Sie wird schon verstanden haben."

„Was willst du sagen, wenn du zurückkommst?"

Ihre Augen weiteten sich und wurden dunkel vor Schreck. „Aber Liebling, ich werde nie zurückkehren. Ich bin gekommen, um bei dir zu bleiben — für immer."

Eine kurze Pause entstand. Dann sagte er: „Liebes, das ist unmöglich. Da, wo ich hinfahre, kann keine Frau —" Der Rest war ein erhebliches Durcheinander; er sprach von Gefahren, von Seuchen, rauher See, Dschungel und Sümpfen.

,,Das ist mir egal. Hugo, es ist mir völlig gleichgültig. Wenn ich in deinen Armen sterben könnte, würde ich das jetzt tun, und gern." Das waren Dinge, die Frauen in der Hitze der Leidenschaft sagten. Im allgemeinen bedeutete das nicht viel.

,,Hör zu, du mußt vernünftig sein. Natürlich möchte ich dich bei mir haben. Aber sieh dir die Männer an, die ich da zusammengekratzt habe — Desperados! Da ist keiner darunter, der mir nicht die Kehle aufschlitzen würde, um dich —"

,,Ich könnte mir das Haar abschneiden und einfach zu deiner Mannschaft gehören."

,,Um Himmels willen, Hebe — wir wollen doch keinen romantischen Unsinn reden. Und weine nicht. Das kann ich nicht ertragen. Wir müssen nachdenken. Gründlich."

Überlegungen und Pläne für die Zukunft, Abwägen der Dinge, all dies hatte ihre Kräfte immer überstiegen. Sie war aus reinem Impuls heraus weggelaufen, und es gab kein Zurück.

Er seinerseits war sicher, daß ihr Mann ihr verzeihen würde. Ein alter, kränklicher Mann, der mit einer so schönen jungen Frau verheiratet war, mußte verständnisvoll und nachsichtig sein. Er wäre sicher nur zu froh, sie zurückzuhaben.

,,Charles ist nicht so. Er ist nachtragend. Ich kann nicht zu ihm zurück. Und ich will auch nicht. Ich mag nicht wieder dorthin gehen und die Zerknirschte spielen, nur weil ich meinem Herzen gefolgt bin."

Mit so viel Gefühl ausgesprochen, wirkten auch die abgedroschensten Phrasen überzeugend. Und als Daisy noch hinzufügte: ,,Das letzte, was ich möchte, ist, dir zur Last fallen. Ich dachte, du freust dich —", da fühlte er sich plötzlich wie mit Fünfzehn, als er mitangesehen hatte, wie der Sarg seiner Mutter ins Grab gesenkt wurde.

Am Ende sagte er: ,,Hör zu, Hebe. Es ist ja nur für ein Jahr. Wenn wir Glück haben, sogar weniger. Und wenn du absolut entschlossen bist, nicht mehr nach Wichfield zurückzukehren, kannst du in Amblebury auf mich warten."

,,Wo ist das?"

,,Das ist das Haus meiner Familie — oder was davon übrig ist. Es liegt am Stadtrand von Birmingham." Kaum hatte er das gesagt, da bereute er es schon, weil ihm einfiel, wie komfortabel ihr Heim in Wichfield war. Später, als er sich alles noch einmal durch den Kopf gehen ließ, war er geneigt, seine Jahre dafür verantwortlich zu machen — jetzt, im mittleren Alter, wurde er offenbar sentimental.

9

In Wichfield wurde die Situation mit jeder Stunde unerträglicher. Ungewißheit und Aufregung verschlimmerten Sir Charles' Gicht, und Mrs. Paskes Standfestigkeit brach zusammen, als der Brief, den er ihr diktiert hatte, ungeöffnet aus Manchester zurückkam. Miß Florence Reade hatte sich an die Verbindung zwischen Lady Overton und der Dame, die sich Mrs. Johnson nannte, erinnert.

Sir Charles' Augen unter den geschwollenen Lidern glitzerten. „Und nun haben wir vermutlich die Wahrheit in der Hand."

Neun Tage waren nun vergangen; ein Geständnis bedeutete Erleichterung. Aber es gab keine Möglichkeit, ihm die Sache schonend beizubringen; sie konnte nur an sein Verständnis appellieren. „Sie ist noch so jung, Sir Charles. Sie ist so impulsiv und weiß so wenig von der Welt."

Er saß ganz still, ein alter Mann wie aus grauem Stein gehauen. Mrs. Paske plapperte weiter, loyal wie eh und je, unabsichtlich verletzend. „Sie hat nicht viel vom Leben gehabt, wissen Sie — nicht einmal ihr Kind, um es zu lieben. Und sie ist so warmherzig. Sie hat ganz impulsiv gehandelt. Inzwischen tut es ihr ganz sicher schon leid."

Das war es, was alle alten Männer, besonders diejenigen, die mit sehr reizvollen jüngeren Frauen verheiratet waren, verabscheuten. Jedermann würde kichern und sagen: „Na, was hat er denn anderes erwartet?"

Als er schließlich sprach, glaubte Mrs. Paske, daß ein Teil ihres Flehens doch zu ihm durchgedrungen sei. „Sie muß zurückgebracht werden. Und Sie werden dafür sorgen."

„Aber — ich weiß ja nicht einmal, wo sie ist. Ganz sicher wird sie aus eigenem Antrieb zurückkehren. Sie ist einfältig, aber ihn wird sie bald durchschaut haben."

„Sagen Sie Watson, er soll sofort anspannen", sagte er. „Und Sie ziehen sich für einen Besuch um. Fahren Sie zum Schloß hinüber und richten Sie folgendes aus: Sir Charles sei sehr interessiert an etwas, das Captain Stirling neulich erzählt habe, und würde sich gern mit ihm in Verbindung setzen. Sollte Lady Fenstanton nach Hebe fragen, so sagen Sie, sie sei in Manchester bei einer kranken Verwandten. Bringen Sie in Erfahrung, so viel Sie können, und kehren Sie schnell zurück. Wir haben keine Zeit zu verlieren."

Mrs. Paske fand, daß er eigentlich die Sache recht gut aufgenommen hatte. Er teilte ihre Besorgnis und wollte Hebe zurückhaben. Er würde unliebenswürdig sein wie damals nach Margate, aber ihr dann letzten Endes verzeihen. Sie hatte das Gefühl, Hebes Sache gut vertreten zu haben. Und ihr Auftrag im Schloß drüben war denkbar einfach.

Sie hätte anders darüber gedacht, wenn sie Sir Charles' kurze Unterhaltung mit Mrs. Salcombe, der Frau des Herausgebers des ‚Morning Observers' mitangehört hätte, die eine vormittägliche Besuchsrunde machte. Bei Madeira und Biskuits sagte Sir Charles zu ihr: „Ich mache mir große Sorgen. Meine Frau wurde ganz plötzlich zu einer kranken Verwandten in Manchester gerufen. Irgendein Fieber. Und Dr. McGibbon hat mir einmal gesagt, langandauerndes Fieber könne Gehirnstörungen hervorrufen."

Das war die Rache, die er geplant hatte, während er sich wie eine Steinstatue Mrs. Paskes Argumente angehört hatte. Er kannte eine private Anstalt in der Nähe von Tenterden. Eine seiner Großtanten hatte dort zwanzig Jahre vor sich hingedämmert. Es war ein gepflegtes Haus, sehr verschieden von den Asylen, in denen die armen Idioten und Verrückten untergebracht waren. Dorthin sollte Hebe kommen. Und ganz gleich, wie oft sie sagen würde, sie sei Lady Overton und geistig vollkommen gesund, niemand würde darauf achten. Denn dort gab es Leute, die behaupteten, sie seien Napoleon, Moses oder Christus oder hätten eine fliegende Maschine erfunden oder den Stein der Weisen entdeckt.

Sir Charles, der fest damit rechnete, daß Mrs. Paske mit den erforderlichen Informationen zurückkäme, hatte entsprechende Anweisungen gegeben. Er hatte Harry kommen lassen und ihn gebeten, Mrs. Paske zu fahren, wo immer sie hingebracht werden wolle. Möglicherweise würden er und sie für ein paar Tage wegbleiben.

Danach wies er Daisys Mädchen an, für Mrs. Paske einen Übernachtungskoffer zu packen. Die Kleine, die Daisy gern hatte, legte die Hand auf den Mund. „Handelt es sich um ihre Ladyschaft, Sir?"

„Wir wissen noch nichts Genaues."

Während Sir Charles auf Mrs. Paskes Rückkehr wartete, fiel ihm ein Argument ein, das von Gewicht sein konnte, wenn Hebe zögern würde zurückzukehren. Er teilte es ihr mit, als sie hereingeeilt kam.

„Sagen Sie ihr, sie soll an das Kind denken. Wenn sie unzugänglich bleibt, werde ich meine Unterstützung zurückziehen. Und falls nicht Captain Stirling bereit ist, dafür aufzukommen — was ich bezweifle —, so landet die Kleine eben im Armenhaus."

Als Mrs. Paske schließlich Plymouth erreichte, war die „Seejungfrau" bereits seit vier Tagen auf hoher See, und Daisy weilte schon in Amblebury.

4. Teil

1

Das alte Haus hatte einst, umgeben von seinem Park, in vornehmer Abgeschiedenheit dagestanden, nur erreichbar über eine lange Ulmenallee. Der Bauunternehmer, der inzwischen seine Häuser in der Nähe der Villa errichtet hatte, hatte mit einer Käuferschicht aus den oberen Klassen gerechnet, aber diese Leute hatten an der Tatsache Anstoß genommen, daß andere Teile des Besitzes mit billigen Reihenhäusern bebaut worden waren und daß zudem das Areal rund um das alte Haus noch immer landwirtschaftlich genutzt wurde. Wenn im Sommer der Wind aus dem Süden blies und die Damen im Garten zu sitzen pflegten, kam oft ein Duft nach Schweinestall oder verfaulenden Rüben oder Kohlblättern zu ihnen herüber. Das Ganze gehörte, wie einer der Anwohner sagte, nicht dorthin. Es waren nicht nur die Gerüche, es waren auch die Laute: Mr. Wheelers Kühe muhten, seine Hähne krähten, seine fünf oder sechs Schafe blökten. Und jeden Morgen — *jeden* Morgen — wurde man durch ein paar seiner vielen Kinder, die mit ländlichen Produkten gefüllte Karren schoben, oder durch ihn selbst geweckt, wenn er mit seinem von einem schweren Gaul gezogenen Eisenräderkarren sein Zeug zum Markt fuhr. Man konnte nichts dagegen unternehmen, denn Mr. Wheeler war zusätzlich zu seinen vielen Aktivitäten auch noch Captain Stirlings offizieller Vertreter.

Daisy fuhr am Ende eines schönen Tages auf Amblebury zu und glaubte sofort, man hätte ihr zum siebten- oder achtenmal den falschen Weg gewiesen. Hugo hatte von einem alten, ziemlich verfallenen Kasten gesprochen, und das, was sie hier sah, waren alles neue, adrette Häuser. Nach Birmingham zu gelangen, war relativ leicht gewesen, aber kein Mensch in der Stadt schien je von Amblebury gehört zu haben. Schließlich hatte sie doch jemanden gefunden, der ihr erklärte, früher sei das ein Dorf gewesen, aber nun gäbe es dort Straße an Straße mit Häusern. Das stimmte, und obwohl Hugo die Torpfosten mit den Steineulen darauf erwähnt hatte und sie sie wie durch ein Wunder auch fand, geriet sie dahinter lediglich wieder in eine andere Straße — die Elm Avenue. Sie fragte eine Frau, die in einem Vorgarten Lupinen schnitt, erneut nach der Richtung, und die Frau antwortete: ,,Oh, Mr. Wheeler? Immer geradeaus. Sie können das Haus nicht verfehlen."

So war es. Es lag am Ende der Straße, war, wie Hugo gesagt hatte, recht verfallen und starrte düster in eine Welt, in der es eigentlich keinen Platz mehr hatte. Vor dem einst eleganten Haupteingang wuchsen jetzt Salat, Rettiche und Karotten — und zwar üppig. Daisy lenkte Dodger den ausgefahrenen Weg entlang, der zum Hintereingang führte.

Als Mrs. Wheeler das Pferd und den Einspänner vor der Tür halten sah, sagte sie: ,,Aha, da ist die Frau."

Mr. Wheeler, der gerade, umgeben von seiner sechsköpfigen Kinderschar, beim Essen war, sagte: ,,Hör zu, Bella. Wir müssen ihr Unterkunft und Essen geben, aber bedienen werden wir sie nicht. Bert, bring das Pferd in den Stall. Betsie und Elsie, bewegt euch, macht Platz auf der Bank für die Lady. Ted, hol noch einen Teller raus und rühr in der Schüssel."

Als Daisy nachgegeben und zugestimmt hatte, nach Amblebury zu gehen, hatte Hugo an Mr. Wheeler geschrieben, daß eine Bekannte im Haus wohnen werde und daß man für sie gut zu sorgen habe. Die Lady solle bekommen, was sie haben wolle, und Wheeler solle über seine Ausgaben Buch führen, damit er, Captain Stirling, ihm alles zurückzahlen könne, wenn er heimkehrte — was, wie er hoffte, Ende des Jahres sein werde.

Daisy betrat die Küche, zu erschöpft von Emotionen und körperlicher Anstrengung, um irgend etwas anderes wahrzunehmen als den Geruch. Alle Kategorien des Gestanks, über die sich die Anwohner der Allee beschwerten, waren hier konzentriert, verstärkt durch die Ausdünstungen verschwitzter Kleidung und abgestandenen Essens. Auch nur ,,Guten Abend" zu sagen und den Schatten eines Lächelns hervorzubringen, erforderte die größte Mühe. Die Kinder starrten sie an und aßen weiter. Mr. Wheeler sagte: ,,'n Abend" und rührte sich nicht weiter. Mrs. Wheeler, eine Spur zivilisierter, erhob sich müde, sagte: ,,Setzen Sie sich" und wies auf eine Lücke auf einer Bank. Dann ging sie zum Herd und schöpfte etwas von dem Eintopfgericht heraus — einen kleinen Brocken Fleisch, viel Kohl, Zwiebeln und Kartoffeln, einen Kloß, alles in einer blassen, fettigen Brühe schwimmend.

Daisy zwang sich erneut zu einem Lächeln. ,,Tut mir leid, aber ich bin einfach zu müde zum essen. Kann ich vielleicht in mein Zimmer hinaufgehen und eine Tasse Tee haben?" Ohne daß es ihr bewußt wurde, spürte sie die unfreundliche Atmosphäre. Mrs. Wheeler warf einen Blick auf ihren Mann, und der nickte kaum wahrnehmbar. Tee war nach wie vor teuer und stellte im Wheelerschen Haushalt einen Luxus dar. Daisy war im Begriff zu lernen, daß die vielen bereitwilligen Dienstleistungen, an die sie sich gewöhnt hatte, ebenfalls ein Luxus und hier nicht erhältlich waren. Niemand rührte sich, um ihr ihr Zimmer zu zeigen. Mrs. Wheeler bereitete eine Kanne Tee und nahm drei Tassen heraus. „Elsie, hol Milch." Sie bediente ihren Mann zuerst, Daisy als nächste, dann sich selbst. Daisy erholte sich mit der Zeit ausreichend, um einen Blick auf die Leute zu werfen, deren Obhut Hugo sie anvertraut hatte.

Das hatte so gut geklungen.

„Wheeler", hatte Hugo gesagt, „fungiert als Hausverwalter und kann dafür das Land bebauen, das ich nicht verkaufen will. Es ist ein gutes Arrangement für uns beide. Er ist verheiratet, seine Frau war Köchin. Sie werden gut für dich sorgen. Das Haus ist ein bißchen heruntergekommen — weder mein Vater noch mein Bruder hatten je genügend Geld, um es in Ordnung zu halten."

Es war lange her, seit er das Haus zuletzt gesehen hatte, und er hatte keine Ahnung von Mr. Wheelers Plänen. Mr. Wheeler glaubte, daß er, wenn er genug Zeit hätte und jeden roten Heller zusammenkratzte, eines Tages Landbesitzer werden könnte. Und das Land, das er haben wollte, war natürlich das, auf dem er so viele Jahre lang seinen Schweiß vergossen hatte. Er hatte bereits beschlossen, daß der Aufenthalt der Lady in Amblebury Captain Stirling teuer zu stehen kommen sollte.

Mr. Wheelers Anblick war Daisy äußerst unangenehm: Die buschigen schwarzen Brauen waren permanent zusammengezogen, sein Mund ständig zusammengekniffen. Mrs. Wheeler wirkte abgearbeitet und verhärmt; und die Kinder benahmen sich überhaupt nicht wie Kinder. Daisy beschloß, hier keinen Augenblick länger als unbedingt notwendig zu bleiben. Einer Sache war sie sich sicher — Hugo hatte keine Ahnung, wie es hier zuging. Aber sie war zu müde, um weiter nachzudenken. Nächte leidenschaftlicher Liebe, bevor Hugo abfuhr, danach durchweinte Nächte, eine lange Reise und das unbestimmte Gefühl, daß alles irgendwie falsch lief oder laufen würde, hatten ihre gewohnte Widerstandskraft unterminiert.

„Ich muß jetzt zu Bett gehen", sagte sie.

Mrs. Wheeler stand auf, zündete eine Kerze an einer anderen an und sagte: „Hier lang." Sie öffnete eine Tür, hinter der sich eine Holztreppe befand. Oben gab es einen Gang. Mrs. Wheeler wandte sich nach links und trat durch einen Durchgang in einen breiteren Flur und danach in ein Zimmer. Es war ein großes Zimmer, in dem es gut roch.

„Ich habe Sie hier reingesteckt, Mrs. Johnson. Sie werden sich da hoffentlich behaglich fühlen", sagte Mrs. Wheeler.

Auf diesen Namen hatten sie und Hugo sich geeinigt, da er überzeugt war, daß Charles versuchen würde, sie aufzuspüren.

Das Bett war recht gut, wenn auch kalt und etwas feucht. Daisy fröstelte zuerst ein wenig, dann schlief sie ein. Sie schlief acht Stunden lang und erwachte ausgeruht. Da sie die Vorhänge über Nacht nicht zugezogen hatte, strömte nun das Sonnenlicht durch das große Fenster herein und über das Bett. Daisy sah sich um und stellte fest, daß es sich um ein hübsches Zimmer handelte, geschmackvoll möbliert und offenbar sauber. Blau herrschte als Farbe vor; die Vorhänge des Himmelbetts und am Fenster, der Teppich und die Polsterung der Stühle waren verblaßt, aber trotzdem stand der Raum in herzerfrischendem Kontrast zu der Küche unten.

Um halb neun stand Daisy auf, zog ihren seidenen Morgenrock an und ging hinunter. Mrs. Wheeler war allein in der Küche und knetete auf einem mehlbestäubten Teil des Tischs eine grau aussehende Teigmasse. Ihre Ärmel waren aufgerollt, und Daisy sah, wie dünn ihre Arme zwischen den knochigen Ellbogen und den riesigen Händen waren. Mrs. Wheeler war in jeder Hinsicht unproportioniert: ein zu großer Kopf auf einem sehnigen Hals, eine flache Brust und unter der derben Schürze eine Wölbung.

„Guten Morgen", sagte sie ziemlich freundlich. „Hoffentlich haben Sie gut geschlafen." Es war eine reine Floskel, denn sie fuhr, ohne eine Antwort abzuwarten, fort: „Der Porridge steht auf dem Herd, und alles andere ist dort." Sie wies mit dem Kopf zum Küchenschrank hinüber. „Wahrscheinlich möchten Sie Tee haben."

Mrs. Wheeler überließ es Daisy, sich selbst zu bedienen, griff nach einem Messer und rückte dem Teig zu Leibe, als sei er ihr Feind. Sie schnitt ihn in Klumpen, formte diese hastig zu runden Hügeln und schob sie in den vorgeheizten Backofen in der Wand neben dem Herd.

Der Junge, der Dodger in den Stall gebracht hatte, kam herein, in jeder Hand einen Eimer voll schäumender Milch. Er ging in die Milchkammer.

Im Winter gab es in Wichfield Porridge mit Zucker und Sahne, aber als Daisy sagte: „Ich kann den Zucker nicht finden", erwiderte Mrs. Wheeler: „Wir nehmen keinen. Irgendwo muß Salz sein." Dann verschwand auch sie in der Milchkammer.

Daisy versuchte den geschmacklosen Porridge und streute etwas Salz darauf, um ihn überhaupt essen zu können. Ihre Absicht, Amblebury sofort wieder zu verlassen, änderte sie. Zumindest mußte sie so lange bleiben, bis sie Hugos Brief hatte. Er hatte feierlich zugesagt, ihr zu schreiben — von Funchal auf Madeira, von den Kanarischen Inseln. Beide Orte befanden sich am Rand der unbekannten Ferne, in die er verschwand, aber er hatte versprochen, daß jedes nach Hause fahrende Schiff, dem er begegnete, einen Brief für sie an Bord haben würde, und natürlich waren sie alle an diese Adresse hier gerichtet.

Was sie brauchte, war Geld. Sie hatte keines, nur ihren Schmuck. Bei dem Gedanken tauchte die Erinnerung an Jack Skelton auf; seit langer Zeit war sie nur noch verschwommen, und seit ihrer Begegnung mit Hugo Stirling praktisch verschwunden. Von Jack wußte sie, was eine Pfandleihe war. Sie mußte also etwas von ihren Sachen beleihen — nicht verkaufen. Und dazu mußte sie nach Birmingham zurückkehren. Sobald sie Geld hatte, konnte sie einkaufen. Sie brauchte Kleider, schließlich war sie mit nur wenigen Sachen weggefahren. Und ordentlichen chinesischen Tee, Kaffee, Biskuits und Wein.

Und dann kam ihr ein anderer Gedanke: Jetzt konnte sie Margaret zu sich holen!

2

Mrs. Paske hatte mit gewohnter Gründlichkeit Plymouth von einem Ende zum anderen durchgekämmt. Aber nirgends hatte man etwas von Captain Stirling gehört. Sie kam zu dem für sie einzig möglichen Schluß — er und Hebe hatten auf der „Seejungfrau" genächtigt, und nun waren sie in der blauen Ferne verschwunden, ohne eine Spur zu hinterlassen.

Schritt um Schritt, Enttäuschung nach Enttäuschung, änderte sich ihre Einstellung gegenüber Hebe. Vom ersten Augenblick an hatte sie das Mädchen geliebt und treu zu ihm gehalten. Und wie hatte Hebe sie behandelt? Schändlich!

Als Mrs. Paske am Ende ihrer langen, ergebnislosen Suche wieder mit Harry zusammentraf und sagte: „Wir könnnen jetzt nach Hause fahren", war es, was ihre Gefühle betraf, fast so, als hätte Hebe nie existiert. Andere Dinge waren wichtiger — in erster Linie, was aus ihr selbst werden sollte.

„Sie haben sie also nicht gefunden", sagte Sir Charles. Das war keine Frage, sondern eine Feststellung.

„Nein. Ich habe mein Bestes getan, Sir Charles. Captain Stirling war ausgelaufen, bevor ich Plymouth erreichte, und ich fürchte, Hebe ist bei ihm."

Er war ihr gegenüber noch immer mißtrauisch, obwohl er sich nicht vorstellen konnte, welchen Nutzen sie sich davon versprach, ihn zu täuschen.

Seine Gedanken wandten sich dem Problem zu, das ihn seit dem Zeitpunkt, als Mrs. Paske ihm die Wahrheit gesagt hatte, beschäftigte. „Was sollen wir denn den Leuten erzählen?" Alt und krank wie er war, hatte er noch immer seinen Stolz und war bemüht, das, was er für seinen guten Namen hielt, zu schützen.

„Das habe ich mich auch schon gefragt", sagte Mrs. Paske. „Sie hat uns in eine heikle Situation gebracht. Aber bis jetzt wissen nur Sie und ich die Wahrheit. Trotzdem, wenn wir behaupten, sie sei tot — obwohl sie für mich, offen gestanden, tot ist, ihr Benehmen hat alle Zuneigung zu ihr in mir zerstört —, so könnte das später einmal zu Schwierigkeiten führen. Der Mann ist bereits verheiratet. Wenn diese Eskapade endet, wird sie zurückkommen."

Die beiden blickten einander schweigend an. Schließlich sagte Sir Charles. „Würden Sie mit mir übereinstimmen, daß die Tatsache, ein komfortables, angenehmes Zuhause aufzugeben, um mit einem verheirateten Mann wegzulaufen, der einer Frau nicht einmal ein Dach über dem Kopf bieten kann, auf eine Form des Irreseins hinweist?"

„Absolut. Sie war immer so freundlich, so rücksichtsvoll. Um so etwas zu tun — ja, das deutet auf eine Geisteskrankheit hin."

„Solche Geisteskrankheiten können doch aus gewissen Arten langandauernden Fiebers resultieren?"

„Ja, das ist allgemein bekannt."

„Nun gut. Das ist unsere Version. Sie ist weggefahren, um eine kranke Verwandte zu pflegen, wurde selbst krank, erlangte zwar ihre körperliche, nicht aber ihre geistige Gesundheit wieder und ist nun in einer Anstalt. Martha" — dies war das erstemal seit ihrem Geständnis, daß er sie wieder beim Vornamen nannte —, „die ganze Affäre war zu anstrengend für mich, kein Mann in meinem Gesundheitszustand kann das ungestraft überstehen. Helfen Sie mir ins Bett."

Das Bett war ein Refugium, und er verließ es nur noch gelegentlich, um eine Stunde am Fenster zu sitzen und in die sommerliche Landschaft hinauszublicken. Die Neuigkeiten über die arme Lady Overton, die arme Hebe, sickerten langsam durch. Es war nichts, das in den Zeitungen erschienen wäre, und selbst die treuen Freunde, die kamen, um ihr Mitgefühl auszudrücken, wurden regelmäßig von Mrs. Paske abgefangen, die zu ihnen sagte: „Bitte, erwähnen Sie Lady Overton nicht; es regt den Armen zu sehr auf. Fragen Sie nach *seiner* Gesundheit; seien Sie heiter."

Solche Dinge konnte sie allerdings kaum zu Mr. Copeland sagen, Sir Charles' Rechtsanwalt, der am letzten Junitag kam und keinen Zweifel darüber hegte, daß Sir Charles in der Verfassung war, ein neues Testament zu machen, so klar und präzise, daß es kaum eine halbe Seite in Anspruch nahm. Alles, was nicht unter Fideikommiß fiel, hinterließ Sir Charles George Skelton, Landwirt in Lincolnshire.

„Und nun", sagte Sir Charles, „ist da noch Mrs. Paske. Sie hat mich sehr gut gepflegt, aber sie ist auch angemessen entlohnt worden. Ich denke an ein Legat von, sagen wir, hundert Pfund."

3

Daisy ahnte nicht, daß sie in Surrey für verrückt erklärt und demzufolge enterbt worden war. Sie war mit näherliegenden Problemen beschäftigt. Selbst ihre besten Kleider, Tag um Tag getragen, verloren an Ansehnlichkeit. Sie grub in ihrer Reisetasche und zog ein Halsband aus Amethysten, Goldgliedern und Perlen heraus. Das steckte sie in ihr Retikül und ging zum Stall hinunter. Dodger war zwar vermutlich gefüttert und getränkt worden, aber keinesfalls gestriegelt. Der Schweiß und Staub vom gestrigen Tag bedeckte als feine Schicht das sonst so schimmernde Fell. Sie sah sich um, ob ihr jemand beim Anschirren helfen könnte. Mr. Wheeler kam eben aus einem der Ställe und führte ein mageres Pferd mit sich, das einen ebenso lustlosen und erschöpften Eindruck machte wie Mrs. Wheeler.

„Guten Morgen, Mr. Wheeler. Ob Sie mir bitte helfen können? Ich habe noch nie ein Pferd angeschirrt."

„Wollen Sie in die Stadt fahren? Dann können Sie mich und mein Zeug mitnehmen." Er zog den Einspänner aus dem Schuppen und begann seine Produkte aufzuladen — Geflügel, bratfertig gerichtet, Eier, Körbe voller Spargel, kleine junge Karotten, Salat, Frühlingszwiebeln, dazu einen mit einem Tuch bedeckten Korb. Danach schirrte Mr.

Wheeler Dodger an und kletterte auf den Fahrersitz. Auf seinem Gesicht lag nach wie vor der übellaunige Ausdruck, aber eigentlich war er recht zufrieden; er sparte mit diesem schnelleren Gefährt Zeit.

„Wohin wollen Sie denn?“ fragte er, als sie sich dem Stadtrand näherten.

„Ich möchte irgendwo einkaufen.“

„Mir recht. Das halbe Zeug hier kommt ins Central Hotel, das andere ins Regency. Ich setze Sie am Central ab und hole Sie da auch wieder ab. Wie lange brauchen Sie denn?“

„Ich weiß es nicht. Ich muß ein paar Einkäufe machen.“ Dann fiel ihr ein, daß er ihr vielleicht helfen könnte. „Übrigens — bevor ich einkaufen kann, muß ich etwas versetzen.“

„Versetzen?“ fragte er zu ihrer Überraschung in leicht schockiertem Ton.

„Ja. Captain Stirling —“ Es war seltsam, daß es ihr sogar bei diesem mürrischen, übelriechenden Burschen Vergnügen machte, Hugos Namen auszusprechen. „Captain Stirling hatte so viele Ausgaben — Reisekosten —, und ich hatte nicht viel Geld bei mir. Aber ich habe das hier.“ Daisy hielt ihm das Halsband hin. Keiner von beiden hatte eine Ahnung von seinem Wert, Daisy wußte nur, daß Amethyste nicht so teuer waren wie Diamanten oder Smaragde. Charles hatte ihr das hübsche Ding zu einem lila Kleid geschenkt. In einem anderen Leben, das schon weit hinter ihr zu liegen schien.

„Es wäre besser, wenn Sie's verkaufen würden“, sagte Mr. Wheeler. „Wenn man etwas versetzt, ist das, wie wenn man Zinsen zahlen muß.“

„Daran hatte ich eigentlich nicht gedacht“, sagte Daisy. „Ich wollte nur genügend Geld haben, damit ich durchkomme — ungefähr ein Jahr lang.“ Im Gegensatz zu fast allen anderen Leuten glaubte sie, daß Hugo innerhalb eines Jahres zurückkehren und sehr reich sein würde.

„Ein Jahr!“ sagte Mr. Wheeler. „Pfandleiher können nicht so lange warten. Ich kenne mich da nicht so aus, aber wenn ein Ding nicht ausgelöst wird, dann wird's verkauft.“

„Das wußte ich nicht.“ Sie blickte auf das hübsche Schmuckstück, und ihr wurde klar, daß sie nicht sonderlich daran hing, es gehörte der Vergangenheit an. „Gut, ich werde es verkaufen. Aber wo?“

„Das überlassen Sie mal besser mir“, sagte Mr. Wheeler. „Ich weiß, wo ich da hingehen muß.“

Er wäre tief gekränkt gewesen, wenn ihn jemand als Dieb bezeichnet hätte, aber er wußte tatsächlich, wohin er gehen mußte. In jedem alten Haus, das seit Generationen in Familienbesitz war, gab es in Schränken und Dachkammern Dinge, die mit Sicherheit nicht vermißt wurden: einen zerbrochenen Fächer, einen einzelnen Ohrring hinten in der Schublade eines Toilettentischs, einen alten Gürtel mit Silberschnalle...

An diesem Morgen fuhr er in den Hof hinter dem Central Hotel, lieferte seine Erzeugnisse ab und kehrte dann wieder zu dem Einspänner zurück. „Steigen Sie hier aus", sagte er. „Machen Sie Ihre Einkäufe."

„Aber ich kann nichts kaufen, bevor ich Geld habe."

„Na gut." Er griff in die Tasche seiner schmierigen Hose und zog einen glänzenden Sovereign heraus. „Als Anzahlung."

Sie griff zögernd danach. Viel war das nicht. Aber sie konnte sich damit ein gewisses Maß an Erleichterung schaffen. Wein — oder noch besser Brandy — hatte ihr früher schon über Schwierigkeiten hinweggeholfen: über den Verlust ihrer ersten Liebe oder wenn sie ihres Kindes wegen deprimiert gewesen war. Und sie hatte über ein Drittel ihres Daseins in Verhältnissen gelebt, wo alkoholische Getränke selbstverständlich waren: ein oder zwei kleine Gläser Sherry oder Madeira vor dem Lunch, Weißwein zu Fisch oder Geflügel, Rotwein zu Roastbeef oder Wildbret, ein Schluck Portwein am Ende der Mahlzeit. Ein Nachttrunk an einem besonders kalten Abend, Brandy gegen eine Schwächeanwandlung. Und bei besonderen Gelegenheiten Champagner.

Nach der Trennung von Hugo hatte sie Brandy getrunken, um zeitweilig ihren Kummer zu vergessen. Aber auf der Reise nach Birmingham war sie stocknüchtern geblieben — aus dem einfachen Grund, weil sie sich keinen Alkohol hatte leisten können. Das, was Hugo ihr an Geld angeboten hatte, hatte sie abgelehnt. „Du wirst jeden Penny brauchen, und ich habe genug, um nach Birmingham zu kommen." Nun ja, es hatte gerade gereicht.

Im Central Hotel erregte Daisy keinerlei Aufsehen, als sie einem Plüschsofa unter einer Topfpalme zustrebte und Brandy bestellte. Obwohl sie so wenig gegessen hatte, war sie nicht hungrig, und zwei Glas Brandy auf nüchternen Magen taten sofort ihre Wirkung. Die frühere Vitalität kehrte zwar nicht zurück, aber alles schien weniger deprimierend zu sein. Sie mußte eben in Amblebury bleiben, bis Hugos Brief eintraf, aber diese schreckliche Küche würde sie meiden. Und vielleicht würde Hugo ja tatsächlich eintreffen, bevor das Jahr vorüber war.

In dieser gehobenen Stimmung trat sie auf die belebte Straße hinaus und fand einen Lebensmittelhändler, bei dem sie Tee, Kaffee, Biskuits und Obstkuchen erstand. Der Händler erkundigte sich, wohin diese großzügige Lady die Waren gebracht haben wollte, und Daisy hätte sich beinahe versprochen: „Ins Central Hotel. Lady Ov... Mrs. Johnsons Einspänner."

Danach schlenderte sie noch eine Weile umher, betrachtete die Schaufenster und plante, was sie kaufen würde, wenn Mr. Wheeler ihr das Geld gegeben hätte.

Als sie in den Hof des Central zurückkehrte, wartete er bereits auf sie, finsterer dreinblickend denn je.

„Los schon. Steigen Sie ein, ich habe auf Sie gewartet."

„Ich muß noch ein paar Einkäufe machen."

„Das tun Sie ein andermal. Ich muß zurück."

„Mr. Wheeler, es ist *mein* Einspänner."

„Und meine Zeit."

Sie gab nach. „Lassen Sie mich wenigstens drin abholen, was ich gekauft habe."

Das nahm noch etwas von Mr. Wheelers kostbarer Zeit in Anspruch. Hinten im Hotel gab es einen kleinen Raum, wo eingekaufte Waren, die geliefert worden waren, abgeholt werden konnten. Danach fuhren sie schweigend aus der Stadt, und erst als die Elm Avenue in Sicht kam, die zur Villa führte, erinnerte sich Daisy an ihren Schmuck.

„Wieviel haben Sie für mein Halsband bekommen?"

„Zehn Pfund." So viel hatte der Händler zuerst geboten, und daß er am Ende dann doch vierzehn bezahlt hatte, war nur Mr. Wheelers Talent zum Feilschen zu verdanken gewesen; er konnte also die vier Pfund durchaus als ehrlich erworben betrachten. Aus dem Augenwinkel heraus beobachtete er Daisy nach irgendwelchen Anzeichen des Mißvergnügens, der Überraschung oder Anerkennung — Hinweise für die Zukunft, falls sich eine ähnliche Situation ergeben sollte. In Daisys Gesicht veränderte sich nichts, aber sie bemerkte: „Es ist ganz bestimmt wesentlich mehr wert."

„Neu, ja."

Mrs. Wheeler, die während Daisys Abwesenheit in der Milchkammer gearbeitet hatte, war wieder in der Küche und bereitete den Eintopf für den Abend vor. Besorgt und keineswegs erfreut betrachtete sie die eingekauften Lebensmittel.

„Hat Mr. Wheeler all das gekauft?"

„Nein, ich."

„Aber das ist nicht in Ordnung. Wir sollen Sie verpflegen. Gestern abend war's ein bißchen armselig, ich weiß, aber wir wußten ja nicht genau, wann Sie hier ankommen würden. Ach — ein ganzes Pfund Tee!"

„Möchten Sie nicht gern jetzt eine Tasse haben — oder Kaffee? Und ein Stück Kuchen?“

„Ach ja —“ Die Stimme der armen Frau klang erfreut, aber ihr Blick war zweifelnd. „Aber ich bin in der Milchkammer noch nicht fertig.“

„Wir könnten den Tee ja mit dort hineinnehmen.“

„Das ist eine gute Idee.“

Einen größeren Kontrast zwischen zwei Räumen konnte es nicht geben. Die Küche war unordentlich und stank, die Milchkammer war makellos sauber. Die frische Milch stand in großen Satten auf einem Regal. In noch größeren Schüsseln stand die Sahne, aus der die Butter bereitet werden sollte. Die Butter von diesem Morgen lag golden, mit Wasserperlen übersät da und wartete darauf, in Formen gepreßt zu werden. Mrs. Wheeler war noch nicht soweit. Mrs. Wheeler würde, dessen war sie selbst gewiß, niemals mit der Arbeit fertig werden bis sie tot umfiel. Und manchmal, wenn sie sich nachgab, dachte sie, es könne gar nicht schnell genug passieren. Am besten im August, wenn das nächste Kind fällig war. Denn wenn es am Leben blieb und sie auch — wie, um alles auf der Welt, sollte sie zurechtkommen?

Mr. Wheeler — es war eigentlich unvorstellbar, daß sie ihn in intimen Augenblicken sogar Ted nannte — hatte Bert, Betsy, Ted und Alfred auf seine schweigsame Weise willkommen geheißen. Lily und Elsie waren keineswegs mehr willkommen gewesen. Und als sie ihm — so spät wie möglich — mitgeteilt hatte, daß ein neues Baby unterwegs war, hatte er geknurrt: „Noch ein Mund, der gefüttert werden muß! Und du bist für vierzehn Tage nicht zu gebrauchen.“

Sie trank jetzt schnell ihren Tee und schlang ein Stück Kuchen hinunter. „Ich muß ja für zwei essen“, sagte sie in schüchtern entschuldigendem Ton. „Das haben Sie sicher gemerkt.“

„Ja, ich habe es mir gedacht.“ Arme Frau! Daisy beschloß ihr, so lange sie hier war, ein paar Kleinigkeiten zukommen zu lassen, ihr die Last, so gut es ging, zu erleichtern.

Den Nachmittag verbrachte Daisy damit, die Villa zu erforschen. Sie war älter als die, in der sie damals gedient hatte, und größer als die, in der sie Herrin gewesen war. Es gab ungezählte Räume, alle voller Staub und Spinnweben und von der düsteren Atmosphäre des Unbewohntseins erfüllt. Hier und dort hatte es durch das Dach hereingeregnet. Sie fühlte sich unbehaglich, kämpfte dann aber gegen dieses Empfinden an. Sie erinnerte sich, daß Hugo gesagt hatte, er würde reich wie Krösus zurückkommen. Sie hatte keine Ahnung, wer Krösus war, aber Hugo hatte offensichtlich damit gemeint, daß er sehr reich sein würde, und alles was nötig war, um dieses große Haus instandzusetzen, waren ein bißchen Geld und viel Arbeit und Liebe. Plötzlich erblickte sie etwas, das sie aufmunterte — ein Porträt von Hugo in Marineuniform. Jung! So jung, wie sie selbst gewesen war, als Jack Skelton sie als Hebe gemalt hatte. Sie schob einen kleinen vergoldeten Stuhl heran und nahm das Bild von der Wand. Sie trug es in ihr Zimmer und hängte es gegenüber ihrem Bett auf, so daß sie es abends als letztes und morgens als erstes sehen konnte. Dann ging sie hinaus, um ein paar Blumen zu pflücken.

Mr. Wheeler hatte den ursprünglichen Garten systematisch in ein Gemüsefeld verwandelt und Klatschmohn, Skabiosen, Kornblumen und Margeriten erbarmungslos ausgerottet. Daisy fand schließlich das, was sie suchte, im Küchengarten. An einer Mauer, hinter einem Gewächshaus, das noch aus alten Zeiten stammte, wucherte eine Kletterrose; sie duftete herrlich und war reichlich mit Dornen bewehrt. Daisy wurde klar, daß sie eine Schere oder ein Messer brauchte, und wandte sich wieder dem Haus zu.

Vor der Küchentür hielt ein Karren, der offenbar so etwas wie ein fahrender Kramladen war. Der Mann, dem er gehörte, schien alles zu haben, was Frauen mit beschränkten Mitteln brauchten: billiges Fleisch, getrockneten Fisch, Mehl, Salz, Kerzen, Geschirr, Baumwoll- und Flanellstoffe, Nadeln, Faden, Wolle und Bänder.

Erst hatten sich die Leute in den neuen Häusern geziert und die Nase gerümpft bei der Idee, von einem Karren weg etwas zu kaufen, aber dann kamen sie doch, denn die Waren waren ihr Geld wert, und zudem war der Händler ein immer fröhlicher Mann. Außerdem — und das war bei bestimmten Frauen wichtig — war er ein Tierfreund. Sein Apfelschimmel war, im Gegensatz zu vielen Arbeitspferden, gut genährt, und sein Hund, eine Promenadenmischung, konnte die erstaunlichsten Kunststücke. Natürlich vertraute er ihm niemals etwas Eßbares an, das wäre nicht hygienisch gewesen, aber wenn eine Frau beispielsweise eine Packung Kerzen verlangte, sagte der Mann: „Bring's der Lady", und der Hund nahm die Packung vorsichtig zwischen die Zähne und legte es der Dame vor die Füße. „Niemand hat je einen besseren Laufburschen gehabt", pflegte der Besitzer dann zu sagen.

Mrs. Wheeler, sparsam wie immer, kaufte das übliche: zwei Pfund Rinderhachse, ein paar Knochen, Perlgraupen, vier Räucherheringe... Der Händler hatte sich schon mehr als einmal gewundert, wie eine so große Familie mit so wenig auskam. Zu acht waren sie — und vier Räucherheringe! Und dann sah er Daisy.

„Ich brauche so vieles", sagte sie.

Irgendwo zwischen Plymouth und Birmingham — oder vielleicht mehr in Plymouth, wo sie mehrere Male eindeutig zuviel getrunken hatte — hatte sie etwas verloren: den Schmelz der Jugend. Die faszinierende Mischung aus Schönheit, Jugend und Vitalität war verblaßt; doch noch immer war sie sehr hübsch, vor allem im Vergleich zu Mrs. Wheeler. Und dazu eine gute Kundin: Wachskerzen, keine aus Talg; Schreibpapier, Tinte, Federn; und, nach einer geflüsterten Unterhaltung mit Mrs. Wheeler, fünf weitere Räucherheringe. Am Ende der langen Liste sagte sie: „Und eine Flasche Brandy."

An sich war es nicht legal, mit Alkohol zu handeln, aber es war nicht verboten, welchen bei sich zu haben. Unter dem Sitz seines Wagens hatte er eine Flasche Whisky, bestellt von einem Landwirt, dessen Frau das Trinken mißbilligte. Jede Woche hinterlegte er eine Flasche unter einem Busch, wo das Geld immer auf ihn wartete. Die Lady hier konnte diese Flasche haben, er würde in der Stadt eine andere kaufen.

„Ich hätte einen Whisky für Sie", sagte er. „Wenn Sie jetzt bestellen, könnte ich Ihnen nächste Woche einen Brandy bringen. Nur um Ihnen zu Gefallen zu sein, verstehen Sie?"

„Ich habe nie Whisky getrunken", sagte Daisy. „Brandy ist so etwas wie eine Medizin."

„Whisky auch, wenn man ihn mäßig trinkt." Er ging nach vorn zum Wagensitz, und der Hund hüpfte um ihn herum. „Nein, Rough, das kannst du nicht nehmen. Bring das hier der Lady." Er vertraute dem Hund Möbelpolitur an. „Keiner hat einen besseren Laufburschen, wie?"

Er fuhr weg, und Daisy legte ihre fünf Räucheringe zu den vieren der Familie. „Jetzt können wir alle einen essen."

„Ich weiß nicht, was Mr. Wheeler sagen wird." Mrs. Wheelers Stimme klang nervös. „Er möchte nicht, daß wir verwöhnt werden."

„Ein bißchen Verwöhntwerden schadet niemandem."

„Da bin ich nicht so sicher. Man gewöhnt sich daran, und dann fällt's einem schwer... Sehen Sie mich an..."

„Captain Stirling sagte, Sie seien Köchin gewesen."

„Stimmt. Und ich habe alles gehabt, was man sich wünschen kann. Allein vom Bedienstetentisch wurde an einem Tag mehr weggeworfen, als ich hier in einer Woche verbrauchen darf." Sie wandte sich wieder ihrer Arbeit zu, die von dem Händler unterbrochen worden war — sie wusch behutsam Eier. Daisy borgte sich ein Messer und ging hinaus, um die Rosen zu schneiden.

Als es Abendessenszeit war, hatte sie ihren kleinen Altar errichtet. Unter Hugos Porträt stand ein schön polierter Tisch, darauf die Rosen in einer Schale, die von Putten hochgehalten wurde. Rechts und links davon standen Kerzen. Das alles hatte Daisy aus den verschiedenen Zimmern zusammengeholt. Mr. Wheeler hatte zwar bereits einiges veräußert, von dem er angenommen hatte, daß es nicht vermißt werden würde, aber trotzdem waren Vitrinen und Regale noch voller Porzellan und Silber. Der Anblick eines schönen Teeservices hatte Daisy auf die Idee gebracht, sich in ihrem eigenen Zimmer Tee zu bereiten. Alles, was sie dazu brauchte, war ein Spirituskocher, und den konnte sie morgen erstehen. Sie war tatsächlich im Begriff, sich hier häuslich einzurichten, und sie sah keinen Grund, weshalb sie Margaret nicht bei sich haben sollte.

4

Miß Florence Reade sagte zu ihrer Schwester Edith, die das unbestrittene Oberhaupt der Schule war: „Seltsam! Wieder ein Brief, der Margaret Walpole betrifft."

Der vom gestrigen Tag war beunruhigend gewesen. In ihm wurden die Schwestern Reade informiert, daß Charles Overton sich in Zukunft als nicht mehr zuständig für das Kind betrachte und daher auch nicht mehr für die Kleine aufkommen werde.

Trotz ihres Zorns und ihrer Enttäuschung, was Hebe betraf, hatte Mrs. Paske diesen Brief — von Sir Charles diktiert — mit Bedauern geschrieben. Sie hatte Einwendungen gemacht, vorgebracht, daß das Kind nicht für das schlechte Benehmen seiner Mutter büßen sollte, und gefragt, was nun aus dem armen kleinen Ding werden würde?

Aber es war vergebens gewesen. Sir Charles war zutiefst verletzt und tat nun alles, um andere zu verletzen. Da Hebe außer Reichweite war, kam ihm jeder Prügelknabe gelegen.

Der Brief hatte die Schwestern Reade sehr bestürzt, denn mit solchen Situationen hatten sie keine Erfahrung. Leute, die für Kinder von leicht mysteriöser Herkunft sorgten, waren zumeist peinlich bemüht, für die Kosten aufzukommen, da ihnen klar war, daß Diskretion bezahlt werden mußte.

Die drei Schwestern hatten sich Margaret Walpoles wegen Sorgen gemacht und den ganzen Abend über sie diskutiert. Das wäre bei jedem anderen Kind, das so abrupt im Stich gelassen wurde, so gewesen, aber Margaret war etwas ganz Besonderes: auffallend schön, was Miß Florence sehr gefiel; intelligent, wofür Miß Edith sich erwärmte; und wohlerzogen, was ihr Miß Constance hoch anrechnete, da die meisten kleinen Mädchen laut und schwer unter Kontrolle zu halten waren. Was, um alles auf der Welt, sollte nun mit diesem schönen, intelligenten, fügsamen Kind geschehen?

Miß Edith schlug vor, einen eisig-höflichen Brief an Sir Charles zu schreiben, in dem sie sich genau erkundigen wollten, was Sir Charles Overton vorhabe, zumal er nicht erwarten könne, daß die Schwestern Reade die Verantwortung übernehmen würden. Miß Constance schlug — gut gemeint, aber undurchführbar — vor, die Kosten für alle anderen Kinder um ein geringes zu erhöhen und den Zugewinn für Margaret zu verwenden. Miß Florence, die für die Buchführung zuständig war, wandte ein, daß das Schulgeld bereits sehr hoch sei. Aber — das fiel ihr plötzlich ein — war da außer Sir Charles Overton nicht noch jemand anders gewesen, der sich für Margaret Walpole interessiert hatte? Eine Frau, eine Mrs.... Mrs. Johnson. Miß Florence vermutete, daß es sich um die Mutter des Kindes handelte, es mußte der Orthographie nach eine Person geringen Standes sein. „Vielleicht sollte man auch ihr schreiben. Haushälterinnen und solche Leute verdienen gut und haben keine Ausgaben."

Aber nun kam genau am nächsten Morgen ein Brief von Mrs. Johnson selbst, wie üblich voller Rechtschreibfehler. Aber die Tatsache, daß Mrs. Johnson ihr Patenkind gern für ein paar Wochen bei sich auf dem Land haben und es übermorgen abholen wollte, war für alle eine Erleichterung.

„Dem Poststempel nach zu schließen", bemerkte Miß Florence, „ist Mrs. Johnson nicht mehr in Surrey, sondern in Birmingham." Die drei jungfräulichen Damen kamen schlagartig zu dem gleichen Schluß — eine Frau mit fragwürdiger Tugend hatte ihre Beziehung gewechselt oder war hinausgeworfen worden. Doch an der gut angezogenen, jungen Frau, die am angegebenen Tag auftauchte, um Margaret abzuholen, war nichts auszusetzen. Die geheimnisvolle Mrs. Johnson hatte ein gepflegtes Pferd — Daisy hatte Stunden damit zugebracht, Dodger in den früheren Zustand zu bringen — , und der Einspänner war ebenfalls von erster Qualität. Liederlichen Frauen, so überlegte Miß Florence, ging es auf dieser Welt am besten. Sie vermied es, ihren Schwestern gegenüber zu erwähnen, daß Mrs. Johnson stark nach Brandy gerochen hatte. Miß Florence hatte Mrs. Johnson auch absichtlich nicht nach ihrer derzeitigen Adresse gefragt.

Mutter und Tochter beobachteten einander zuerst unauffällig. Margaret erinnerte sich vage an eine hübsche, gut duftende Lady, die sie manchmal bei Mrs. Shillitoe besucht und Geschenke gebracht hatte, die aber niemals nach Manchester gekommen war und auch lang nicht mehr geschrieben hatte. Dies hier war dieselbe Frau, aber doch irgendwie anders. Ganz gewiß roch sie anders — nicht mehr nach Blumen. Daisy sah ihre Tochter, die vor Jahren ein liebreizendes, anschmiegsames Kind gewesen war, nun als ein für sein Alter großes Mädchen vor sich, noch immer hübsch, aber gewiß nicht anschmiegsam, sondern steif und reserviert. Die Schwestern Reade drückten ihre Gefühle nie physisch aus, Zärtlichkeiten waren nicht üblich. Sie schätzten es, wenn sich ihre Schülerinnen wie Miniaturladys benahmen.

„Wohin fahren wir, Mrs. Johnson?"

Daisy hätte gern ‚heim' gesagt, aber Amblebury war noch kein Zuhause. „Zu dem Haus, in dem ich wohne, Liebling. Hoffentlich wird es dir dort gefallen."

„Das wird es sicher."

„Es ist ein ziemlich merkwürdiger Ort, aber ich habe da ein hübsches Zimmer. Du schläfst in einem danebenliegenden kleineren. Es sind noch andere Leute dort, aber die müssen wir nicht oft zu Gesicht bekommen." Nach wie vor betrachtete Daisy Amblebury als Zwischenstation, die sie verlassen würde, sobald Hugos Brief eingetroffen war. Seit seiner Abreise war nun fast ein Monat verstrichen.

Mr. Wheeler hatte keinen Einwand erhoben, als Daisy verkündet hatte, ihr Patenkind, ein achtjähriges Mädchen, würde zu ihr kommen. Er hatte Captain Stirlings schriftliche Zusicherung, daß alles Geld, das er für Mrs. Johnson auslegte, zurückerstattet würde. Er hatte begonnen, in seinem Auslagenbuch jeden Penny einzutragen, den ihn Mrs. Johnson kostete, aber das ergab keine sonderlich eindrucksvolle Summe; deshalb hatte er sich entschlossen, einfach zwei Pfund pro Woche zu berechnen; das gleiche würde er für das Kind verlangen.

Die beiden hielten unterwegs an einem Gasthof, um zu Mittag zu essen. Daisy bestellte Brandy für sich selbst und Limonade für Margaret.

Es war das zweitemal in ihrem kurzen Leben, daß Margaret sich plötzlich an veränderte Umstände gewöhnen mußte. Die Schule unterschied sich sehr von dem Leben bei Mrs. Shillitoe, und nun war wieder alles anders. Vielleicht sogar angenehmer. Aber unbewußt verband sie das Erscheinen Daisys mit einer Empfindung flüchtigen Vergnügens, gefolgt von einer kurzen Zeit des Jammers. Es war Margaret unmöglich, sich bei dieser freundlichen, nachsichtigen Person ebenso sicher zu fühlen, wie in der Schule. Dort war alles ganz einfach: Bestimmte Dinge durfte man nicht tun, und da man gefallen wollte, tat man sie auch nicht. Und ebenso ging es mit den Dingen, die man tun sollte — um Lob zu ernten, tat man sie. Es war eine enge, kleine Welt, in der Margaret seit drei Jahren lebte, aber sie war ordentlich und sicher. Und eigentlich war sie auch glücklich; zum Teil lag das an Phyllis, einem Mädchen, das wie Margaret nie in den Ferien nach Hause fuhr, das keine Eltern und keinen Vormund hatte, nie beim Rechnen das richtige Ergebnis herausbekam, für ihre kleine Freundin jedoch ihrer Drolligkeit und Phantasie wegen von unwiderstehlicher Anziehungskraft war.

Am Nachmittag des zweiten Tages trafen sie und Daisy in Amblebury ein. Sie gingen durch die im Augenblick leere Küche hinauf in Daisys Zimmer, wo diese als erstes frische Blumen in die Vase stellte — Päonien, die sie in einer kleinen Stadt unterwegs gekauft hatte —, und zwar unter das Bild eines Mannes.

Margaret bertrachtete Hugos Bild. „War das Mr. Johnson?"

„Nein, Liebes. Das ist Captain Stirling. Hugo Stirling."

„Ist er tot?"

„Ich hoffe zu Gott... Nein, Liebes. Wie du siehst, ist er Seemann, und im Augenblick segelt er über das Meer." Sie entzündete eine kleine Flamme im Spirituskocher und stellte den Wassertopf darauf. „Ich hole unten ein bißchen Milch. Dann trinken wir Tee und packen aus."

Mrs. Wheeler war in der Küche, als Daisy herunterkam, und damit beschäftigt, die Schnittenden von frisch gestochenem Spargel mit einem feuchten Tuch zu reinigen. Beim Anblick der jungen Frau brachte sie trotz des schmerzenden Rückens ein Lächeln zustande. „Sie sind also zurück. Wie geht es dem kleinen Mädchen?"

„Sehr gut, danke." Sie rief die Treppe hinauf: „Margaret, komm mal einen Augenblick herunter." Margaret, an sofortiges Folgen gewöhnt, kam herunter und blieb unten an den Stufen neben Daisy stehen. „Das ist mein Patenkind, Margaret Walpole. Margaret, das ist Mrs. Wheeler."

Margaret, wohlerzogen, machte einen kleinen Knicks. „Guten Tag, Mrs. Wheeler."

Nicht einmal Mrs. Wheeler konnte die auffallende Ähnlichkeit zwischen den beiden entgehen. Aber obwohl sie erkannte, was offensichtlich war, nahm sie es mit Gelassenheit hin. Völlig aufrichtig sagte sie: „Ich bin froh, daß Sie zurück sind, Mrs. Johnson. Ich habe Sie vermißt."

Abgesehen von ein bißchen Hilfe beim Abwaschen, einer gelegentlich angebotenen Tasse Tee und beiläufiger Freundlichkeit hatte Daisy nichts getan, um Mrs. Wheelers Herz zu gewinnen — aber der alte Charme wirkte noch immer.

Oben, in dem kleinen Ankleideraum, der für Margaret eingerichtet worden war, packten die beiden aus, und als Margaret feststellte, daß ihre Winterkleider mitgenommen worden waren, stellte sie die naheliegende Frage: „Gehe ich nicht wieder in die Schule zurück, Mrs. Johnson?"

„Das hängt von den Umständen ab, Liebes." Miß Florence hatte ihr die Situation klargemacht, ihr sogar Sir Charles' Brief gezeigt. Falls Margaret im September zurückkehren würde, so mußte jemand die Kosten zahlen, für die Sir Charles bisher aufgekommen war — und zwar im voraus. Daisys Unbekümmertheit in Gelddingen hatte sie bewogen, dies auf die leichte Schulter zu nehmen — was zählte, war das Glück des Kindes. Sie hatte also ausweichend geantwortet, und Miß Florence hatte gesagt, sie müsse bis Ende Juni Bescheid wissen.

Bisher hatte Margaret allerdings nicht erkennen lassen, daß sie glücklicher war als vorher. Auf alle Fragen, ob ihr das oder jenes gefalle oder ob sie sich wohl fühle, kam die stereotype Antwort: „Ja, vielen Dank." Keinerlei Begeisterung. Daisy vermutete dahinter Schüchternheit — etwas, das ihr selbst völlig fremd war — und glaubte, eine etwas weniger formelle Anrede würde die Dinge erleichtern.

„Du brauchst mich nicht Mrs. Johnson zu nennen, mein Liebes. Sag Hebe zu mir." Sie entsann sich des Ausdrucks in Mrs. Wheelers Augen und fügte hinzu: „Oder besser Cousine Hebe."

Als alles ausgepackt war, schlug Daisy vor, einen Rundgang durch das Haus zu machen. Sie versuchte unterhaltsam zu sein, zumal ihr klar war, daß Margaret keinerlei Erfahrung mit vornehmen Häusern hatte. Sie erklärte alles, gab drollige kleine Vorstellungen. Margaret lauschte und beobachtete, reagierte jedoch nicht. Nur einmal schauderte sie leicht.

„Ist dir kalt, Liebling?"

„Nein, Mrs. — Cousine Hebe."

„Fühlst du dich wirklich wohl?"

„Ja, danke.“

„Könnte man hier nicht herrlich Versteck spielen?“ Daisy war der Gedanke gekommen, daß es ja Kinder in der Umgebung gab. Die armen kleinen Wheelers kamen als Gesellschaft für Margaret nicht in Frage, sie waren immer allzu beschäftigt und eigentlich gar keine richtigen Kinder.

„Ich möchte nicht widersprechen“, begann Margaret in ihrer gewohnten wohlerzogenen Art, um dann plötzlich einer Emotion Ausdruck zu verleihen. „Nein, es wäre schrecklich! Es ist wie ein Haus, in dem alles gestorben ist!“

„O nein, es wartet nur“, sagte Daisy. Wartete worauf? Darauf, daß Hugo zurückkehrte — mit einem Haufen Geld. Dann würde es Bedienstete, Licht und Kaminfeuer geben. Natürlich konnte sie, solange Sir Charles und diese Frau in Jamaika lebten, Hugo nicht heiraten, aber was spielte das schon für eine Rolle? Illegale Verbindungen, so wie die ihre damals mit Jack Skelton, konnten sehr glücklich sein. Sie hatte allerdings unglücklich geendet, aber das war Jacks Schuld gewesen. Er hatte sie nie wirklich geliebt. Und nun, nach Jahren, als sie sagte: „Komm, gehen wir in unsere Zimmer zurück“, kam ihr der Gedanke, daß dieses kleine Mädchen ebensogut Jacks wie ihr Kind war. Es konnte durchaus seine kühle Wesensart geerbt haben. Sie mußte also Geduld und Verständnis haben. Und zudem war das Kind vielleicht müde.

So unglaublich es scheinen mochte, Margaret hatte Heimweh nach ihrer Schule. Nach den ersten, verwirrenden Tagen in Manchester hatte sie sich bereitwillig in die Routine eingefügt; jede Minute war ausgefüllt, für das Verhalten gab es feste Regeln, streng, aber gerecht, es bestand eine eindeutige Hierarchie. Und dann waren da natürlich ihre Kameradinnen — vor allem Phyllis.

Und Daisy, obwohl guten Willens, konnte sich nicht ausschließlich mit Margaret beschäftigen. Sie wartete auf den Brief, der mit Sicherheit kommen mußte, bis jetzt aber nicht eingetroffen war. Sie dachte viel an Hugo, und auch, zum erstenmal in ihrem Dasein, an ihre finanzielle Lage. Mr. Wheeler sagte mit vollem Recht, daß er sich bereit erklärt habe, Unterkunft und Verpflegung für eine Lady zu stellen, daß aber von einem Pferd nicht die Rede gewesen sei. Wenn Mrs. Johnson Hafer für Dodger brauche, dann müsse sie bereit sein, das zu zahlen, was Mietställe verlangten, nämlich fünfzehn Pence pro Tag.

Es war ganz nutzlos, daß sie sagte: „Aber Mr. Wheeler, ich bezahle ja jetzt mein Essen und das meines Patenkindes selbst. Läßt sich das nicht gegeneinander verrechnen?“

„So war's nicht abgemacht. Captain Stirling hat gesagt..."

Also ließ sie das nächste Schmuckstück durch Mr. Wheeler verkaufen — ein hübsches, aus Kameen und Goldgliedern bestehendes Armband. Einige Kleinigkeiten wurden dafür gekauft, Margaret wuchs so schnell, brauchte ein paar neue Kleider. Dann waren da die Kosten für Dodgers Hafer und die zusätzliche Milch.

Und es gab noch das Problem: für Margaret Kinder zu finden, die mit ihr spielten.

Die Frauen der Umgebung hatten natürlich bemerkt, daß eine Fremde, die aussah wie eine Lady, bei den Wheelers im großen Haus wohnte. Eine Verwandte konnte sie nicht sein, entschieden sie. Vielleicht ein Pensionsgast — aber wer von einigermaßen gesundem Menschenverstand würde dort wohnen wollen? Die Frau schien über ein eigenes Pferd und einen Einspänner zu verfügen. Ein paar Ehemänner, die einen Blick auf sie werfen konnten, behaupteten, sie sähe gut aus. Also Vorsicht! Nun hatte sie offenbar seit einiger Zeit ein kleines Mädchen bei sich, wahrscheinlich ihre Tochter. Alles sehr geheimnisvoll.

Daisy nahm mit gewohnter Unbekümmertheit ihre Pläne in Angriff. Sie kannte die Spielregeln — es war Sache der Nachbarschaft, Neuankömmlinge aufzusuchen, sofern sie eine Bekanntschaft wünschten. Aber da niemand das bisher getan hatte, mußte sie die ersten Schritte tun. Während ihrer Spaziergänge entlang der Elm Avenue prägte sie sich die Häuser ein, in denen es Mädchen in Margarets Alter gab. Einen Anknüpfungspunkt fand sie schließlich bei der Frau, die ihr am Abend ihrer Ankunft den Weg gewiesen hatte. Die Lupinen waren inzwischen verblüht, die Rosen waren nun an der Reihe.

„Guten Abend. Ich glaube, Sie waren damals so freundlich, mir den Weg zu zeigen."

„Ja, ich erinnere mich."

„Ich habe schon die ganze Zeit über Ihren Garten bewundert. Oh, ich bin Mrs. Johnson, und das hier ist meine kleine Cousine Margaret Walpole." Margaret machte einen Knicks und lächelte steif.

„Ich bin Mrs. Yates. Natürlich haben Sie oben in der Villa nun keinen Garten mehr. Ein Jammer!" Danach wurde das Gespräch ohne Schwierigkeit auf Margarets Bedürfnis nach Gesellschaft gelenkt, und Mrs. Yates war auch hier hilfreich. Sie selbst hatte nur Jungen, die im Augenblick auf der Schule waren, aber Mrs. Choat hatte zwei Töchter, Mrs. Turnbridge eine und Mrs. Wakefield drei. „Wenn Sie morgen zu mir zum Tee kommen wollen, dann könnte ich Sie vorstellen."

Das war ein vielversprechender Anfang, und er führte zu dem, was sich Daisy erhofft hatte, zu jungen Freundinnen für Margaret. Aber sie wurde dafür mit einer anderen Schwierigkeit konfrontiert: der Neugier der Vorstadtbewohner. Wenn sie Mrs. Johnson war, wo war dann Mr. Johnson? Lebte er oder war er tot? Was tat er? Und wo? Nie zuvor hatte sich Daisy so dem inquisitorischen Wissensdurst neugieriger und im Grund hochnäsiger Frauen ausgesetzt gesehen. Zudem waren zwei der Anwohner Ambleburys nicht neu; Mrs. Wakefield und Mrs. Turnbridge waren in der Nähe aufgewachsen und wußten mehr über Hugo als Daisy selbst.

„Als wir hörten, daß Sie hier sind", sagte Mrs. Wakefield, „haben wir uns gefragt, ob Sie vielleicht eine Verwandte sind — eine Grey oder Spanton. Früher waren immer so viele junge Leute in der Villa."

Daisy hatte sich für eine Rolle entschieden. „Captain Stirling war ein Bekannter meines verstorbenen Mannes."

Die Stimmen wurden gesenkt, ein Tribut an die Trauer. Erst seit kurzem Witwe? Aber sie trug keine Trauerkleidung und auch keine Medaillons mit einem Bild.

„Nach dem Tod meines Mannes habe ich bei einer Tante gewohnt, aber sie ist ebenfalls Anfang dieses Jahres gestorben. Dann traf ich im Haus eines gemeinsamen Bekannten Captain Stirling wieder, und er bot mir sein großes Haus an, und so..." Eine Geste vollendete den Satz.

„Er muß es wohl seit längerem nicht gesehen haben", sagte Mrs. Yates.

„Und gerochen", sagte eine andere.

„Der Teil, den ich bewohne, ist recht hübsch. Und Gerüche sind in einem Bauernhaus unvermeidlich."

„Zugegeben. Aber mein Mann hat erst neulich gesagt, er frage sich, ob Captain Stirling weiß, wie viele Übergriffe sich dieser Wheeler inzwischen geleistet hat."

„*Mister* Wheeler", sagte die munterste der Ladys und lachte.

„Mrs. Johnson wird es ihm ja mitteilen können", sagte Mrs. Yates. „Am meisten tut es mir um den Garten leid."

„Das wird leider noch einige Zeit dauern. Als ich Captain Stirling zuletzt gesehen habe, war er im Begriff, eine Reise anzutreten, die mindestens ein Jahr dauern wird."

„Bis dahin werden Schweine im Salon sein", sagte die muntere Lady, Mrs. Choat.

Obwohl Daisy Mr. Wheeler nicht leiden konnte, fühlte sie sich, schon in ihrem eigenen Interesse, verpflichtet, zu sagen: „Das halte ich doch für unwahrscheinlich. Seine Pflichten als Hausverwalter nimmt Mr. Wheeler sehr ernst.“

Wie ernst er sie nahm, erfuhr Daisy ein paar Tage später, als sie die Einladung bei Mrs. Yates ihrerseits erwidern wollte. Sie dachte an etwas ganz Einfaches: eine Teegesellschaft für Mütter, die Whist spielten, und für die dazugehörigen sechs kleinen Mädchen, die in dem geräumigen Haus Versteck spielen konnten. Aber dazu mußte sie den Salon benutzen.

Mr. Wheeler, der selbst die Fähigkeit besaß, sich Dinge anzueignen, merkte sofort, wenn jemand anderes das vorhatte. Daisys Anwesenheit war ihm ohnehin zuwider, und es behagte ihm ganz und gar nicht, daß sie seinen Kindern Kekse und Biskuits schenkte und seiner Frau nahelegte, sich mit Rücksicht auf ihren Zustand ein wenig zu schonen. Was die Leute in der Straße betraf, so haßte er sie wegen ihrer Hochnäsigkeit. Er hatte keinesfalls die Absicht, sie und ihre Gören in dem Haus zu dulden, das er sogar jetzt als sein eigenes betrachtete. Wenn es sein mußte, konnte er ausfallend werden.

„Sie wissen nicht, wovon Sie reden. Das ist eine Arbeit, für die zwei Männer zwei Tage brauchen. Und wer macht hinterher alles so, wie es vorher war? Ich vielleicht? Jetzt, während der Heuernte? Und wenn etwas kaputtgeht? In seinem Brief hat Captain Stirling bloß geschrieben, daß Sie Unterkunft und Verpflegung bekommen. Von Pferden, Kindern und Gesellschaften hat er nichts geschrieben. Also, ich sage nein, und dabei bleibt es.“

Daisys Augen funkelten, und sie war bereit, sich mit ihm zu streiten. Aber Mr. Wheeler hatte die stärkeren Geschütze auf seiner Seite. „Ich habe die Schlüssel. Notfalls schließe ich das Haus einfach ab.“

Er war sich jetzt über die Situation weitgehend im klaren. Diese Mrs. Johnson fragte doch fortwährend nach einem Brief. Aber es war nie einer für sie gekommen, und Mr. Wheeler, der zwei und zwei zusammenzählen konnte, ahnte die Wahrheit. Ein Unruhegeist wie Captain Stirling nahm mit Sicherheit Frauen ebenso leicht wie er sich wieder von ihnen trennte; für diese hier hatte er ein wenig vorgesorgt, ihr ein Dach über dem Kopf und Nahrung verschafft, dazu ein paar Klunker, die sie verkaufen konnte — das war mehr, als die meisten für ihre ausgehaltenen Frauen taten.

Daisy fügte sich wohl oder übel. Zu all dem kam noch, daß Margaret sich eigentlich mit keinem der kleinen Mädchen aus der Straße angefreundet hatte. Es war nichts weiter an ihnen auszusetzen, nur war keine von ihnen Phyllis.

Da es Daisy nicht möglich war, die Gastfreundschaft der anderen Frauen zu erwidern, fragte sie: „Margaret, würdest du gern in die Schule zurückgehen?" Und damit wurde der Funke entfacht, den keine Zärtlichkeit, keine Nachsicht und Zuneigung hatten hervorlocken können. „O ja, Cousine Hebe!" sagte Margaret. „Gern! Phyllis wird dort sein, und sie vermißt mich sicher ebenso wie ich sie. Und in den Ferien wird Miß Constance..." Sie brach ab, weil ihr einfiel, daß man die angenehmen, aber nicht die unwahren, die wahren, aber nicht die unangenehmen Dinge sagen durfte. Sie entsann sich auch der Picknicks, der Marionettenaufführungen, der Besuche im Zoo, all der Dinge, die eine der Schwestern Reade immer organisierte, um den Kindern, die kein Heim hatten, die Ferien zu versüßen.

„Gut", sagte Daisy. „Du kannst morgen zurückfahren — wenn du dir sicher bist." Damit wenigstens einer von ihnen beiden in dieser trübseligen Situation glücklich sei.

Margaret war sich sicher. Und Daisy brauchte vierzig Pfund für das Schuljahr; und für das nächste und das übernächste. Zum erstenmal in ihrem Leben dachte sie in finanzieller Hinsicht an die Zukunft. Aber dann fiel ihr ein, daß ja Hugo nach einem Jahr zurück sein würde. Dann käme alles wieder in Ordnung.

„Fünfzig Pfund", sagte Mr. Wheeler. „Das ist ein Haufen Geld. Da brauche ich etwas, das so viel wert ist."

„Ich habe es hier. Das sind Diamanten, die weit mehr wert sind als das." Es war ihr Verlobungsring, der mittlere Stein hatte die Größe einer Erbse. Es war das kostbarste Schmuckstück, das sie mitgebracht hatte.

„Vielleicht, vielleicht auch nicht. Wir werden's sehen. Wenn nicht, müssen Sie Schulden bei mir machen. Ich habe zur Zeit ungefähr so viel." Er mißtraute den Banken und zog es vor, seine Schätze in Reichweite und Sicherheit aufzubewahren.

Vor langer Zeit war Amblebury einmal von einem Graben umgeben gewesen. Der größte Teil war später aufgefüllt und Bestandteil des Gartens geworden. Ein Teil war als Teich geblieben, von Trauerweiden überschattet. In letzter Zeit diente er als Ententeich, und seine Umgebung war lehmig und schmutzig, aber am einen Ende gab es noch Reste einer alten Steinmauer. Kein Dieb, wie findig auch immer, würde ein

Stück Mauer als Versteck für einen Schatz in Betracht ziehen, und kein Feuer konnte ihn dort bedrohen. Eichenholz verrottete nicht leicht, und Gold konnte nicht rosten.

Abgesehen davon, daß Mr. Wheeler Mrs. Johnson für eine abgeschobene Geliebte hielt, wußte er, daß sie trank. Vielleicht würde sie sich später nicht mehr so genau an alles erinnern. Ohne die geringsten Bedenken fügte er der Liste seiner Unkosten ‚Ausgeliehen fünfzig Pfund' hinzu.

5

Vierzig Pfund, im voraus für die Zeit bis Weihnachten bezahlt. Das Kind kehrte wohlaussehend in die Schule zurück und hatte erheblich mehr Gepäck bei sich als bei seiner Abreise. Offenbar war Margaret auch sehr glücklich, wieder da zu sein. Miß Florence freute sich, sie wiederzusehen. Fünf Pfund wurden für zusätzliche Kosten entrichtet.

Nach getaner Pflicht fuhr Daisy nach Amblebury zurück und kam sich sehr verloren vor. Sie hatte als Geliebte bei Jack Skelton versagt, als Mutter bei Margaret, als Ehefrau bei Charles, ja sogar als Freundin bei Martha. Nichts davon war beabsichtigt gewesen. Es war einfach passiert. Selbst was Hugo betraf, hegte sie jetzt ihre Zweifel. Der versprochene Brief war nicht eingetroffen. Und wenn man sich nicht hinlegen und aus Verzweiflung sterben wollte, mußte man eben Zuflucht zum Brandy nehmen.

Unterwegs wurde sie von einem schweren Unwetter überrascht und war naß und deprimiert, als sie in Amblebury in die Küche trat, die nicht einmal in den besten Zeiten einen aufheiternden oder einladenden Eindruck machte. Aber an diesem Abend war die Atmosphäre besonders spannungsgeladen. Mrs. Wheeler und das älteste Mädchen saßen nicht am Tisch, das jüngste Kind weinte und weigerte sich zu essen.

„Wo ist Mrs. Wheeler?" fragte Daisy.

„Sie kriegt das Baby. Es kommt zu früh."

„Wer ist bei ihr?"

„Betsy. Die Frau, die wir für August bestellt haben, ist woanders."

„Ah so." Daisy ging die Treppe hinauf und blieb oben zögernd stehen. Sie empfand gegenüber Mrs. Wheeler keine besondere Verpflichtung, aber die arme Frau war, zumindest in Abwesenheit ihres Mannes, immer höflich und für die geringste Freundlichkeit dankbar gewesen.

Und die älteste Tochter war kaum vierzehn... Immer noch zögernd, aber aus einem Instinkt heraus, der so alt war wie die Menschheit selbst, wandte sich Daisy oben nach rechts, statt nach links.

„Oh, Gott sei Dank", sagte Mrs. Wheeler. Dann brachten die Wehen sie zum Schweigen.

„Weißt du, was du tun mußt, Betsy?"

Betsy war wie ein verängstigtes Tier. „Nein. Mutter hat mit der alten Saunders gerechnet, aber die war nicht da, als Bert sie holen wollte." Keines der Wheelerschen Kinder war Daisy je menschlich vorgekommen, aber nun schien dieses hier es doch zu sein, und sie fühlte sich verpflichtet, die Kleine zu trösten. „Schon gut, Betsy. Tu einfach das, was ich dir sage."

Da bin ich also nun, fast am Ende meiner Kräfte, und muß wieder eine Rolle übernehmen. Und dazu eine ohne jeden Unterhaltungswert — die einer ruhigen, tüchtigen Hebamme.

Zwischen den Wehen, die schwächer zu werden schienen, anstatt zuzunehmen — ein schlechtes Zeichen —, erzählte Mrs. Wheeler, was geschehen war. Sie hatte die Käse auf dem obersten Regal in der Milchkammer umgedreht, als der erste Schmerz sie überfiel. „Und dann war Mrs. Saunders nicht da... Ah, das hat aber jetzt ausgegeben. Es kann nicht mehr lange dauern. Ich habe sechs geboren, und beim letzten war es so leicht wie'n Tischtuch auswringen... Aah! Und ich habe gedacht, damit wäre es jetzt aus und vorbei... Aah — o Gott!"

Ein totes Kind zur Welt zu bringen, war eine weit mühseligere Arbeit, als ein lebendiges zu gebären; aber Daisy wußte nicht genug, um das eigentliche Problem zu erkennen. Sie schickte Betsy weg, damit sie Tee machte und Brandy aus ihrem eigenen Zimmer holte. Sie goß reichlich Alkohol in die beiden Tassen und überredete Mrs. Wheeler, daran zu nippen. „Versuchen Sie es doch, Mrs. Wheeler, es wird Sie ein bißchen kräftigen. Betsy, trink deinen Tee und dann geh zu Bett. Ich werde dich rufen, wenn ich dich brauche."

Mr. Wheeler hatte hereingeschaut, mehr vergrämt als besorgt. Als er wieder davongepoltert war, um irgendwo ein Bett für sich zu finden, sagte Mrs. Wheeler: „Ich bin Ihnen so dankbar. Das werde ich Ihnen nie vergessen." Dann fügte sie düster hinzu: „Ich habe nichts dagegen, zu sterben. Ich bin schon so lange so müde."

Daisys Antwort war konventionell. „So etwas dürfen Sie nicht denken. Vergessen Sie Ihre Kinder nicht."

Mrs. Wheeler, eine schöne, lange Grabesruhe vor dem inneren Auge, hatte sehr wohl an ihre Kinder gedacht, aber eher von einem praktischen Gesichtspunkt aus.

„Betsy kann kochen", sagte sie. „Ich habe es ihr ein bißchen beigebracht, bevor die Feldarbeit und die Sparerei anfingen. Man kann es sich jetzt kaum mehr vorstellen, aber wir waren mal fast so wie andere Leute." Eine Wehe kam und ging. „Wie ich mit einem neuen Kind zurechtkommen soll, weiß ich wirklich nicht. Bei den anderen war ich nicht so schlecht dran."

„Ich werde Ihnen so gut wie möglich helfen, so lange ich hier bin. Aber das wird nicht mehr lange sein."

„Ich kann's Ihnen nicht verdenken. Im Winter ist es noch schlimmer. Ich hätte es Ihnen ein bißchen behaglicher machen sollen, aber da war einfach nie Zeit dazu."

„Ich weiß. Machen Sie sich keine Gedanken, Mrs. Wheeler."

Mrs. Wheeler ergriff mit den dünnen, arbeitsharten Fingern Daisys Handgelenk. „Wenn es kommt, rufen Sie bitte Betsy nicht. Sie und ich können das allein. Sie ist noch ein bißchen jung."

Es war dann kein Beistand einer Hebamme nötig. Das Kind war tot.

„Es tut mir leid, Mrs. Wheeler. Das Baby ist tot."

„Da bin ich froh", sagte Mrs. Wheeler und schlief vor Erschöpfung ein.

Inzwischen war die übrige Familie lebendig geworden, und Mr. Wheeler, der in Berts Bett gut geschlafen hatte, während Bert auf dem Boden lag, blickte mürrisch herein, als ob die ganze qualvolle Nacht überhaupt nichts mit ihm zu tun gehabt hätte.

„Na?"

„Das Kind ist tot."

„Um so besser. Geht es ihr gut?"

„Das hoffe ich."

„Dann werde ich es begraben."

‚Es!' Armes kleines unerwünschtes Stückchen Mensch, dem noch nicht einmal eine Geschlechtsbezeichnung zuteil wurde, das ‚sie' oder ‚er', das der Taufe und der Namensgebung vorausging. Etwas von der alten Daisy Holt, diesem fast vergessenen Geschöpf, das unverschämt zu Mrs. Westcott gewesen war und Kitty Hammond widerstanden hatte, erwachte flüchtig zu neuem Leben.

„Und Sie sind dafür verantwortlich. Wenn sie nicht so überarbeitet gewesen wäre und auf einem Hocker stehend Käse hätte umdrehen müssen, wäre alles gut gegangen. Und sie würde..."

Es war ihr unmöglich, ihre Anschuldigungen fortzusetzen; plötzliche Übelkeit stieg in ihr auf, sie mußte zum Fenster rennen, es aufreißen und sich übergeben.

Es war demütigend, hatte jedoch nichts zu bedeuten. Jeder Frau, die mit ihren eigenen Händen und ohne Kenntnisse bei einer Totgeburt behilflich gewesen war, konnte hinterher schlecht werden.

Aber da war noch etwas anderes, das überdacht werden mußte. Die Zeit! Was hatte sie alles in den letzten paar Wochen hinter sich gebracht. Sie hatte Hugo gefunden und wieder verloren; Wichfield hatte sie verloren; Margaret hatte sie verloren, nachdem sie sie eine Weile gehabt hatte. Es war kein Wunder, daß sich ihre Periode verspätete!

Hugos Brief, so lange und sehnsüchtig erwartet, kam gerade zu dem Zeitpunkt, als sich ihr Verdacht zur Gewißheit erhärtet hatte. In vieler Hinsicht war es ein guter und zufriedenstellender Brief. Er war in Abständen geschrieben worden, ein Zeichen, daß er oft an sie gedacht hatte. Er begann: „*Auf See. Zwei Tage seit Plymouth. Liebling, ich kann Dir gar nicht beschreiben, wie schwer es mir gefallen ist, Dich verlassen zu müssen, und wie sehr ich mir wünsche, Du wärst hier. Ich habe in meinem Leben von vielen Menschen Abschied nehmen müssen, aber nie hat es mich so getroffen wie bei Dir, und ich bezweifle, daß es je noch einmal so sein wird.*" Daisy, die noch nie einen Liebesbrief erhalten hatte, las diese Worte immer wieder und überflog dafür die nächsten Sätze, bei denen es sich um das schlechte Wetter handelte und darum, wie die arme alte ‚Seejungfrau' durcheinandergeschüttelt wurde. Dann wieder persönliche Worte. „*Meine Liebste, ich hoffe Du fühlst Dich in Amblebury heimisch und die Wheelers sorgen gut für Dich. Das Merkwürdige ist, ich habe so oft daran gedacht, den alten Kasten loszuwerden, habe es aber nie über mich gebracht. Jetzt weiß ich, warum. Es tut mir leid, daß ich die besten Gemälde verkauft habe. Aber das macht nichts; wenn meine Schatzsuche Erfolg hat, können wir andere kaufen.*"

Dieser Hinweis auf eine gemeinsame Zukunft war herzerwärmend.

„*Ich habe über unsere Zukunft nachgedacht. Vermutlich kann ich mich von Eugénie scheiden lassen, denn sie hat sich von mir getrennt. Andererseits war ich damit einverstanden, habe für sie Unterhalt gezahlt und sie nie gebeten zurückzukommen. Das mag nach all diesen Jahren die Sache komplizierter machen. Ich werde versuchen, die Angelegenheit zu regeln, wenn ich nach Jamaika komme. Selbst wenn Eugénie...*" Die letzten sechs Worte waren ausgestrichen. „*Bleibt Sir Charles.*

Würde er sich von Dir scheiden lassen? Vielleicht stirbt er auch. Klingt das sehr brutal? Schließlich hatte er lange Deine Gesellschaft und konnte Deinen Anblick genießen. Beneidenswert! Gute Nacht, meine Liebste."

Dann kam ein Blatt Papier, das er anscheinend in Hast vollgeschrieben hatte. *„Liebling, ich bin an Land und kann Dir nur in aller Eile schreiben und den Brief der ‚Pelikan' mitgeben, die morgen früh in See sticht. Die Römer nannten die Kanarischen Inseln die ‚Inseln der Seligen', und als solche haben sie sich mir gegenüber erwiesen. Einer der ersten Menschen, auf die ich stieß, war ein Bursche, dem ich einmal vor vielen Jahren zehn Pfund geliehen habe. Er ist Spanier, und als solcher hält er viel auf Ehre. Er sagte, er habe das geborgte Geld immer als Anlage betrachtet — er ist jetzt im Indigogeschäft tätig und reich geworden. Er beharrte darauf, mir zweihundert Pfund zurückzugeben — als Zinsen, wie er behauptet. Ich brauche hundert davon für Reparaturen und Aufstockung der Vorräte. Die anderen hundert — dies sage Wheeler — werden an Selbys Bank geschickt, auf seinen Namen. Sie sind für das Haus und für Dich. Es ist nicht viel, Liebling, das weiß ich, aber Wheeler ist sparsam..."*

Daisy las all das noch einmal, was sie den ‚Liebesteil' des Briefes nannte, und versuchte, sich zu freuen. Es war ein wunderbarer Brief, voller Zärtlichkeit und Plänen für die Zukunft, aber ihre düstere Gemütsverfassung blieb bestehen. Wie wenig wußte er von den tatsächlichen Zuständen hier!

Mr. Wheeler sah keinen Grund, warum seine Frau nicht nach ein paar Tagen wieder wohlauf sein sollte; so war das vorher immer gewesen, und diesmal brauchte sie ja kein Baby zu stillen.

„Sie muß mindestens eine Woche lang im Bett bleiben", sagte Daisy. „Ich werde ihre Arbeit machen."

Zum erstenmal, seit sie ihn kannte, lachte Mr. Wheeler. Es klang nicht angenehm.

„Haben Sie jemals ein Huhn gerupft und ausgenommen?"

„Nein. Aber das hat bestimmt noch eine Woche Zeit."

Sein Gesicht wurde sofort wieder mürrisch. „Reden Sie nicht so dumm daher. Ein wöchentlicher Kunde ist ein wöchentlicher Kunde." Aber eben der Gedanke an den Kunden hielt ihn davon ab, Daisy Hühner rupfen und bratfertig machen zu lassen.

Angewiesen von Mrs. Wheeler, die mit schlechtem Gewissen im Bett lag, brachte sie die Arbeit in der Milchkammer hinter sich, selbst die Butter bereitete sie zu. Sie erntete Erbsen und Erdbeeren, sammelte die

Eier ein und wusch sie. Sie kochte, was vielleicht die schwierigste Aufgabe war, denn das Haushaltsgeld war minimal.

Dann war da die Frage der Krankenkost. Daisy entsann sich all der Leckereien, die sie nach Margarets Geburt erhalten hatte. Hier war das undenkbar, aber zumindest mußte Mrs. Wheeler Fleisch, Rotwein und Hühnerbrühe bekommen. Gute Milch stand zur Verfügung, da Daisy ihre Bestellung bisher beibehalten hatte. Zögernd stiftete Mr. Wheeler einen zähen Hahn. Alles übrige erstand Daisy vom Rest des Geldes, das sie für den Ring bekommen hatte — auch Brandy, den sie selbst dringend brauchte, so wie sie arbeitete und angesichts der dämmernden Erkenntnis, daß sie schwanger war.

Immer hatte sie vorgehabt, hier nur so lange zu bleiben, bis Hugos Brief kam, und sich dann eine andere Bleibe zu suchen. Zuerst hatte sie geglaubt, ihr Schmuck könne sie über Wasser halten, aber offensichtlich hatte sie seinen Wert überschätzt. Na gut, sie konnte arbeiten. Wie immer, wenn sie für die Zukunft zu planen versuchte, wurden ihre Vorstellungen vage; sie wußte nicht genau, wo oder was sie arbeiten sollte, aber sie würde schon etwas Passendes finden. Und dann, nächstes Jahr, wenn Hugo käme, wollte sie nach Amblebury zurückkehren.

Daß sie schwanger war, änderte alles. Sie mußte da bleiben, wo ihr Unterkunft und Verpflegung sichergestellt waren, die ihr verbliebenen Schmuckstücke horten und geduldig warten. Und sie mußte aufhören zu trinken. Nun, da sie Hugos Brief erhalten hatte, gab es keine Ausrede mehr. Alkohol war zudem angeblich schädlich für Schwangere. Und sie konnte es sich nicht mehr leisten, Brandy zu kaufen.

Als der Brief eintraf, war die Ernte in vollem Gang, Mrs. Wheeler war wieder auf, und Daisy sagte noch immer: „Setzen Sie sich hin, ich tue es schon.“ Wenn Mr. Wheeler nicht da war, nahm Mrs. Wheeler im allgemeinen die Hilfe an, wenn auch unwillig und manchmal sogar unter Tränen.

„Ich weiß nicht, was los ist, aber es wird einfach nichts mit mir.“

„Es ist ja erst einen Monat her. Und Sie sind zu früh aufgestanden.“

„Mr. Wheeler findet das nicht. Er sagt, ich hätte zu lang im Bett gelegen. Vielleicht macht einen das wirklich schwach, aber dann schmerzt einen der Rücken nicht dauernd. Außerdem...“ und sie erwähnte ein alarmierendes Symptom.

„Mrs. Wheeler, Sie sollten sich von einem Arzt untersuchen lassen.“

„O nein!“ Hätte Daisy ein Zusammentreffen mit einem tollwütigen Hund erwähnt, so hätte Mrs. Wheeler nicht entsetzter dreinblicken können. „Denken Sie doch, was das kostet!“

„Ich bezahle es", sagte Daisy bekümmert.

„Ich glaube nicht, daß das Mr. Wheeler recht wäre."

Nach all diesen Jahren kannte sie ihren Mann doch nicht richtig. Solange er selbst nicht zu zahlen brauchte, hatte er nichts gegen einen Doktor einzuwenden, der vielleicht ein bißchen Leben in Bella brachte. Aber bevor Daisy den Hausbesuch eines Arztes bezahlen konnte, mußte sie erst zu Geld kommen. Sie benötigte auch für sich etwas.

„Mr. Wheeler, ich brauche fünf Pfund von Captain Stirlings Geld."

„Was für Geld?"

„Ich habe Ihnen doch diesen Teil seines Briefes gezeigt. Er sagte, er habe hundert Pfund geschickt, damit ich alles bekomme, was ich brauche."

„Geld fliegt nicht", sagte Mr. Wheeler. „Das kann noch Monate dauern, ich habe es Ihnen gleich gesagt. Wenn Sie fünf Pfund brauchen, leihe ich sie Ihnen, und damit wären es fünfundfünfzig."

„Ich verstehe Sie nicht. Sie haben mir fünfzig Pfund geliehen, aber ich habe Ihnen dafür den Diamantring gegeben. Er war bei weitem mehr wert."

„Das bestreite ich nicht. Aber dazu muß man erst jemanden finden, der ihn kauft. Nach der Ernte ist die richtige Zeit."

„Wenn Sie ihn nicht verkaufen konnten, wo ist er dann? Geben Sie ihn mir zurück. Ich werde es selbst versuchen."

„Das geht nicht", sagte Mr. Wheeler. „Der Mann, von dem ich gehofft habe, er würde ihn kaufen, hat ihn mit nach London genommen, weil er dort vielleicht mehr rausschlägt. Bisher habe ich noch nichts von ihm gehört. Also schulden Sie mir fünfzig Pfund, kapiert?"

„Na gut. Dann leihen Sie mir jetzt also fünf." Der Teufel soll Sie holen, Mr. Wheeler. Warten Sie bloß, bis Captain Stirling zurückkommt!

Gegen Captain Stirlings Rückkehr hatte sich Mr. Wheeler bereits gewappnet — genaugenommen seit der Zeit, als er zum Hausverwalter ernannt worden war. Sein ursprüngliches Pachtland, für das er zwanzig Pfund pro Jahr bezahlen sollte, lag hinter dem großen Haus, getrennt davon durch zwei Wiesen, die einst Weiden für die Stirlingschen Pferde gewesen waren und jetzt von Wheelers Kühen benutzt wurden. Zum Pachtland gehörte ein kleines Haus, in dem Mrs. Wheelers Kinder geboren worden waren, und dazu die üblichen Nebengebäude, die Mr. Wheeler weiter benutzte, so daß er praktisch zwei Betriebe leitete. Das kleine Haus hatte er mit wöchentlicher Kündigung vermietet, so daß die Wheelers nicht heimatlos sein würden, was immer geschah.

Mr. Wheeler hoffte jedoch, nicht dorthin zurückkehren zu müssen. Wenn Captain Stirling wiederkam, hatte er seine Geschichte parat: Die zwanzig Pfund Mieterlös hatten bei weitem nicht ausgereicht, das Haus in Ordnung zu halten, deshalb war es notwendig gewesen, den Garten zu nutzen. Und selbst dann hatten nur die dringendsten Reparaturen erledigt werden können, obwohl er, Mr. Wheeler, sein Bestes getan hatte. Angesichts eines verfallenden Hauses ohne Gartenanlage, also völlig ungeeignet als Wohnsitz für einen Gentleman, würde Captain Stirling sicher dem Angebot zugänglich sein, daß ihm Mr. Wheeler zu machen gedachte... Und dann würde ein verrückter Traum, den er schon als Junge gehabt hatte, wahr werden. Mr. Wheeler würde Amblebury besitzen.

Zwanzig Jahre früher wäre Mrs. Wheeler zum Leben einer Halbinvalidin verdammt gewesen wie so viele ihres Geschlechts, die eine schwierige Geburt hinter sich — oder zu schnell hintereinander zu viele Kinder in die Welt gesetzt hatten. Aber das Jahrhundert befand sich jetzt in seiner sechsten Dekade, und der Arzt, den Daisy ausgesucht hatte, war jung und experimentierfreudig.

Er untersuchte Mrs. Wheeler in Daisys Zimmer und Daisys Bett. Sie trug auch Daisys Nachthemd, da sie das ihre als zu unansehnlich empfunden hatte.

Das spielte dann allerdings keine Rolle, denn Dr. Acey kümmerte sich nicht um solche Belanglosigkeiten. Er sah nur eine Frau von sehr schwacher Konstitution, Mutter von sechs Kindern, die ein siebtes, ein, wie er es nannte, ‚Menopause-Kind' tot geboren hatte und nun an den Nachwirkungen litt.

Hier konnte jedoch etwas unternommen werden, und der junge Arzt war auch dazu bereit. Aber das bedeutete, daß Mrs. Wheeler ins Krankenhaus mußte, und zwar voraussichtlich für zwei Wochen. „Überlegen Sie einmal, Liebe, wie schön Sie dabei ausruhen können", sagte Daisy.

„Ja. Aber was ist mit Ihnen?"

„Das ist schon in Ordnung. Ich werde gut für die Familie sorgen."

Die Betonung war beabsichtigt. Während Mrs. Wheelers Bettlägrigkeit hatte Daisy alles vermieden, was den Mann hätte verärgern können. Er würde es nur an seiner Frau auslassen, das wußte sie.

Mrs. Wheeler war noch keine vierundzwanzig Stunden im Krankenhaus, als Daisy ihn ebenfalls fürchten lernte.

Sie hatte wie gewöhnlich Brot gebacken, aber erst am Nachmittag, da sie Mrs. Wheeler ins Krankenhaus gefahren hatte. Und dann hatte sie statt der gebackenen Kartoffeln, die aus Sparsamkeitsgründen immer zum Brot in den Ofen geschoben wurden, acht Fleischpasteten gemacht. Obwohl ihre Stimmung gedrückt war, hatte sie einen plötzlichen Appetit auf Hammelpastete bekommen, die ihre Mutter so hervorragend zubereitet hatte.

„Was ist denn das?“ fragte Mr. Wheeler, als er die erste bekam.

„Eine Hammelpastete, Mr. Wheeler. Jeder bekommt eine.“

„Hammel!“ Das bedeutete, daß Fleisch eingekauft worden war. Mr. Wheelers Schafe wurden niemals zu Hause geschlachtet, sondern zum Metzger gebracht. Neben der eigentlichen Bezahlung nahm Mr. Wheeler immer nur den billigen Hammelhals. Aber in letzter Zeit hatte er gar keine Schafe zum Metzger gebracht, also mußte dies hier gekauft worden sein. „Jeder kriegt eine halbe“, sagte Mr. Wheeler. „Der Rest wird morgen mit aufs Feld genommen.“

Gehorsam teilten die Kinder ihre Pasteten, und innerlich rebellierend, nahm Daisy auch Mr. Wheelers Hälfte entgegen. Aber das war noch nicht alles. „Ins Bett mit euch“, sagte Mr. Wheeler zu den Kindern, und sie rannten davon. Er wandte sich an Daisy: „Ich möchte ein Wort mit Ihnen sprechen.“

Bei diesem Wort handelte es sich weniger um den Einkauf von Hammelfleisch. „Hören Sie, wir wollen da mal etwas klarstellen, Mrs. Johnson. Ich dulde hier keine Einmischung. Und Sie haben sich in alles eingemischt, seit Sie hier sind. Als meine Frau ein Baby kriegte, da haben Sie uns etwas Schönes eingebrockt. Das Kind ist tot, und sie ist jetzt im Krankenhaus. Und jetzt machen Sie eine Riesenrechnung beim Metzger und setzen den Kindern Flöhe in die Ohren. Ich sage Ihnen ganz offen, ich dulde das nicht. Captain Stirling hat mir geschrieben und mich gebeten, einer Lady Unterkunft und Verpflegung zu geben. Und das habe ich getan. Aber Ihnen paßt das nicht. Na schön, wenn es Ihnen nicht paßt, gehen Sie woanders hin. Aber zuerst bezahlen Sie, was Sie mir schulden.“

„Ich schulde Ihnen überhaupt nichts, Mr. Wheeler.“

„Oh, das wollen wir doch mal sehen.“ Er stand auf, ging zu einer Schublade, nahm ein Buch heraus und begann eine Reihe von Dingen herunterzulesen; manche trafen zu — ja, sie hatte Milch und für Dodger Hafer verlangt — , aber im wesentlichen stimmte nichts.

„Mr. Wheeler, Sie wissen genausogut wie ich... da war dieses Halsband, das Armband und der Ring.“

„Da steht dann Behauptung gegen Behauptung, oder?“

Daisy, der schlagartig das Ausmaß von Mr. Wheelers Skrupellosigkeit und ihre eigene Hilflosigkeit bewußt wurde, war außer sich. Sie hatte keinen Freund auf der Welt. Nur Hugo — und der war außer Reichweite und sollte frühestens im nächsten Mai zurückkehren. Und das Baby — sie konnte es sich an den Fingern abzählen — würde im Februar kommen.

6

Mrs. Paske erhielt eine Menge Angebote, nachdem Sir Charles tot war und jeder wußte, wie schäbig er sie behandelt hatte. Nach all den Jahren ergebener Pflege nur hundert Pfund! Aber jeder hatte irgendeine alte Verwandte, die genau diese Form der Betreuung und Beaufsichtigung eines großen Hauses brauchte, die Mrs. Paske in Wichfield ausgeübt hatte. Eine solche Auswahl war verwirrend, aber da sie nach wie vor Ärzte besonders respektierte, ging sie zu Dr. McGibbons Schwester, die durch Rheumatismus leicht behindert war.

Die Skeltons zogen ein, und unter Lucys energischem Kommando funktionierte alles vorzüglich. Da sie so viel geerbt hatten, konnten sie kaum verübeln, daß sie etwas für die arme Lady Overton zahlen mußten, die in einer Antstalt namens Petwick untergebracht war. „Natürlich", sagte Lucy, „wissen wir noch nicht, wie hoch die Summe sein wird. Wenn sie unmäßig ist, könnten wir vielleicht etwas Billigeres finden."

„Nein. Wir müssen uns an die Bestimmungen des Testaments halten", sagte George. Sie erwarteten, am Ende eines Vierteljahrs eine Rechnung zu erhalten. Es kam keine. Auch nach sechs Monaten nicht. Das beunruhigte George ein wenig, der auch in seinen schlechtesten Tagen niemandem einen Penny schuldig geblieben war. Als deshalb eines Tages Mr. Copeland in einer anderen Angelegenheit kam, brachte er das Thema zur Sprache.

„Ich weiß nichts darüber", sagte der Anwalt. „Abgesehen von den Vorkehrungen, die Sir Charles Lady Overtons wegen getroffen hat, hat er nie etwas von dem erwähnt, was ein großer Schmerz für ihn gewesen sein muß. Und mir stand es nicht zu, davon anzufangen."

„Wo liegt dieses Petwick?"

„Ich weiß nicht genau. Irgendwo in Kent, glaube ich. Soll ich Erkundigungen für Sie einziehen?"

„Meine Frau wird sich darum kümmern. Sie ist gut in solchen Dingen.“

Lucy schrieb an die Anstalt und erhielt in angemessener Zeit eine Antwort. Derzeit gäbe es in Petwick keine Lady Overton, und den Unterlagen sei auch nicht zu entnehmen, daß sich jemals eine in ihrem Etablissement aufgehalten habe. Damit gab sich Lucy völlig zufrieden, aber George war nach wie vor ein bißchen beunruhigt. Einmal sagte er: „Irgendwie, meine Liebe, kann ich mich des Eindrucks nicht erwehren, daß ihr Unglück unser Glück war.“ Und er ahnte noch nicht einmal, wie nahe er damit der Wahrheit kam.

7

Aller guter Wille der Welt, alle Energie, Kraft und Entschlossenheit konnten in der Küche von Amblebury nicht viel bewirken, es roch im wesentlichen dort noch so wie an dem Tag, als Daisy sie zum erstenmal betreten hatte. Sie brauchte nur den Boden zu schrubben, und alle kamen wieder mit ihren schmutzigen Stiefeln herein. Sie konnte Tisch und Schrank bürsten, sofort war beides wieder schmierig. Der Gestank nach Zwiebeln, gekochten Kartoffeln und Hühnerfutter war nicht aus dem Raum zu verbannen.

Auch gegen Mr. Wheelers Knausrigkeit war nicht anzukommen. Er gab so wenig aus wie nur irgend möglich und gedachte dies auch beizubehalten, bis zu dem Tag, an dem er sein, wie er glaubte, unwiderstehliches Angebot machen konnte. Daß dieser Tag noch in weiter Ferne lag, war ihm nur recht, das gab ihm mehr Zeit zum Sparen und sicherte ihm seinen Triumph.

Mrs. Wheeler war auf dem Operationstisch gestorben. Die Anwendung von Chloroform barg noch immer ein großes Risiko, und der eifrige junge Arzt, der einzige, der etwas davon verstand, hatte sich vielleicht in der Dosierung verschätzt. Vielleicht aber hatte auch Mrs. Wheeler hier ihre Chance erkannt, sich in alle Ewigkeit auszuruhen, und sich einfach davongestohlen.

„Da sehen Sie, was rauskommmt, wenn man sich überall einmischt“, bemerkte Mr. Wheeler. Sein Stolz zwang ihn, Bella ein anständiges Begräbnis zukommen zu lassen, aber er grollte ob jeden

Pennys, obwohl der größte Teil der Kosten auf Mrs. Johnsons Liste unter „Verschiedenes" eingetragen wurde.

Er bekam Daisy stetig mehr in den Griff, genauso wie Amblebury selbst. Im September begann ihr Zustand deutlich zu werden, und es war typisch für ihn, daß er in diesem Augenblick zu dem Schluß kam, jemand, der Augen und Hände zu gebrauchen fähig sei, könne auch ein Huhn rupfen, und jeder, der das zuwege bringe, könne auch mit einem Dutzend fertig werden. Die Tatsache, daß sein Gast schwanger war, bestärkte ihn in der Ansicht, daß sie eine sitzengebliebene Geliebte war, für niemanden wichtig. Dies wurde für ihn zudem offensichtlich dadurch, daß das versprochene Geld nicht eintraf. Woche und Woche kam Mr. Wheeler in Selby's Bank gestapft und fragte nach den hundert Pfund, die Captain Stirling auf seinen Namen übersandt hatte. Zuerst erklärte man ihm höflich, es dauere eben eine Weile, bis ein im Ausland eingezahlter Geldbetrag nach Birmingham käme. Dann, als die Wochen vergingen, beschränkten sich jedoch die Antworten auf ein kurzes: „Nein, Mr. Wheeler."

Natürlich, dachte Mr. Wheeler verdrossen, hat es diese hundert Pfund überhaupt nie gegeben. Und auch hier traf er nicht weit daneben. Die Spanier waren, wie Hugo Stirling ganz richtig bemerkt hatte, immer sehr auf ihre Ehre bedacht. Und jener namenlose Spanier, dem er vor langer Zeit einmal zehn Pfund geliehen hatte, wirkte zwar während ihres Zusammentreffens äußerst überzeugend, aber es waren dann doch alles nur leere Worte gewesen, wie Hugo herausfand, nachdem er den Brief der „Pelikan" mitgegeben hatte.

„Da haben wir's", sagte Mr. Wheeler. „Zahlt es sich nicht aus, vorsichtig zu sein? Wenn ich nun Kohlen bestellt hätte!"

Inzwischen hatte Daisy, von Zweifeln und Depressionen geplagt, die ersten Wochen der Schwangerschaft hinter sich gebracht und war in die euphorische Phase eingetreten. Dieses Kind war das Hugos, empfangen in Ekstase inmitten von Sternhyazinthen, im thymianduftenden Gras oder in einem Bett in Plymouth. Das Kind sollte es gut haben.

Sie war nie sehr geschickt mit der Nadel gewesen, aber jemand, der zu Mr. Wheelers Zufriedenheit ein Huhn rupfen konnte, der konnte auch sonst fast alles, vorausgesetzt er hatte Stoff.

„Mr. Wheeler, ich muß wirklich etwas Geld haben. Ist der Ring noch immer nicht verkauft?"

„Das ist meine Sache. Sie haben bekommen, was er wert ist."

In gewisser Weise stimmte das. Aber nun war sie Mr. Wheeler gegenüber mißtrauisch und beschloß, das, was noch übrig war, selbst zu verkaufen: ein Paar Ohrringe, fünf kleine Goldketten, jeweils mit einer Perle versehen, eine Brosche aus der Zeit, als Charles noch in sie vernarrt gewesen war, in Form eines verschnörkelten „H" aus Saphiren. Aber dazu mußte sie sich sagen lassen: „Wie Sie selbst sehen, Madam, wäre das nur ein annehmbares Geschenk für eine Lady, deren Namen mit demselben Buchstaben beginnt."

Insgesamt waren Daisys Transaktionen nicht viel gewinnbringender als die von Mr. Wheeler. Immerhin hatte sie nun genügend Geld, um Flanell, Leinen und Musselin zu kaufen, alles, was ein Kind in den ersten Lebensmonaten benötigte.

Eine schwerwiegendere Forderung kam jedoch gegen Ende des Jahres auf sie zu: Die nächsten vierzig Pfund für Margarets Schule waren fällig.

„Es ist ein guter Einspänner", sagte Mr. Wheeler. „Könnte fünfzehn Pfund bringen, wenn man's richtig macht." Nur diese letzten Worte wiesen darauf hin, daß er über ihre Verkäufe genau informiert war. „Und", so fügte er in einer scheinbaren Anwandlung von Großzügigkeit hinzu, „ich werde Ihnen fünfzehn Pfund für das Pferd geben."

„Und es hier behalten?" Selbst in diesem Augenblick der Verzweiflung erschien ihr das wichtig. Sie wollte nicht, daß Dodger in die Sklaverei verkauft wurde. Hier konnte sie ihm wenigstens gelegentlich eine Handvoll Heu oder einen Apfel zukommen lassen. Hafer bekam er nicht, obwohl „Pferdefutter" in regelmäßigen Abständen auf Mr. Wheelers Abrechnungsliste auftauchte.

„Warum nicht? Meine alte Mähre taugt nichts mehr."

„Na gut." Und dann erklärte Mr. Wheeler natürlich, er würde die fünfzehn Pfund von dem abziehen, was sie ihm schuldete. Hier flammte etwas von ihrem alten Temperament in ihr auf. „Nein! Das würde mir überhaupt nichts nützen. Ich muß um Weihnachten herum mindestens vierzig Pfund haben. Und wenn ich Dodger und den Wagen verkaufe, bekomme ich das wahrscheinlich dafür."

Natürlich war es so — und Mr. Wheeler würde um den billigen Erwerb eines guten jungen Pferdes kommen.

„Na schön — in bar. Dann haben Sie dreißig. Die anderen zehn leihe ich Ihnen."

Margarets Aufenthalt in Manchester war also bis Ostern gesichert.

Darüber hinaus weigerte sich Daisy, irgend etwas in Betracht zu ziehen außer der Tatsache, daß Hugo im Mai zurück sein würde. Was sie sich jetzt überlegen mußte, war, wie sie Mrs. Saunders, die Hebamme, engagieren und natürlich im voraus bezahlen konnte.

Noch immer nicht eingeschüchtert, ging Daisy Mr. Wheeler um Lohn an. Sein mürrischer Gesichtsausdruck änderte sich selten, aber jetzt ja. Er war verblüfft.

„Sie verdienen sich Ihre Unterkunft und das Essen."

„Ich verdiene tatsächlich viel mehr, und das wissen Sie auch genau. Auf der ganzen Welt würden Sie keine andere Frau finden, die für ein Bett und schlechtes Essen so viel tut wie ich. Außerdem hat Captain Stirling verspochen, Ihnen alles zurückzuerstatten."

„Genauso wie er versprochen hat, hundert Pfund zu schicken. Und noch etwas — woher wollen wir wissen, wann er zurückkommt und ob überhaupt?"

Daraufhin brach sie in Tränen aus. Wenn Frauen so richtig geheult hatten, wie er das nannte, pflegten sie zur Vernunft zu kommen. Das wußte er noch von Bella her. Also ließ er Daisy eine Weile schluchzen und sagte dann grob: „Wann kriegen Sie das Kind?"

„Im Februar, Ende Februar."

„Dann werde ich mit Mrs. Saunders sprechen. Wir wollen nicht, daß noch mal etwas passiert."

Dafür war sie ihm fast dankbar.

8

Wäre Captain Hugo Stirling bei Besinnung gewesen, als er mit Schwarzwasserfieber vor Maracaibo lag, so hätte er sicher gedacht: Welche Ironie des Schicksals! Hier bin ich nun, der dreihundert Jahre alte Schatz ist praktisch zum Greifen nah — und ich habe keine Kraft, um auch nur auf den Beinen zu stehen!

Er dachte allerdings nichts dergleichen; und ebensowenig — das entnahm der einzige aus seiner Mannschaft, der ihm treu geblieben war, aus seinen gemurmelten Worten — schweiften seine Gedanken zu einem Heim oder zu seiner Geliebten. Was ihn beschäftigte, waren Fregatten. Wir brauchen mehr Fregatten. Wo sind die Fregatten? Bald darauf machte er sich auch darum keine Sorgen mehr und starb.

Dies war ein zu alltägliches Schicksal, um in einem primitiven und unübersichtlichen Land mehr Aufsehen zu erregen als ein Blatt, das von einem Baum herabfiel. Selbst das, was er in England hinterließ — ein halbverfallenes Haus und knapp hundert Morgen Land — , war außer für Mr. Wheeler für niemanden von Interesse. Sein legaler Erbe war der junge Lord Fenstanton, der so viel Land und Geld hatte, wie er brauchte, und zudem Schwierigkeiten gehabt hätte, Birmingham auf einer Landkarte zu finden.

Nur Daisy, die die Wochen und Monate zählte und dann schließlich auch die Jahre, bewahrte eine Erinnerung an ihn, die auch die Hoffnung überdauerte — obwohl die Hoffnung schwer stirbt.

Ihr Kind, ein Junge, wurde im Februar geboren, und Mr. Wheeler, ungewöhnlich milde, engagierte Mrs. Saunders für zwei Wochen, wobei er ‚Baby etc. 10 Pfund' in seine Liste eintrug. Daisy hätte sich nie träumen lassen, daß die Küche noch schlimmer werden könnte, aber unter Mrs. Saunders' Regiment war dies tatsächlich der Fall. Es war ein wahrer Alptraum, wieder an die Arbeit zurückzukehren.

Kurz vor Ostern trat sie versuchsweise mit einer neuen Bitte um Geld an Mr. Wheeler heran — vierzig Pfund für Margarets Schulgeld. Mr. Wheeler sagte mit fester Stimme: „Nein!"

„Aber jetzt im April, Mr. Wheeler. Und im nächsten Monat wird Captain Stirling zurück sein. Er sagte, ein Jahr oder noch eher, wenn er es schaffen würde."

„Dann können wir ja warten, oder nicht?"

„Aber Sie verstehen nicht. Ich habe versprochen, im voraus zu zahlen. Sonst behalten sie Margaret nicht dort. Sie muß hierher zurückkommen."

„Na und? Sie kann sich hier nützlich machen."

Noch eine weitere kleine Sklavin? Das mußte um jeden Preis vermieden werden. Daisy schrieb an Miß Florence und entschuldigte sich für die Verzögerung. Sie erwarte Geld, das bisher noch nicht eingetroffen sei, aber das Schulgeld werde spätestens Ende Mai bezahlt werden. Die Schwestern hielten eine Besprechung ab und einigten sich darauf zu warten.

Der Mai kam — der Monat, dessen Name wie ein Licht am Ende eines langen dunklen Tunnels geschimmert hatte. Trotz der vielen harten Arbeit begann Daisy ihrem Äußeren wieder mehr Aufmerksamkeit zu schenken. Sie war jetzt viel schlanker als früher, und wenn sie sich im Spiegel betrachtete, glaubte sie eine irritierende Ähnlichkeit mit

Bella Wheeler zu entdecken. Sie strich sich die Stirn mit den Fingerspitzen glatt und verzog den Mund zu einem Lächeln.

Der kleine Junge war ihre ganze Freude, und oft tröstete sie sich mit dem Gedanken, daß sie Hugo, selbst wenn er sie weniger hübsch antraf, als er sie in Erinnerung hatte, doch seinen Sohn bieten konnte, ein schönes, rundliches, liebenswertes Kind. Tagträume bildeten einen Trost — Hugo würde zurückkehren, Sir Charles war tot oder würde sterben, und Eugénie würde sich scheiden lassen.

Der Mai verging mit allen seinen einunddreißig Tagen, und es wurde Juni. Daisy war enttäuscht, aber nicht verzweifelt. Angesichts solcher Entfernungen und den Risikofaktoren in der Schiffahrt hatte eine Verzögerung nicht unbedingt Unheil zu bedeuten.

Als sie erneut mit der Bitte, ihr Geld zu leihen, an Mr. Wheeler herantrat, blieb dieser eisern. „Sie scheinen mich für einen Goldesel zu halten. Ich kann Ihnen nicht dauernd was leihen, vor allem, wenn ich nicht einmal weiß, ob ich es je zurückkriege. Jetzt sind schon Wochen vergangen, und wir haben nichts von ihm gehört, oder? Holen Sie das Mädchen eben her."

Letztes Jahr hatte sie noch Dodger und den Einspänner gehabt. Jetzt hatte sie gar nichts mehr. „Ich brauche Geld für die Eisenbahnfahrkarte", sagte sie gedrückt.

„Das kann ich gerade noch aufbringen, aber dann ist Schluß."

Dies war der Beginn eines solchen Alptraums, daß die elenden Tage des vergangenen Jahres direkt glücklich erschienen. Das Licht am Ende des Tunnels erlosch; die Hoffnung auf Rettung schwand, Daisy war nun von der Welt abgeschnitten, als befände sie sich auf einer verlassenen Insel. Selbst der Verkaufskarren kam nicht mehr. Die Preise waren stetig gestiegen, was Mr. Wheeler jedoch ignorierte und alles auf Daisys schlechte Haushaltsführung schob. Er beschloß, selbst einzukaufen, wenn er in die Stadt fuhr.

Dann war das Problem mit Margaret. Sie war schon nicht gern in Amblebury gewesen, als sie noch Gast war. Nun hatte sich alles noch zum Schlechteren gewandt. Das Mädchen war stark gewachsen und ziemlich zerbrechlich, aber Mr. Wheeler, dieser schreckliche Mann, half niemandem. Arbeit im Freien würde ihr guttun. „Sie ist ungeschickt, aber sie wird's schon lernen." Wenn nicht, gab es nichts zu essen. Dies machte er eines Abends klar, als Daisy Hasenpastete austeilte — ein seltener Leckerbissen.

„Nein", sagte er, streckte den Arm aus und nahm Margaret den

Teller weg. „Sie hat sich heute noch nicht einmal das Salz verdient, geschweige denn Fleisch."

„Sie kann meine Portion haben."

„Sie brauchen Ihre Kräfte. Setzen Sie sich!" Die neue, so trostlos veränderte Cousine Hebe ließ sich nieder.

„Geben Sie ihr ein Stück Brot", sagte Mr. Wheeler.

Margaret nahm es mit apathischer Würde entgegen. Es gab Schlimmeres. Zum Beispiel das Benehmen der Wheelerschen Kinder, nun, da sie den gleichen Status hatte wie diese. Jetzt mußte sie mit ihnen zusammen arbeiten, sie machten sich über sie lustig, verhöhnten sie der Fehler wegen, die sie machte, und imitierten ihre Sprache und ihr Benehmen. Natürlich geschah das niemals in Anwesenheit des Vaters.

Margaret ertrug eine ganze Menge, ohne sich bei Cousine Hebe zu beschweren, zu der sie ohnehin wenig Vertrauen hatte. Aber nun war etwas dazugekommen. Bert Wheeler wurde demnächst siebzehn. Er wußte, daß er nicht mit seinen Schwestern herumalbern durfte, aber Margaret war nicht seine Schwester, und sie war sehr hübsch. Eines Tages kam Margaret in die Küche gerannt und weinte, was so selten war, daß Daisy fragte: „Aber Darling, was ist denn los?"

„Bert Wheeler. Ich habe Angst vor ihm." Verlegen und gequält erzählte sie, weshalb. Zuerst waren die kleinen Wheelers scheußlich zu ihr gewesen. Betsy und Elsie hatten den Handkarren gegen sie geschoben, so daß sie gegen eine Mauer gepreßt wurde; dann waren sie mit dem Rad über ihre Zehen gefahren. Aber dann war Bert aufgetaucht und freundlich zu ihr gewesen... oder jedenfalls hatte es so geschienen, bis er sie mit in den Stall genommen hatte... „Er sagte, er wolle mir was zeigen. Aber so war es nicht. Cousine Hebe, er sagte..."

„Hat er etwas *getan?*"

Dazu war gar keine Zeit gewesen. Berts erster ungeschickter Annäherungsversuch war nicht über „Laß mich mal deine Hosen sehen" hinausgediehen, als Mr. Wheeler in den Hof eingefahren kam.

„Dann ist es schon gut, Margaret. Es wird nicht wieder vorkommen. Ich verspreche dir, daß ich mit Mr. Wheeler sprechen werde."

Daisy sprach mit Mr. Wheeler, der mit Bert sprach und dabei den Riemen erwähnte. „Wenn du geil wirst, bei ihr oder bei jemand anderem, meine Junge, dann kriegst du welche mit dem Riemen übergezogen."

Dieses Erziehungsinstrument wurde selten benutzt und selten erwähnt, aber es war immer da — die äußerste Maßnahme. Was immer

Berts sexuelle Experimentierversuche inspiriert hatte, das eine Wort genügte, um alles zu ersticken. Trotzdem blieb der Vorfall nicht ohne Auswirkung.

Sexualität hatte in Mr. Wheelers Leben nie eine große Rolle gespielt. Er hatte Bella geheiratet, weil ein Mann eine Frau brauchte und sie zudem eine gute Köchin war, nicht unhübsch aussah und nicht streitsüchtig war. Nach ein paar Monaten der Ehe hatte ihm der Beischlaf mit ihr kaum mehr etwas bedeutet.

Der Gedanke, eines Tages vielleicht Mrs. Johnson zu heiraten, war ihm von Zeit zu Zeit gekommen. Andererseits, wenn die Dinge so liefen, wie er es sich erhoffte, und er Amblebury erwarb, konnte er möglicherweise auch etwas Besseres für sich finden. Also ließ er, von ein paar lüsternen Vorstellungen abgesehen, die Angelegenheit ruhen. Nun, nach Berts Versuch, sich mit Daisys Tochter einzulassen — über die verwandtschaftliche Beziehung hatte er keinen Augenblick Zweifel gehegt —, wandten sich Wheelers Gedanken wieder der Mutter zu.

„Hm“, sagte er eines Abends, „jetzt geht es wieder auf Weihnachten zu, und wir haben nichts gehört.“

„Nein“, sagte Daisy dumpf. Sie war in einen ihrer ungeschickten Nähversuche vertieft und mußte deshalb in der Küche sitzen, wo es wenigstens warm war.

Heute abend war Mr. Wheeler ungewohnt redselig. „Er hat mir nicht viel geschrieben. Bloß, daß er Sie hierhaben wollte. Ich weiß nicht einmal, ob Sie verwitwet sind oder nicht.“

„Spielt das eine Rolle?“

„Vielleicht schon.“ Er versuchte es erneut. „Ich habe gemerkt, daß Sie den Jungen nach ihm genannt haben.“

Hierauf schien keine Antwort erforderlich, und sie gab auch keine, sondern stichelte schweigend weiter.

„So wie ich die Sache ansehe“, fuhr Mr. Wheeler derb fort, „hat er Sie in die Bredouille gebracht. Und vielleicht wußten Sie nicht mal, daß er verheiratet ist.“

„Natürlich wußte ich das“, erwiderte Daisy. „Mrs. Stirling fand das englische Klima unerträglich und zog es vor, in Jamaika zu bleiben.“

Mr. Wheeler war überrascht, daß sie das wußte.

„Worauf ich hinaus will... Er hätte Sie nicht heiraten können, auch wenn er gewollt hätte. Und überhaupt — vielleicht ist er nach Jamaika gefahren und dort geblieben. Ist Ihnen der Gedanke schon einmal gekommen?“

Das war allerdings das letzte, worauf sie gekommen wäre. Sie hatte an Schiffsuntergänge und Krankheiten gedacht, in jüngster Zeit sogar, daß Hugo tot war. Aber der Gedanke, daß Hugo nach Jamaika fahren könnte und statt mit seiner Frau über Scheidung zu sprechen einfach bei ihr bleiben würde, die Idee hatte ihr ferngelegen. Für einen Augenblick stockte ihr der Atem.

Dann sagte sie ruhig: „Das könnte natürlich sein. Aber hätte er Sie das nicht wissen lassen?"

„Warum? Das geht mich schließlich nichts an."

„Das hätte ich doch angenommen, Mr. Wheeler. Was ist mit dem Geld, das Sie für mich ausgelegt haben? Vielleicht hat Captain Stirlings Anwalt..."

„Er hat in letzter Zeit keinen mehr gehabt. Nur damals, als er Land verkauft hat. Aber sie haben sich gestritten. Nein, ihr liegt mir alle auf der Tasche, Sie, das Baby und jetzt das Mädchen, aber..." Mr. Wheeler kannte den Wert einer dramatischen Pause „...das geht niemanden was an außer Ihnen und mir. Und vielleicht können wir uns einigen?" Die Bedeutung seiner Worte war völlig klar.

9

Ohne es zu wissen, hatte sie diesmal Glück. Die Vorstellung, Hugo könnte sie verlassen haben, hätte zu ihrem völligen Zusammenbruch geführt, hätte sie die Zeit gehabt, darüber nachzudenken. Nur eines war ihr klar — sie, Margaret und der kleine Hugo mußten von hier weg, und dafür brauchte sie Geld.

Sie begann ernsthaft über Mr. Wheelers Finanzen nachzugrübeln. Bei ihm Geld zu finden, war ihre einzige Hoffnung, und wenn ihr das gelang, so würde sie nicht die leisesten Skrupel haben, es an sich zu nehmen.

Er nahm eine ganze Menge ein und gab wenig aus, und ein Bankkonto hatte er auch nicht. Wo war das Geld also? Sie begann jedesmal, wenn er fort war, mit einer gründlichen Suche. Das große, weitgehend unbewohnte Haus bot unzählige Verstecke, und erst Ende Februar war Daisy überzeugt, daß sich das Geld nicht in dem alten Gebäude befand. Aber wo sonst? Zum erstenmal begann sie Mr. Wheeler bei seinen abendlichen Routinearbeiten zu beobachten.

Da war die Fütterung der Tiere, nachsehen, ob alles in Ordnung war. Diese letztere Aufgabe oblag im allgemeinen Bert und Ted, aber hin und wieder sagte Mr. Wheeler: „Ich schaue heute nach", ergriff die Laterne und ging hinaus. Meistens war er dann länger weg als die Jungen. Er übernahm diese Arbeit auch an anderen Abenden, aber *immer* nach den Markttagen.

An einem der ersten Märztage schien zwar der Mond, er wurde jedoch häufig von vorüberziehenden Wolken verdunkelt. Es war leicht, dem Laternenlicht zu folgen. Mr. Wheeler schenkte weder den Nebengebäuden noch den darin untergebrachten Tieren die geringste Aufmerksamkeit. Er ging geradewegs auf das obere Ende des Teichs zu; Daisy verbarg sich hinter dem nächsten Stallgebäude und beobachtete ihn. Er stellte die Laterne hin, kniete nieder und schien im Wasser umherzutasten. Daisy konnte ihn nicht sehr deutlich sehen, denn die Wolken hatten den Mond wieder überdeckt, und der Lichtschein aus der Laterne war schwach. Dann war Mr. Wheeler wieder zu sehen. Er öffnete etwas, das wie ein großer Kasten aussah, legte etwas hinein und schloß den Deckel. Dann wurde er wieder fast unsichtbar. Schließlich stand er auf, nahm die Laterne und traf Anstalten, zum Haus zurückzugehen. Daisy eilte leichtfüßig davon.

Nun wußte sie Bescheid.

Am nächsten Markttag inspizierte sie das Versteck. Das Stück Steinmauer fiel steil zum Wasser ab und wirkte sehr solide. Sie kniete ungefähr an der Stelle nieder, an der Mr. Wheeler gekniet hatte, tastete mit der Hand nach unten und fand eine lose Steinplatte. Sie ließ sich leicht lösen, war aber so schwer, daß Daisy fast vornüber ins Wasser gefallen wäre. Vorsichtig legte sie die Platte beiseite, griff in die Höhlung hinein und zog den massiven, mit Messing beschlagenen Kasten heraus. Er enthielt eine Reihe kleiner Segeltuchbeutel, die bis auf einen mit Schnur zugebunden waren. Der, welcher noch offen war, wartete auf einen weiteren Beitrag, denn Mr. Wheeler war sehr methodisch in seinen Sparmethoden. Jeder volle Beutel enthielt genau hundert Sovereigns.

Daisy schob den Kasten zurück und legte die Steinplatte mit einiger Schwierigkeit wieder vor die Öffnung. Dann stand sie auf, schwer atmend, so als ob sie schnell gelaufen wäre. Das Problem war nun nicht mehr „Wo", sondern „Wann?". Und sie mußte bei ihrer Flucht so viel Vorsprung wie möglich haben. Sie war einigermaßen sicher, in London unbemerkt untertauchen zu können. Irgendein Bezirk wie der, in dem Jack Skelton sein Atelier gehabt hatte, dachte sie. Und sie durfte nicht den Fehler begehen, das Geld von Anfang an allzu großzügig auszugeben. Auf diese Art wurden Diebe oft erwischt. Und natürlich würde Mr. Wheeler ihr jeden Polizisten des Landes auf den Hals hetzen.

Es gab im Vorort eine Pferdebahn; morgens die erste fuhr unten an der Elm Avenue um Viertel nach acht weg, um die Männer zu ihren Büros und Arbeitsstellen zu bringen; die nächste fuhr um halb elf, damit die Ladies in der Stadt einkaufen konnten. Und um diese Bahn zu nehmen, ohne daß Mr. Wheeler es merkte, mußte sie bis zum nächsten Markttag warten, wenn er mit Sicherheit von zu Hause weg war.... Nein, das war gefährlich, denn nach jedem Markttag ging er an das Versteck, um seinen Schatz zu vermehren — er würde den Verlust dann sofort bemerken, ihn mit ihrer Abwesenheit in Verbindung bringen und so ihren Vorsprung verkürzen. Außerdem wollte sie keine Woche mehr warten. Es war zwar einige Zeit verstrichen, seit Mr. Wheeler die Bemerkung über ,,sich einigen können" gemacht hatte, und obwohl er seither nichts mehr darüber gesagt hatte, waren seine Blicke eindeutig gewesen. So sehr, daß sie sich absichtlich unattraktiv gemacht, sich so trübselig und schlampig wie nur möglich gekleidet hatte.

Ihre Fähigkeit, im voraus zu planen, war nie sonderlich entwickelt gewesen, aber nun konnte sie nicht anders. Es war, als ob ein ganz anderer Mensch überlegte — keine Tagträume mehr, nichts Herrliches, was gleich hinter der nächsten Ecke auf sie wartete — sondern kalte, klare Gedanken. Sie war nie sehr einfallsreich gewesen, aber nun blieb ihr nichts anderes übrig. Und für einen Anfänger war es kein schlechter Plan.

Mr. Wheeler kam heim, arbeitete, so lange es hell war, auf dem Kartoffelfeld, aß den unvermeidlichen Eintopf und gab nur eine Bemerkung von sich, die sogar als Kompliment gedacht war: ,,Sie können gut Klöße machen." Danach äußerte er nichts mehr, bis er schließlich sagte: ,,Ich gehe jetzt zum Füttern." Die Kinder verstreuten sich, und da saßen die beiden allein bis auf das friedliche Baby, das in etwas schlief, das einmal eine Wiege gewesen, jetzt aber nur noch ein zerschlissener Korb war.

,,Ich habe heute früh einen Brief von Margarets Schule bekommen", sagte Daisy. ,,Man will sie dort zurückhaben. Sie verlangen nicht einmal Schuldgeld... keinerlei Kosten."

,,Wieso das?"

,,Oh, es gibt da so etwas wie einen Fonds für begabte Mädchen. Ich freue mich so sehr für sie."

,,Na ja", meinte Mr. Wheeler, ,,vielleicht ist's besser so. Hier wird doch nichts aus ihr. Und wann?"

,,Morgen. Je früher, desto besser, dachte ich. Viel zu packen gibt es nicht. Ich werde einfach mit ihr hinunter zur Pferdebahn gehen. Könnten Sie mir... würden Sie mir Sixpence leihen? Die Miß Reade, die mir geschrieben hat, sagte, die Zugfahrkarte könnte von ihnen bezahlt werden."

,,Das haben sie aber beim letztenmmal nicht gesagt. Ich mußte dafür bezahlen, daß sie hierherkam."

,,Ich weiß. Aber jetzt ist es anders."

,,Na gut. Da sind Sixpence." Er legte sie auf den Tisch, und Daisy sagte: ,,Danke." Dann wandte sie ihre Aufmerksamkeit scheinbar dem schwarzen Topf zu, in dem der Porridge fürs Frühstück bereitet werden sollte. Mr. Wheeler zündete seine Laterne an und ging hinaus.

Jetzt habe ich einen Grund, mit Margaret und dem Baby das Haus zu verlassen. Aber ich muß so etwas wie eine falsche Spur legen. Den Korb mit dem Kind in den Armen, ging sie die Treppe hinauf.

Oben schrieb sie auf einen Zettel: *,,Liber Mr. Wheeler, ich bin mit Margaret nach Manchester gefaren. Dort gibts Arbeit, und es ist beser ich arbeite für Geld als für gar nichts."* Er würde wütend sein, aber vermutlich nicht sofort auf den Gedanken kommen, daß zusammen mit ihr auch sein Geld verschwunden sei. Den Zettel wollte sie auf den Küchentisch legen.

Sie packte das Notwendigste für Hugo, Margaret und für sich in den leichten Strohkoffer, den Margaret aus Manchester mitgebracht hatte. Das Geld sollte in ihre Reisetasche kommen. Sie hörte, wie Mr. Wheeler die Treppe heraufstieg, kurz zögerte und dann zu seinem eigenen Zimmer weitertappte. Daisy wußte nicht, wie spät es war, ihre hübsche kleine Uhr war dem Rest ihrer Wertstücke gefolgt. Sie begann zu zählen. Eine Minute hatte sechzig Sekunden. Sie wollte ihm zehn Minuten Zeit lassen, um seine scheußliche Kleidung abzulegen und einzuschlafen.

Am Nachmittag hatte es geregnet, und nun stand der Mond hoch und klar am Himmel. Sie kam ohne die Laterne zurecht. Im Haus war es so still, daß jedes Knarren einer Treppenstufe wie ein Pistolenschuß wirkte. Durch die Küche. Der Riegel an der Tür knirschte — sie hätte ihn ölen sollen. Hinaus in den Hof, mit seinem gespenstischen Schwarz und Weiß des Mondlichts. Um den Teich herum war der Boden schlüpfrig, aber sie ging vorsichtig, erreichte die Mauer und kniete nieder, um nach der Steinplatte zu tasten. Sie löste sich leichter als beim erstenmal, und der Kasten konnte schnell herausgezogen werden. Ihre Hände, obgleich sie zitterten, bewegten sich schnell und sicher, nahmen das Geld heraus... und nun fort...

Aber dann war da plötzlich in der schwarz-weißen Gespensterwelt etwas Dunkleres.

,,Das war es also", sagte Mr. Wheeler. ,,Da müssen Sie noch viel lernen. *Mich* reinlegen wollen!" Er hatte kein Wort von der Sache mit Margaret geglaubt — daß sie in die Schule zurückkehren könne, ohne einen Penny mehr als das Geld für die Pferdebahn bezahlen zu müssen. Er hatte sich zurückgehalten, weil er primitiv war und etwas vom sechsten Sinn des Primitiven besaß.

Er war also auf etwas vorbereitet gewesen, etwas, das in vagem Zusammenhang mit der Rückkehr des Mädchens nach Manchester stand, auf einen Trick. Nichts wie das hier natürlich — nicht einmal als die Treppe geknarrt und der Riegel der Küchentür geknirscht hatte. Er war ans Fenster gegangen, von dem aus er den Hof überblicken konnte, und hatte Daisy um die Ecke des Stalls verschwinden sehen. Der Teich! Die Möglichkeit eines Selbstmords drängte sich ihm auf. Er war hinuntergerannt, ohne seine Hose anzuziehen oder die Stiefel zu schnüren.

,,Na, so was! Scheint so, als ob ich den Riemen für *Sie* hernehmen sollte!"

Er machte eine ungeschickte, aber fast spielerische Bewegung auf sie zu, und Daisy, ertappt, völlig erschüttert, unfähig zu denken, wich instinktiv aus, so daß da, wo sie eben noch gestanden hatte, plötzlich leerer Raum war. Mr. Wheeler verlor das Gleichgewicht, und der schlüpfrige Uferrand tat ein übriges. Er fiel ins Wasser.

Selbst hier, an seinem oberen und nicht zertrampelten Ende, war der Teich höchstens anderthalb Meter tief, aber der Schlamm auf dem Grund, der sich in Jahrhunderten angesammelt hatte, war mindestens noch einmal so tief, ein klebriger Morast. Er sog ihn förmlich ein. Mr. Wheeler zappelte, kämpfte um sein Leben; einmal gelang es ihm sogar, die Hände in die Höhlung zu bekommen, vor der die Steinplatte gewesen war, aber auch dort war der Boden schlüpfrig, der Sog des Schlamms stärker.

Daisy hätte ihn retten können; aber sie zog vor, es nicht zu tun. Sie, die einst so zartfühlend gewesen war, daß sie nicht einmal hören wollte, wenn man davon sprach, junge Kätzchen zu ertränken, sah dem Kampf kalt und unbeteiligt zu. Und Bella Wheelers Geist verhielt sich ebenso untätig. Nach dem letzten Gurgeln, als Mr. Wheeler ertrunken war, beendete Daisy die Angelegenheit, um derentwegen sie hergekommen war. Sie tat das Geld in ihre Reisetasche, den Kasten schob sie zurück, ebenso den Stein. Niemand würde je erfahren, was sich hinter ihm befunden hatte — der Ehrgeiz eines Mannes, das Leben einer Frau, die Kindheit von sechs Geschwistern, umgesetzt in Geld.

Daisy hatte ihren letzten öffentlichen Auftritt vor dem Coroner, dessen Gericht bei allen Unfällen mit tödlichem Ausgang in Aktion treten mußte.

Schlicht gekleidet, sauber und adrett, mit gepflegter Ausdrucksweise, hübsch und charmant, schien sie genau das zu sein, was sie angab: keine Verwandte des Toten, nur ein Pensionsgast, der nach Mrs. Wheelers Tod dageblieben war, um die Familie zu versorgen.

Mr. Wheeler, so sagte sie, sei seit dem Tod seiner Frau sehr deprimiert gewesen, und obwohl sie eigentlich keine Selbstmordabsichten bei ihm vermutet hätte, habe sie ihn doch im Auge behalten. Als sie ihn in der fraglichen Nacht habe hinausgehen hören — später als gewöhnlich —, sei sie ihm nachgegangen. Sie habe Mr. Wheeler dann im Teich gefunden, Bert gerufen, und gemeinsam hätten sie ihn herausgezogen.

Bert bestätigte ihre Aussage. Er sagte: ,,Ja, Sir" und ,,Nein, Sir" auf die Fragen, und nur einmal äußerte er etwas darüber hinaus, geladen von langandauerndem Groll. ,,Der hatte schon lange 'ne Meise, Sir."

In Anbetracht der Tatsache, daß Mr. Wheeler lediglich mit Hemd und Stiefeln bekleidet gewesen war, wurde ein Unfall ausgeschlossen.

10

Die Affäre erregte in der Umgebung fast kein Aufsehen. Interesse und Neugier waren vorhanden, aber nichts davon brauchte Daisy Kopfzerbrechen zu bereiten. Mr. Wheeler hatte niemandem einen Penny geschuldet, und niemand schuldete ihm einen. Leute, die ihn kannten, fanden es seltsam, daß er einer so emotionellen Tat fähig gewesen war, aber im wesentlichen konzentrierte sich das Interesse auf die Frage, was nun werden würde?

Es war Bert Wheeler, der diese Frage schließlich aussprach. Er tat dies beim Abendessen, bei dem es — in Mr. Wheelers Tagen unerhört — zwei Würstchen pro Person gab.

„Was wird nun, Mrs. Johnson?“

„Das hängt weitgehend von dir ab, Bert.“

„Was soll das heißen?“ Bert kannte seinen Platz, er war der älteste Sohn und seiner eigenen Einschätzung nach bereits ein Mann; aber niemand hatte ihn darauf vorbereitet, in eigener Verantwortung Pläne für die Zukunft zu machen.

„Ich meine damit, daß ich keinen Grund für große Veränderungen sehe — vorausgesetzt wir arbeiten alle wie zuvor.“ Nicht daß Daisy vorgehabt hätte, jemals wieder ein Huhn zu rupfen. Es mußte Veränderungen geben, sogar große Veränderungen, aber sie würden allmählich kommen und in keinem erkennbaren Zusammenhang mit dem Geld stehen, das nun in ihrem eigenen Zimmer versteckt war.

„Ich bin arbeiten gewöhnt“, sagte Bert. „Aber ich habe nachgedacht. Mein Pa muß Geld gehabt haben. Er hat doch so gespart.“

„Davon weiß ich nichts.“

„Vielleicht auf der Bank?“

„Vielleicht. Du solltest dort nachfragen. Schließlich mußt du jetzt die wöchentlichen Aufträge von den Kunden entgegennehmen, weißt du.“

„Könnten Sie nicht...?“ fragte Bert zögernd.

„Die Aufträge entgegennehmen? Wie soll ich das, bei all der Arbeit hier?“

„Ich meine, zur Bank gehen.“ In seinem ganzen Leben war Bert nur zweimal in der Stadt gewesen; er fühlte sich gerade noch imstande, die Aufträge zu erledigen, und auf dem Markt zurechtkommen.

„Na gut, das könnte ich vielleicht erledigen“, sagte Daisy entgegenkommend.

11

Und so übernahm sie die Rolle des Familienoberhaupts, mit voller Zustimmung derer, über die sie bestimmte und die sich zaghaft zu einigermaßen umgänglichen, wenn auch nicht ganz normalen Kindern entwickelten — zu letzterem war es zu spät. Niemand stellte Fragen, was den neuen Lebensstil, das bessere Essen, die Annehmlichkeiten betraf, die Daisy allmählich einführte.

Daisy vergaß keinen Augenblick lang die Tatsache, daß viel von Mr. Wheelers Ersparnissen — knapp fünfzehnhundert Pfund — der Arbeit dieser Kinder zu verdanken war. Sie wollte ihnen gegenüber anständig sein. Aber das dringendste war nun Margarets Rückkehr zur Schule.

„Liebling, möchtest du gern wieder nach Manchester zurück?“ fragte sie das Kind.

„Ach nein, eigentlich nicht.“

„Warum nicht?“

„Phyllis ist nicht mehr da. Ohne sie war es langweilig.“

„Vielleicht können wir eine andere Schule finden, die nicht so weit weg ist. Und du wirst eine andere Phyllis kennenlernen.“

Margarets Gesicht verriet, daß sie dies für unwahrscheinlich hielt. Andererseits würde es besser sein, als hierzubleiben. Es war zwar alles erträglicher geworden, seit dieser schreckliche Mann tot war, aber nach wie vor haßte und fürchtete sie die Kinder.

„Wir werden morgen in die Stadt fahren“, sagte Daisy zu Margaret, „dir Kleider kaufen und Erkundigungen über eine Schule einziehen. Betsy kann Hugo für einen Tag versorgen.“

Mit dieser beiläufigen Bemerkung war Betsys Zukunft praktisch geregelt. Sie sagte: „Das habe ich schon immer tun wollen. Im Haus arbeiten, nicht auf dem Feld draußen wie ein Mann. Und Lily...“ Sie brach ab, ein vertraulicher Ausbruch war genug für einen Tag.

„Was ist mit Lily?“

„Da gibt's so eine Schneiderin, wo wir immer Eier hinbringen — Miß Bramble. Lily hat immer gesagt, dort würde sie gern arbeiten. Aber dann verdient sie drei Jahre lang nichts.“

„Ich glaube, das könnte man schaffen. Sag Lily nichts davon, bevor ich mich erkundigt habe.“

Miß Bramble hatte zwar einige Vorbehalte, aber es gelang Daisy, ihre Bedenken zu zerstreuen, indem sie versprach, das Mädchen adretter anzuziehen; und außerdem könne Lily zu Hause wohnen bleiben.

Bert hatte eine ganze Reihe Eigenschaften seines Vaters geerbt, und nachdem er etwas selbstsicherer geworden war, entdeckte er auch sein angeborenes Talent zum Feilschen; er verkaufte eine alte Kuh, einen jungen Stier und mehrere Schweine auf dem Viehmarkt, wo er sich seltsamerweise äußerst wohl fühlte. Aber auch seine Fügsamkeit ließ nach, und eines Abends beim Essen sagte er — seine Stimme klang fast so wie die seines Vaters: „Ich muß mit Ihnen sprechen, Mrs. Johnson. Die Heuernte kommt, und wir sind drei Leute weniger. Margaret ist auf der Schule, Betsy ist immer im Haus, und Lily geht jetzt zur Schneiderin. Und Pa ist tot. Wie soll ich das schaffen?"

„Genauso wie andere Leute. Nimm dir jemand zum Arbeiten."

„Das heißt, daß man was bezahlen muß."

„Natürlich. Du kannst nicht damit rechnen, daß die Farm auf die Dauer mit unbezahlter Arbeit bewirtschaftet werden kann. Im übrigen wird Ted, sobald die Ernte vorbei ist, zu einem Zimmermann in die Lehre gehen."

„Daran sind nur Sie schuld. Sie wollen mich ruinieren."

„Betsy, Lily und Ted tun das, was sie gern tun möchten. Elsie und Alfie werden sich später vielleicht auch für etwas anderes entscheiden."

„Und Sie reden ihnen noch zu", sagte er verbittert.

„Natürlich. Ich finde, die Menschen sollten so glücklich sein, wie es ihnen nur möglich ist."

Er blickte sie verdrossen an. „Und wer bezahlt das alles?"

„Ich. Aus meiner eigenen Tasche." Das war unsicherer Grund, aber sie stand es durch. „Vielleicht zweifelst du daran, daß ich eigenes Geld habe. Nur weil ich mich entschieden habe, hier zu leben. Aber da täuschst du dich. Mir geht es gar nicht schlecht, und manchmal frage ich mich wirklich, warum ich eigentlich hierbleibe und die Mühe auf mich nehme, Betsy beizubringen, wie sie den Haushalt und die Arbeit in der Milchkammer macht. Wenn du unangenehm werden willst, kann ich morgen abreisen."

„Nein, nein", sagte er hastig. „Ich meine ja nur wegen dem Bezahlen..." Dann kam er wieder auf das Thema zurück, das ihn seit dem Tod seines Vaters beschäftigte. „Aber was hat er bloß mit dem Geld gemacht? Er war so sparsam. Auf der Bank ist nichts, und ich habe überall gesucht. Nirgends auch nur ein Penny. Wo ist das alles bloß hingekommen?"

„Es hat keinen Sinn, mich zu fragen, mein lieber Junge. Geizhälse vergraben angeblich ihre Schätze." Und dies schien ihr der richtige Augenblick zu sein, auf Dodger zu sprechen zu kommen. „Im übrigen, Bert, ich möchte mein Pferd zurückhaben."

„Was für ein Pferd?"

„Bert Wheeler, wenn du den Dummen spielen willst, dann wird dich jeder übers Ohr hauen. Du weißt genau, was für ein Pferd. Das Pferd, das ich mitgebracht und das ich deinem Vater geliehen habe. Ich möchte es zurückhaben. Du mußt dir ein anderes kaufen, ein stämmigeres. Und gleichzeitig kannst du mir auch einen Einspänner erstehen."

Es war alles sehr verwirrend. Das Leben in dem großen Haus änderte sich ohnehin auf verblüffende Weise. Vor den Mahlzeiten wusch man sich die Hände, auch die Kleidung wurde erstaunlich oft gewechselt. Es gab neue Dinge zum Anziehen. Daisy sagte oft — aber nicht zu oft: „Wenn ich mein eigenes Geld dafür ausgebe..." oder „Wenn ich dafür bezahle..." und sicherte sich damit jeweils Berts Zustimmung. Nie zuvor war der Geburtstag eines jungen Wheeler gefeiert worden; Weihnachten war bis auf das vermehrte Rupfen und Herrichten von Geflügel ignoriert worden. Aber nun war alles anders.

Eines Tages führte Daisy eine Neuheit ein, die Berts Protest hervorrief.

„Ich sehe nicht ein, daß wir dieses alte, gesprungene Geschirr benutzen sollen, wenn oben das ganze Zimmer voller Porzellan steht."

„Aber das dürfen wir doch nicht anrühren, Mrs. Johnson." Er war der einzige, der sich wirklich an Captain Stirling erinnerte. „Das gehört alles dem Captain, und mein Pa wurde irgendwie dafür bezahlt, daß er drauf aufpaßt. Wenn der Captain nun zurückkommt..."

„Ich nehme die Verantwortung auf mich, Bert."

Wer war schon Hugo Stirling? Schau zurück und denke nach. Am Anfang Spender ekstatischer Freude, dann der Grund dafür, daß sich ihr ganzes Leben geändert hatte; das Ziel sehnsuchtsvoller Erinnerungen und aller Hoffnung. Ein Brief und dann Schweigen. Das war schlimmer als der Tod — ein Grab konnte man pflegen. Und dann hatte Mr. Wheeler auch noch vermutet, daß er zu seiner Frau nach Jamaika zurückgekehrt wäre. Zum zweiten-, nein, zum drittenmal in ihrem Leben hatte ein geliebter Mensch sie im Stich gelassen. Jack Skelton, Margaret, Hugo Stirling. Alle hatte sie verloren. Margaret hatte vor kurzem geschrieben und mitgeteilt, daß sie gern eine Einladung ihrer neuen besten Freundin Stephanie Oakes annehmen würde, die Ferien bei ihr zu verbringen.

Keine meiner Lieben war ein Segen für mich.

Aber es gibt noch andere Dinge. Ich habe meinen Sohn, und wenn auch vierzehnhundertsiebzig Pfund nicht ewig reichen werden, das Haus ist vollgestopft mit Wertgegenständen.

Wie seltsam — Hugo ist auf Schatzsuche gefahren und hat mich hierher in Armut und Elend geschickt. Ich habe einen Schatz gefunden, direkt unter meiner Nase.

Auch Bert hatte nachgedacht. Er war nicht dumm, er war nur einfach unterdrückt gewesen, hatte bis zur Erschöpfung gearbeitet und Angst vor seinem Vater gehabt. Nun gingen ihm allerlei Gedanken durch den Kopf, manche zutreffend, andere völlig abwegig. Sie hatte den kleinen Jungen Hugo genannt... und sie verfügte über das Porzellan oben im Zimmer.

„Ist er gestorben und hat Ihnen alles vermacht, Mrs. Johnson? Captain Stirling, meine ich."

„So könnte man es wohl ansehen. Ja."

Bert sah nachdenklich drein. „Soll das heißen, daß Sie nun die Hausbesitzerin sind? Wollen Sie, daß ich...", er erstickte fast an seinen Worten, „Miete zahle?"

Sie wartete eben lange genug, um ihm einen leichten Schrecken einzujagen. Und während dieser Pause veränderte sich sein Gesichtsausdruck, wurde mehr wie der seiner armen Mutter. Der Blick eines gejagten Tieres.

„Natürlich nicht, Bert. Ich denke gar nicht daran. Wir machen weiter wie bisher, ich möchte nur ein paar Verbesserungen vornehmen. Ich möchte, daß die Schweine weiter weg vom Haus untergebracht werden. Und ein Teil des Gartens soll wieder schön aussehen. Ich liebe Blumen. Alles, worum ich dich bitte, ist, Haus und Hof in Schuß zu halten und mir dabei zu helfen, daß alle glücklich sind."

Sie hörte die letzten Worte, und es war ihr, als ob jemand anderer sie gesprochen hätte; sie klangen wie die Dinge, die die Leute über Tote zu sagen pflegten oder auf Grabsteine schrieben. Bei dem Gedanken erwachte schlagartig ihr lebhafter Geist wieder, der sie durch so viele Höhen und Tiefen getragen hatte. Ich bin nicht tot, dachte sie. Ich bin noch nicht einmal alt! Ich habe noch ein Leben vor mir! Sie sah Amblebury verwandelt vor sich als einen Ort, wo Hugo glücklich aufwachsen konnte, an den Margaret eines Tages zurückkehren würde und sie mit Freuden ihre Freunde einladen könnte.

Neben den durchaus praktischen Überlegungen regte sich noch etwas in ihr wie ein gefangener Schmetterling, der die Flügel bewegt, um wegzufliegen — die Gewißheit, daß etwas Wundervolles auf sie wartete. Gleich hinter der nächsten Ecke.